KB062500

낙원에 서다

낙원에 서다

초판 1쇄 인쇄 2023년 8월 27일
초판 1쇄 발행 2023년 8월 29일

저   자 강시문
발행인 박지연
발행처 도서출판 도화
등   록 2013년 11월 19일 제2013 - 000124호
주   소 서울시 송파구 중대로34길 9-3
전   화 02) 3012 - 1030
팩   스 02) 3012 - 1031
전자우편 dohwa1030@daum.net
인   쇄 유진보라

ISBN ㅣ 979-11-92828-16-9*03810
정가 13,000원

도화道化, fool는
고정적인 질서에 대한 익살맞은 비판자,
고정화된 사고의 틀을 해체한다는 뜻입니다.

낙원에 서다

강시문 소설집

도화

◆◆◆ 작가의 말

여린 새싹에 물 주어 키워주신 하나님께 모든 영광 드립니다. 암투병으로 힘들었던 날들을 잘 견디게 해 주신 것도 성령께서 함께하심입니다. 여건이 허락지 않아 자식들 다 출가시키고 늦게 소설가의 꿈을 시작했습니다. 한 발짝씩 내디딜 적마다 느끼는 소소한 기쁨, 삶의 상처는 치유되고 작품 속 메시지는 세상을 향해 소리칩니다. 평생 한 작품만이라도 쓸 수 있게 해달라고 기도했는데, 단편집을 내고 아직 힘이 남아있으니 이제는 하나님과 약속한 작품을 위해 달려갈 것입니다. 지난해 하늘나라 가신 어머니가 기뻐하실 텐데 보여드리지 못해 애석합니다. 지도해 주신 교수님께 감사드립니다. 늘 내 곁을 지켜주고 성원해 준 자식들에게 고맙고 격려해준 친지들에게도 감사한 마음 전합니다.

2023년 8월 강시문

목차

작가의 말

먼 여정

"여보세요, 김지연 여사입니까? 여기 한국입니다."

젊은 남자의 목소리와 한국이라는 소리에 나는 긴장했다.

"네 맞습니다. 누구신가요?"

"저는 송규영 씨의 아들 송현석입니다. 제 아버님을 아시지요? 지금 많이 편찮으십니다. 여사님 뵙기를 원하셔서 전화 드렸습니다."

이른 아침 규영의 아들한테서 전화가 왔다. 창밖에는 눈을 치워주는 차들이 분주히 길에 쌓인 눈을 뿜어내고 있다. 어제부터 강풍을 동반한 폭설에 토론토 북쪽에 있는 작은 마을 라이온스 헤드가 호흡곤란을 겪고 있다. 거리는 조용하다. 노인들은 물론 젊은이들도 선뜻 집 밖으로 나서지 못한다. 은행, 우체국 같은 공공장소는 당연히 휴무다. 변호사와 약속이 있다는 아들 준수도 출근하지 못하고 있다. 모든 회사가 문을 닫았다. 라디오 방송에선 아침부터 도로상황을 방송해 주고 있다. 하이웨이 곳곳과 주변도로가 막혔다는 보도다. 휴론

호수를 낀 작은 마을들은 눈으로 유명한 곳이긴 하다. 한두 번씩 치를 떠는 폭설 소동을 겪어야 겨울의 끝을 볼 수 있다. 매년 당하는 일이지만 올해는 더욱 심한 것 같다.

"어머니, 오늘은 제가 가게에 나갈 테니 좀 쉬셔요."

"고맙다. 오후에 교대해 줄게."

증권회사에 다니는 준수는 출근하지 못하고 아래층 편의점으로 내려갔다. 마음이 초조하다. 그가 많이 아프다고 한다. 이십여 년 가까이 연락 없이 살아왔는데……. 모든 도로가 정지된 바깥풍경을 바라보는 내 마음은 타들어 간다. 규영이 금방 죽는 것이 아닌지.

어린 준수의 손을 잡고 이곳 캐나다 동부에 있는 작은 마을로 이민온 지 25년. 피나는 노력과 고생으로 아픔을 잊으며 살아왔다. 이렇게 폭설로 길이 막히고 사람들이 꼼짝 못하는 날이면 작은 마을의 소규모 편의점인 우리 가게는 때아닌 호황을 맞기도 한다. 눈을 끌고 들어오는 사람들 때문에 가게 바닥을 자주 닦아야 하는 수고가 있지만, 다수의 불편이 내게 높은 매상을 올려주는 길이기도 하다.

이틀이 지나서야 도로가 뚫렸다. 서둘러 준수를 데리고 나섰다. 눈이 시릴 정도의 백설이 쌓인 토론토피어슨공항. 탑승한 기체가 이륙할 때 25년 전, 미지의 세계에 대한 두려움과 정든 사람들과 이별해야 했던 지난날의 아픔이 되살아난다.

겨울 첫눈치고는 제법 많은 양의 눈이 내린 12월 첫째 주 월요일이었다. 이른바 서설이었다. 마을 사람들은 올해도 풍년이 들 거라며 좋아했다. 강아지들도 덩달아 뛰놀며 즐거워했다. 나는 설레는 마음으로 학교에 갔다. 담임선생님이 반에 한 학생을 데리고 들어왔다. 처음 보는 얼굴이었다. 급우들의 눈이 똬리처럼 휘둥그레지며 웅성거렸다.

"조용! 서울서 전학 온 친구다. 모두 잘 지내기 바란다."

담임은 그 애를 우리에게 소개시켰다. 그 애는 도시에서 전학 온 아이답게 얼굴이 속쌀뜨물처럼 희었고 둥근 얼굴에 고급스러워 보이는 진쑥색 상의와 그 안에 받쳐 입은 분홍빛 셔츠, 바지의 주름은 곧게 날이 서 있었다. 우리는 호기심 찬 눈으로 숨죽이고 그 애를 보았다. 그의 남자답지 않은 표준어의 청아한 목소리는 우리를 더욱 놀라게 했다.

"나 서울 청파초등학교에서 전학 온 송규영이야."

우리들은 모두 '와!' 하고 소리 질렀다. 규영이가 우리가 살고 있는 작은 도시의 초등학교 5학년 3반 내 옆자리에 앉게 되면서 내 운명은 결정되었다. 다른 사람의 것이 될 모든 기회를 놓친 동시에 나의 색채 또한 죄다 잃어버렸다. 훤칠한 키에 잘생긴 서울 아이, 내 짝이 되어 정말 좋았다. 아버지가 서울 가서 사다 주신 빨간 운동화를 신었을 때보다 더 좋았다.

"안녕! 김지연이야."

"송규영이야. 잘 부탁해!"

여자아이들은 모두 나를 부러워했다. 아버지가 은행원인 규영은 도시락 반찬도 예쁘게 오밀조밀 싸 왔다. 멸치볶음에 노란 단무지 연근조림까지……. 늘 짠 장아찌와 콩조림, 밑반찬으로 해 놓은 무말랭이무침을 싸 오는 내 반찬과는 수준이 달랐다.

우리 집은 방앗간을 하고 있었다. 어머니는 늘 방앗간에 나가 아버지 일을 도왔고 일꾼인 천식이 아저씨 부인이 우리를 돌보며 집안일을 했다. 천식이 아저씨는 전에 다니던 화학공장에서 부상을 당해 얼굴에 수술자국이 많았다. 아저씨가 우리 집에 처음 인사하러 오던 날 우리는 저녁을 먹고 있었다. 우리는 새로 온 일꾼을 보고 놀라 밥 먹던 숟가락을 놓고 슬금슬금 오빠 방으로 모였다.

"너희들 일꾼한테 까불면 안 돼. 알았지?"

막내 여동생이 울먹이며 오빠에게 말했다.

"오빠 그 아저씨 무서워."

우리는 될 수 있으면 천식이 아저씨와 마주치는 일이 없기를 바라면서 조심하자고 약속했다. 천식이 아저씨의 얼굴 이곳저곳은 울퉁불퉁 살이 많이 불거져 나왔다. 한쪽 귓바퀴는 없어져 구멍만 뻥 뚫렸다. 언뜻 보면 괴물같이 무서웠다. 키는 장수처럼 크고 목소리는 우렁차서 내 이름이라도 한번 부르는 날이면 지체할 틈도 없이 달려가야 했다. 어른들의 말을 빌리면 천식이 아저씨 허벅지에는 살이 없다고 했다. 그곳에서 살을 다 떼어다 얼굴에 붙여서 어느 한 면의 얼굴에는 털이 꺼끌꺼끌 나 있기도 하다고 했다. 천식이 아저씨가 우리 집을 떠나기 전 5년 동안, 나는 한 번도 그 얼굴을 자세히 보지 못했다. 처음에는 무서워서 못 보았고 나중에는 내가 무안해서 정면으로 보지 못했다. 정말 아저씨 얼굴은 어떻게 생겼을까? 아줌마는 얼마나 순한지 수줍은 듯 웃으면서 얘기하는 모습은 어린 내가 보아도 기분이 좋았다. 어느 날, 인형을 만들며 머리카락을 좀 달라고 하니 흔쾌히 긴 머리를 풀며 안에서 잘라가라고 한다. 그 후 나는 아줌마가 좋아서 그녀의 돌쟁이 아들을 자주 업어 주었다.

우리는 알사탕 생각이 나면 방앗간에 들어갔다. 어머니 주머니에서 쉽게 나오지 않는 돈을 기다리는 동안 뽀얀 먼지와 굉음을 내며 철컥거리는 피댓줄이 돌아가는 사이를 돌아다녔다. 천식이 아저씨가 소리를 지르고 아버지가 나가라고 야단을 쳤다. 우리 수법을 다 아는 어머니지만 매번 우리 수중으로 돈은 들어왔다.

우리 방앗간은 길가에 있다. 어느 여름날 저녁, 멀리서 규영이와 남자친구들 여럿이 걸어오고 있는 것이 보였다. 나는 소죽을 끓이고 있었다. 풍구질을 하며 왕겨로 불을 땠다. 팔뚝엔 왕겨부스러기가 앉아 따가웠고 땀범벅이 된 내 얼굴은 벌겋게 달아올랐다. 쪼그리고 앉아 있는 꼬질꼬질한 내 모습을 규영에게 정말 보이고 싶지 않았다. 어쩌지? 그들이 떠들면서 점점 더 가까이 다가오고 있었다. 잠시 망설이다가 소 죽 쑤던 것을 집어던지고 도망가서 숨었다. 그리고 어머니한테 잡혀서 된통 맞았다. 어머니에게 맞아 아픈 것 보다 규영이와 아이들에게 들키지 않은 것이 나는 더 다행스러웠다. 우리 집 방앗간이 정말 싫었다. 우중충한 커다란 기계들은 귀신같았고 동력 스위치가 있는 구석 벽 근처는 전기가 흐르는 기분 나쁜 소리가 늘 '웅' 하고 새어 나왔다. 우리들이 절대 가서 안 되는 금지구역이었다. 방앗간 높은 천장 구석구석에는 뽀얀 옷을 입은 거미줄이 축축 늘어져 있다. 내 목덜미에 갑자기 거미가 뚝 떨어지면 어쩌나 하고 몸서리를 치곤했다. 왜 우리는 먼지 나고 무서운 방앗간을 하는지 부모님이 원망스러웠다.

캐나다 우리 가게 앞 건너편 끝자락에 아주 오래된 방앗간이 있다. 장소도 동네 말미에 있어 외진 것이 귀신이 나옴직한 그런 음침한 곳이다. 커다란 2층으로 된 100년도 더 된 큰 건물이다. 나는 그곳을 지나칠 적마다 옛날 어렸을 적 우리 방앗간을 생각하게 된다. 이곳 낡은 방앗간 주위는 잡초로 큰 동산을 이루었다. 온갖 짐승들의 안식처가 되어 안에서는 배설물의 역한 냄새가 흘러나왔다. 차를 몰고 지나칠 적마다 빗자루를 타고 마귀할멈이 쫓아오는 것은 아닌지 섬뜩 무서운 생각이 들곤 했다. 지난봄부터 그 건물은 조금씩 달라지기 시작했다. 리차드와 수잔이라는 부부가 귀신이 나올듯한 방앗간을 사서 조금씩 수리하기 시작했다. 거미줄을 걷어내고, 짐승들을 쫓아내고, 그들의 배설물을 다 청소했다. 유별난 그들의 전입 동기는 그곳에 예술품들을 전시하고 기념품 가게를 만들어보겠다는 것이다. 바닥 흠집난 곳은 중간중간 잘라내고 다른 색의 타일로 맞춰 넣었는데 색다른 맛이 났다. 고물 방앗간 장비들도 다 청소해서 장식품을 삼았다. 피대가 돌아가는 커다란 바퀴도 반들반들하게 닦아 꽤 운치 있는 벽장식을 했다. 늘 내가 구박하던 우리 집 방앗간의 먼지투성이 커다란 무쇠덩이와는 전혀 다른 이곳의 모습에 감탄이 절로 나왔다. 언어학자인 수잔의 남편 리차드는 일선에서 물러나 그런 집을 찾았다는 것을 기뻐했다. 자연과 역사가 숨 쉬는 곳, 그들은 폐품에서 보석을 만들어낸 것이다. 누구의 손에 무엇이 주어지느냐에 따라 옥석으로 갈라지는 것을 보면서 사람의 인연 또한 그런 것이구나 생각했다. 나는 나를 바라보며 씁쓸히 웃었다.

고르지 못한 기류를 지나고 있다는 안내방송이다. 준수는 눈을 감고 있다. 자고 있는지 아니면 무슨 생각을 하고 있는지 가늠할 수 없다. 그저 조심스럽게 아들을 바라보며 규영이와의 대면이 어떨까 근심스럽다. 불편한 좌석에 오래 앉아 있는 것도 괴롭다. 허리도 펼 겸 화장실을 다녀오면서 기내를 둘러보았다. 모두 조용히 모포를 두르고 잠을 자고 있다. 조용히 영화를 보는 사람도 있고 업무를 보는지 노트북을 열심히 두드리는 사람도 있다. 자세를 바르게 하고 눈을 감았다. 잠을 청해 보지만 규영과의 어린 시절이 착잡한 마음속에 가득하다.

규영은 가끔 맛있는 초콜릿을 가지고 와서 나에게 조금 떼어주기도 했다. 기분이 좋았다. 나는 뭘 갖다 줄까 하고 생각했다. 집에 있는 것이라곤 방앗간에서 찧어지는 하얀 쌀뿐이다. 머리를 조아리며 집 구석구석을 돌아보았다. 앞 텃밭에 어머니가 심어놓은 오이, 호박, 토마토가 있다. 텃밭에 들어가 가시가 송골송골 한 오이와 잘 익은 토마토 하나를 따서 가방에 넣었다. 그리고 점심시간에 규영이에게 주었다.

"뭐야?"

눈이 휘둥그레진 규영을 보면서 무안하기도 하고 창피하기도 했다. 아이들이 한바탕 웃었다. 쥐구멍이라도 있으면 들어가고 싶었다. 규영이 좋아할 만한 것이 무엇이 있는지 공부 시간 내내 집안을 샅샅이 훑어 보았다. 지난봄, 아버지가 서울을 다녀오며 오빠에게 중학교

입학선물로 파카만년필을 사다 준 것이 생각났다. 오빠는 그것을 책상서랍 깊숙이 넣고 가끔씩 꺼내 만지작거리며 글씨를 써보기도 했다. 윤이 반짝반짝 나는 좋은 만년필 같았다. 집에 오는 동안 내내 생각하고 고민했다. 어쩔 것인가? 생각은 미쳤지만 실행을 해야 하나 말아야 하나 접었다 폈다 하는 동안 집에 다다랐다. 오빠 방으로 먼저 들어갔다. 우선 오빠가 학교에서 오기 전에 이 일을 해야 한다. 만년필을 꺼내 내 가방 깊숙이 넣었다. 쾅쾅 뛰는 가슴을 누르며 오빠가 오늘 저녁만은 만년필을 찾지 말기를 빌었다. 오빠가 학교에서 돌아왔다. 숨을 죽이고 오빠 방의 상황에 귀를 기울였다. 잠들기 전까지 마음은 초긴장 상태였다. 어떻게 잠이 들었는지 잠을 잔 것 같지도 않다. 아침 일찍 일어나 가방 속에 손을 넣고 만년필이 잘 있나 확인해보았다. 오빠가 자전거를 타고 일찍 학교로 갔다. 긴 숨을 몰아쉬었다.

"아유! 살았다."

부지런히 학교에 가서 규영에게 만년필을 주었다. 규영이 놀라 눈이 동그래졌지만 아버지가 주신 선물이라고 거짓말을 했다.

"고마워."

규영이 좋아하는 것을 보고 지난밤 오빠에게 들킬까 봐 졸이던 마음이 한꺼번에 사라졌다. 오빠의 마음이 어떨지 전혀 생각하지 않았다.

머칠 후, 만년필 사건으로 집안이 발칵 뒤집혔다. 오빠는 장남으로 태어나 부모님의 온갖 관심을 한 몸에 받고 자랐다. 그런대로 공부도 잘해서 오빠에 대한 부모님의 기대가 컸다. 무서운 방앗간에 들어가는 심부름도 오빠는 한 번도 해본 적이 없다. 남동생은 두 살 아래일 뿐인데 말썽을 피우는 것이 제 일인 양 하루도 빤한 날이 없이 사고를 쳤다. 지난봄에는 외사촌 남동생과 옆집 만득이 아저씨네 막내아들과 셋이서 큰일을 쳤다. 우리 동네에 늦도록 장가도 못 간 지적장애를 가진 할아버지가 있다. 그 할아버지는 늘 똥지게를 지고 밭에 다녔다. 산비탈 좁은 길 양옆으로 길게 자란 수염풀을 이 애들이 묶어놓았다. 평소와 같이 똥지게를 지고 묵묵히 걸어가던 할아버지가 넘어져 온 사방 똥 범벅이 되었다. 그 일로 부모님은 몹시 난처해졌다. 어떻게 그 일이 해결되었는지 우리는 모른다.

만년필이 없어진 것을 안 오빠가 펄펄 뛰며 난리가 났다. 대장처럼 군림하는 오빠는 내 가방을 샅샅이 뒤졌다. 남동생 몸수색도 했다. 오빠가 만년필을 찾으려고 법석을 떠는 동안 나는 몹시 불안해 벌벌 떨었다. 내가 가지고 가는 것을 본 사람은 아무도 없기에 자신 있게 시치미를 뗐다. 가슴은 진정할 수 없을 정도로 콩닥거렸다. 남동생이 범인이라고 의심을 받았다. 동생은 소리소리 지르며 안 가져갔다고 형한테 박박 대들었지만 믿어 주지 않았다. 아버지가 나중에 다시 사다 주겠다고 오빠를 달래어 그 사건은 일단락되었다. 한참 동안 나는 오빠와 마주치는 것을 피했다.

규영은 남자중학교에, 나는 여자중학교에 들어갔다. 어느 날 아침, 학교 가는 길에 규영이 내게 쪽지를 건네주고 황급히 달아났다. 설레는 마음으로 쪽지를 펴 보니 일요일 초등학교 운동장에서 만나자는 것이었다. 한참을 걸어서 초등학교에 다다랐다. 설레었다. 언제 봐도 단정하고 깔끔한 규영이 봄 날씨치고는 아직 쌀쌀한데 반팔 셔츠를 입고 나왔다. 드러난 팔뚝은 남자애치고 분을 발라 놓은 것처럼 희었다.

"무슨 일이니?"

"앉아 봐."

규영이 옆에 앉았다. 향긋한 로션 냄새가 났다. 초등학교 때도 늘 좋은 비누 냄새를 풍겼다. 나중에 알았지만 그건 우리 어머니만 쓰는 비싼 화장비누 냄새였다. 은행원인 아버지를 따라서 다시 서울로 전학을 가야 한다고 했다. 규영은 내게 예쁜 포장지로 싼 동화책을 주었다. 집에 와서 보니 책갈피 속에 파란 쪽지가 들어 있었다.

'내가 처음으로 좋아하게 된 여자 친구 지연아, 우리 헤어져도 잊지 말자. 나는 네가 참 좋았다.'

쪽지를 가슴에 대 보고 누가 볼세라 작게 접어서 예쁜 봉투에 넣어 책상서랍 깊숙이 넣었다. 규영과 헤어진 후에도 가끔 편지로 안부를 주고받았다. 규영은 서울에서 대학에 들어갔고, 나는 아버지의 꿈인 교사가 되기 위해 교육대학에 입학했다.

대학교에서 학생회장이 되었다는 규영의 소식을 전해 들었다. 그가 반정부 투쟁에 참여했다가 감옥에 들락거리고 쫓기는 처지가 되었다는 것이다. 그의 그런 속내를 깊이 이해하기는 힘들었다. 당시의 상황으로는 젊은이들이 그런 생각들을 꽤나 가지고 있었다. 소위 '의식이 있다'는 청년이나 지식인들 사이에서는 상당히 큰 힘을 키워가고 있었던 것이다. 워낙 똑똑하고 공부도 잘하던 규영이다. 학생

회장까지 하면서 정부에 맞서 싸우고 있다는 게 실감이 나지 않았다. 규영의 행동이 미심쩍어 갸우뚱하던 즈음, 온 국민이 경악을 금치 못할 고문치사 사건이 터졌다. 그 고문 과정이 우리들 모두를 분노케 했다. 대대적으로 격한 시위가 일어났다.

어머니는 서울에서 대학 다니는 남동생을 걱정하며 가 봐야겠다고 내게 동행하기를 원했다. 예상대로 동생은 시위 현장에 나가고 없었다. 최루탄 가스가 자욱한 서울역 앞 시위 현장을 매운 눈물을 흘리면서 한참을 바라보았다. 학생들과 시민운동권의 사람들은 민주주의가 뿌리째 흔들리는 독재체제를 향해 목이 터지라 외쳐댔다. 억눌린 국민들의 감정은 한꺼번에 터지기 시작했다. 시청 앞으로 술렁이며 모여드는 사람들을 비켜서 어머니와 같이 덕수궁 담에 등을 대고 바짝 붙어 있었다. 동생이 이곳 시위에 동참할 것이란 얘길 듣고 찾을 수는 없지만, 멀리서라도 바라보는 것이 함께 한다는 사랑이라고 전하고 싶었다. 사람들로 차도가 다 막히고 약속된 시간이 되자 거대한 함성이 도심을 울렸다. '호헌 철폐, 독재 타도' 학생들이 우렁찬 구호를 외치며 먼저 나서고 시민들이 속속 동참하기 시작했다. 차들은 일제히 경적을 울렸다. 시위대와 경찰은 밀고 당기는 공방전을 계속했다. 거리는 마치 포연에 휩싸인 전쟁터 같았다. 농성 시위 현장을 둘러보고 어머니는 눈물을 흘렸다. 밤늦게 어머니와 집으로 돌아왔다.

며칠 후 어느 날이었다. 규영이 갑자기 내 앞에 나타나 우리 집 뒷골방에 숨어 지내게 되었다. 우리 부모도 규영의 피신을 적극 협조해 주었다. 천방지축 시위 현장을 뛰어다니는 당신 아들에 대한 안쓰러움이 있기에 더욱 그랬다. 한 달이 지나고 두 달이 지나고 규영은 핼쑥해져 갔다. 일제강점기 독립운동가와 그 가족들의 살얼음판 같은 삶, 사립문 밖의 바람 소리에도, 동네 개 짖는 소리에도, 숨죽이며 서늘히 살아왔을 그들을 다시 생각해 보았다. 우리 식구 모두는 시국에 민감해져 있었다. 어느 소식이라도 놓치지 않으려고 애썼다. 규영이 우리 집에 있는 것을 아는 사람은 부모님과 나, 규영이 친구인 형석 씨뿐이었다. 규영이 식사는 어머니가 손수 챙겼다. 당신 아들을 대하는 것처럼 정성을 쏟았다.

세월이 지났다. 정치가 바뀌면서 규영은 수배자에서 벗어났다. 그가 떠날 날이 다가왔다. 오랜 시간 힘들게 쌓인 애틋한 정. 덩실덩실 춤을 추어도 모자랄 판에 뭔 눈물바람인지, 숨죽이고 많이 울었다. 그가 자유로워졌는데 이 얼마나 기쁜 일인가? 희비가 엇갈린 마음을 통제하기 어렵다. 우리는 누가 먼저랄 것도 없이 한참 동안 포옹했다.

"고마웠어! 지연아."

규영의 목소리는 떨렸다. 우리는 치러야 하는 의식처럼 자연스러운 몸짓으로 사랑을 나눴다. 그가 내게서 떠나기 전 처음이자 마지막 행동이다. 고통스러운 학창 시절을 감당하기 힘들었던 규영은 바른 민주주의를 공부하고자 미국으로 떠났다. 아무런 연락도 없이 세월이 흘렀다. 서로에게 약속한 일 없이 행한 몸짓이 내게 오랜 세월 막연히 기다려 보는 나날이 되어버렸다. 가끔 그가 준 파란색 쪽지를 들여다보며 그리워했다.

여름이면 나는 한동안 여행을 즐긴다. 올 여름방학은 자세히 다녀

보지 못한 남해를 여행하기로 마음먹었다. 내가 여행지로 선택한 통영은 규영의 대학 동기인 형석이 살고 있는 곳이다. 형석은 규영이 우리 집에 은둔하고 있을 때 자주 왔었다. 규영이 처음 피신한 곳이 서울에서 멀리 떨어져 있는 형석의 집이었다. 할아버지가 여러 척의 배를 가진, 꽤 잘 사는 형석은 친구들의 도피에 물질적으로 많이 도왔다. 도피생활이 끝나고 규영은 미국으로 유학을 갔고 형석은 할아버지의 업을 물려받으려 조선소에서 일을 하게 되었다. 형석이 환한 얼굴로 나를 반겨주었다.

"지연 씨! 반가워요."

"나와 주셔서 고맙습니다."

"별 말씀을 다 하십니다. 이곳에 오셨는데 당연히 뵈어야죠. 학교 생활은 재미있으신가요?"

"천직이라고 생각합니다."

형석은 나를 보며 무슨 말을 하려고 망설이고 있는 듯했다.

"지연 씨, 왜 결혼 안 하고 계세요?"

"……."

"규영이 한국에 나온 것 같은데 연락 없었지요?"

그가 한국에 나왔다는 말을 듣고 잠시 현기증을 느꼈다. 형석의 표정이 굳어졌다. 아무 말도 못하고 있는 나를 바라보며 큰 잘못이라도 저지른 아이처럼 어쩔 줄 몰라 했다.

"며칠 전에 소식 들었어요."

"결혼은 했겠지요?"

형석이 난처한 표정을 지었다.

"글쎄요. 잘 모르겠어요."

이런 질문의 의미가 무언가? 밑바닥에 깔려 있던 부유물이 둥둥 떠오르는 것 같은 메스꺼움이 몰려왔다. 규영이 한국에 나오면 제일 먼저 나를 찾아줄 것이란 기대를 했다. 감추고 싶은 수치를 들킨 아이처럼 얼굴이 달아오르고 눈시울이 뜨겁다. 숙소로 돌아왔다. 반짝이는 통영의 앞 바다는 세상 모든 것을 외면한 듯 잔잔했다. 학교 동료인 문 선생에게 규영이 일을 알아봐 주길 부탁했다. 문 선생은 규영이 중학교 동기이면서 나와 교육대학의 동기이기도 하다.

"미국에서 언제 나왔답니까?"

"나온 지 얼마 되지 않은 것 같아요. 형석씨가 만난 것은 아닌가 봐요. 소식을 들었든지 통화를 했든지, 자세한 것은 얘기 안 해 주던데요."

"알았어요. 제가 자세하게 알아봐 드릴게요. 그런데 좋은 소식이 아니면 어쩌죠? 차라리 모르고 지금처럼 살아가는 게 더 낫지 않나요?"

잠시 침묵이 흘렀다. 하늘이 어두워졌다. 굵은 빗방울이 떨어지기 시작했다. 쏟아지는 빗속으로 그냥 뛰쳐나가고 싶었다. 머리부터 발끝까지 속속들이 비에 젖고 싶다. 남은 방학 며칠은 부모님을 찾아보고 그곳에서 푹 쉬기로 했다. 어머니의 모습은 많이 늙으신 채 뿌연 먼지와 늘 함께 그대로였다. 그 바쁘신 중에도 혼자 있는 딸을 위해 김치며 밑반찬을 만들어 주신다. 문 선생이 규영에 대해 알아봐 준다고 했는데 아직 연락이 없다. 아침 일찍 일어나 이모 댁에 다녀오겠다고 하고 나섰다. 안쓰러운 표정으로 날 바라보는 어머니의 눈에는 금방 눈물이 그렁그렁하다.

"이모한테 전할 말씀 없으세요?"

"없다. 시내에 가서 뭐라도 사가지고 들어가거라. 준수 것도 많이 사 가지고 가거라."

"네 그럴게요."

이모는 외할머니가 아주 늦게 낳은 늦둥이로 어머니의 막내 여동생이다. 나와 나이 차이가 5살밖에 나지 않아 어려서는 친하게 친구처럼 지냈다.

"준수 공부 잘해?"

"네, 누나."

초등학교 3학년인 준수는 또래 애들보다 키가 컸다. 뽀얀 얼굴에 시원한 눈매, 이모와 이모부의 극진한 사랑에 티 없이 맑게 잘 자라고 있다. 힘껏 준수를 안고 볼을 비벼댔다. 보드라운 살결이 사랑스럽다. 준비해 간 재료로 저녁을 지었다.

"난 누나가 날마다 와서 이런 것 만들어 주면 좋겠다."

오물거리며 나를 보고 씩 웃는 준수가 마냥 귀여웠다.

"준수야, 누나하고 살까?"

"엄마는 어떡하고."

"준수만 누나하고 살지."

"안 돼 엄마하고 살아야 해."

준수는 옆에 앉아 있는 이모를 바라보며 응원을 청했다. 이모는 씩 웃으면서 흐뭇해했다.

문 선생한테서 만나자는 연락이 왔다. 녹차 한 잔을 앞에 놓고 긴

장했다. 문 선생한테서 무슨 소리가 나올까? 문 선생이 오기 전의 짧은 시간이 십 년을 함축시켜 뭉뚱그려 놓은, 삭지 않고 딱딱해진 고통을 끄집어내야 하는 아픔이기도 했다. 매 맞을 각오가 되어 있으니 염려 말라는 눈길을 보냈다.

"말씀하세요. 문 선생님."

"규영이 미국에서 두 달 전에 귀국했는데 결혼은 했다는군요. 애도 남매가 있고."

눈물이 금방이라도 주르르 흐를 것 같다.

"규영에게 김 선생님 전화번호 알려줬어요. 한 번은 만나 보셔야 할 것 같아서요. 이제는 정리하시고 김 선생님의 삶을 살아야지 언제까지 그렇게 말없이 바라만 보면서 살 건가요?"

"……."

"옆에서 보는 것도 안쓰러워요. 규영에게 연락 오면 꼭 만나보셨으면 해요. 그리고 김 선생님 결혼 안 하고 아직 있다고 했더니 무척 놀라더군요. 아무튼 규영이 한 번 만나보시고 뭔가 결정을 하는 게 좋을 듯싶어요."

씁쓰레한 미소만 짓다가 문 선생과 헤어졌다. 유쾌하지 못한 나날을 보내고 있을 즈음 규영이 연락해 왔다. 가슴이 떨렸다. 얼마 만인가? 얼마나 변했을까? 이미 남의 남편이 된 규영을 본다는 것이 편하지는 않지만 하고 싶은 말을 해야 될 것 같았다. 카페 문을 열고 들어서면서 가슴은 더 크게 콩닥거렸다. 창가 쪽에 자리 잡고 앉아 있던 그가 일어서며 반겨주었다.

"잘 지냈어?"

여전히 잘생긴 뽀얀 얼굴의 그다.

"결혼 아직 안 했다면서."

"혼자 있는 것도 편해."

마땅히 부모님을 뵙고 인사를 드려야 하는데 입장이 달라져 있는 지금 용기를 낼 수 없다면서 부모님께는 죄송하다고 했다. 우리 부모를 만나는 것은 반대했다. 분명 사윗감으로 생각할 것이 염려스러웠다. 지금의 부인과 결혼할 수밖에 없는 얘기를 듣고 고개를 끄덕이며 잘한 일이라고 했다. 서로 행복하게 잘 살자고 하고 그와 헤어졌다. 내가 살아온 시간이 하얀 물거품 되어 사라지고 있다. 들이마실 숨도 없다. 호프집에 들어가 맥주를 벌컥벌컥 들이켰다. 문 선생을 불렀다. 달려 나온 문 선생을 붙잡고 엉엉 울었다.

"규영이와 좀 전에 헤어졌어요."

"그러셨군요."

"그런데 아무 말도 못 했어요. 하고 싶은 말을 하나도 못 했어요."

"왜 그랬어요. 10년이나 기다렸잖아요."

"내 손에서 아주 떠난 사람인데 무슨 말을 하겠어요."

"준수 얘기도 못 했어요?"

"네 이제 알려서 뭐 하겠어요. 차라리 모르는 것이 더 좋겠죠."

"그래도…….'

"우리 준수 불쌍해서 어떻게 해요!"

"이제 규영이 깔끔하게 잊고 새 출발하세요. 준수는 이모님이 잘 키워주시잖아요. 데려올 겁니까?"

"어떻게 해야 할지 잘 모르겠어요."

인사불성이 되도록 취해서 문 선생 부축을 받고 집에 왔다.

개학이다. 서둘러 학교에 사직서를 냈다. 준수를 내 호적에 입적시키고 캐나다 대사관을 쫓아 다니며 이민수속을 밟았다. 문 선생의 주선으로 토론토한인학교에 일자리를 얻었다. 이것저것 준비하는 동안 몇 달이 흘렀다. 준수를 데리고 제주도여행을 갔다. 문 선생이 호텔 예약까지 잡아주었다. 제주도 여행 둘째 날, 준수를 데리고 한라산에 오르기로 했다. 떠나기 전 준수에게 태어나서 자란 고국의 아름다움을 보여주고 싶었다. 부지런히 준비하고 나가려는데 벨소리가 났다.

"누구세요?"

"나야."

낯익은 목소리에 놀랐다. 그가 온 것이다.

"어떻게 왔어?"

"정우가 알려줬어."

문 선생이 규영에게 알려준 것이다. 그는 준수를 보고 눈시울을 붉혔다. 준수를 안아보려고 하니 의아한 듯 멈칫한다.

"준수야 괜찮아. 누나 친구야."

준수를 안고 한참 동안 멍하니 있는 것을 보니 마음이 아프다.

"이민 가는 거야?"

"그러려고 준비 다 했어."

"언제 떠나? 꼭 그렇게 가야 해?"

"응."

"정말 몰랐다. 혼자서 얼마나 힘들었어."

"어떻게 하고 왔어?"

"출장 간다고 했어."

"이제 올라가."

"아냐, 내일 같이 올라가자."

군이 그가 합세한 것에 반대하지 않았다. 이제 떠나면 평생 못 보게 될 부자의 정을 조금이라도 나누게 해 주고 싶다. 지금은 준수가 아버지의 존재를 모르지만 조금 나이가 들면 이 상황을 얘기해 주리라 마음먹었다. 그와 같이 준수를 데리고 등산길에 올랐다. 천천히 성판악에서 시작해 샘터까지 올라갔다. 산마루에 분화구였던 백록담은 흰 사슴이 물을 먹는 뜻이라고 했다. 울창한 자연림과 더불어 광대한 초원이 장관을 이루고 있다. 약수터에서 물을 마시고 하산할 때 그가 아들을 등에 업었다. 그 모습을 바라보며 울었다. 준수는 '아저씨, 아저씨' 하면서 규영을 잘 따르고 좋아했다. 가끔가끔 보이는 규영의 한숨소리를 빼면 그대로 단란한 한 가정의 그림이다. 한순간이지만 부성애를 느끼게 하고 싶다. 평생 준수를 보며 짊어지고 살아가야 할 미안함이 조금은 위로가 되었다. 준수는 저녁을 먹고 일찍 잠이 들었다.

"한잔하자."

양주잔에 얼음을 넣으며 나를 바라보는 눈에 이슬이 맺혔다. 순간 오랫동안 참아온 눈물이 봇물 터지듯 한다.

"울지 마! 지연아, 미안해!"

말없이 꼭 안은 규영이 가슴이 따뜻했다.

"마시자."

"응."

"언제 떠나니?"

"다음 주."

"준수는 어떻게 하고?"

"데려가. 지난주에 내 호적에 입적시키는 것 다 끝냈어."

"혼자서 키울 수 있겠니? 내가 어떻게 했으면 좋겠니?"

"할 것 아무것도 없어. 그냥 잘 살아 그거 바랄게."

"내가 조그만 거 준비했는데."

그가 봉투를 내놓았다.

"뭐야?"

"내가 준수를 위해서 할 수 있는 일이 이것밖에 없어서……. 미안해. 지연아! 이것만은 받아줘. 그리고 준수를 위해서 써줘. 정말 미안하다. 정말 미안하다."

나는 그가 주는 돈을 거절하지 않았다. 자식을 사랑해서 하고 싶은 일이라고 생각했다. 내 경제적인 형편도 어떨지 장담할 수 없었다. 자신의 아들을 위해 쓰고자 하는 돈을 받기로 했다. 세상에 태어난 줄도 모르고 살아 온 무심한 아버지가 아들에게 덜 미안해지게 놔두고 싶었다. 그리고 아들을 안아보고 싶다고 해서 허락했다. 10년을 비워둔 자리, 아버지의 품에 꼭 안긴 아들은 쌔근쌔근 자고 있다. 머리를 쓰다듬으며 바라보는 규영의 눈에 눈물이 고였다.

내가 준수와 함께 고국을 떠나는 날 아침 눈이 푸짐히 내렸다. 산야가 눈에 하얗게 덮여 전혀 새로운 세상 같았다. 그래, 나는 바로 새로운 세상으로 가는 것이다. 배웅을 나온 어머니의 얼굴 가득 근심이 묻어 있다. 어머니는 손수건을 꺼내 눈가를 훔쳤다. 평생 딸의 아픔을 안고 산 어머니에게 미안했다. 끓어오르는 오열을 삼키며 고개를 돌렸다. 준수 손을 잡고 탑승 게이트로 들어갔다. 비행기는 서서히 이륙을 시작하더니 곧 창공을 날았다. 이 아름다운 고국 풍경을 언제 다시 마주할 수 있을까. 눈물이 났다. 편지를 꺼냈다. 그의 사진도 있다.

'지연아, 미안하다. 네가 애기를 가졌다는 걸 까맣게 몰랐다. 유학 갔을 때 생활이 어려워 이것저것 아르바이트하느라고 정신이 없었다. 어떻게 해서든지 공부는 끝내야 한다는 생각에 잠도 제대로 잔 적이 별로 없었다. 과로로 쓰러져 앓고 있을 때 클래스메이트인 지금의 아내를 만났다. 미안하다. 그리고 준수 잘 키워 준 것 고맙다. 네가 나한테 쏟아준 정성도 잊지 않는다. 아무쪼록 가서 잘 지내고 어려운 일 있으면 꼭 연락하기 바란다. 규영.'

아직도 여섯 시간은 더 날아가야 한국에 도착한다. 준수 옆자리에는 열두어 살 정도 되어 보이는 사내아이가 열심히 게임기를 보고 있다. 그 애를 보는 순간 준수에게 있었던 지난날의 아픈 기억이 살아나 가슴이 먹먹해진다.

"준수야! 너 게임 그만하고 영어 공부해."

"알았어! 누나, 이것만 하고 공부할게."

"너 어제도 그 애하고 싸워서 속상했잖니! 네가 말 잘하면 당당하게 나서서 해명할 수 있었을 텐데."

이민 초기 준수는 내가 퇴근하고 돌아오는 시간까지 혼자서 집에 있어야 했다. 같은 또래 이민 2세대들과 놀다가도 아이들의 유창한 영어에 준수는 금방 주눅이 들었다. 아이들과 놀기보다 그 아이들의 잔심부름을 도맡아서 했다.

어느 날, 캐나다 본토 아이가 자신의 장난감이 없어졌다고 옆에 앉아 있던 준수에게 우격다짐으로 내놓으라고 했다. 그저 '노우, 노우'만을 외칠 수밖에 없던 준수는 이마에 상처를 입고 들어왔다. 타국에서 당하는 일이라 더 놀랍고 서러웠다. 준수는 한동안 밖에 나가지도 않고 게임기에 푹 빠져 있었다. 아이가 잘못될 것 같은 생각이 들었다. 내가 왜 이 먼 곳까지 왔는데……. 아이를 망친다면, 한순간 정신이 번쩍 들었다. 서둘러 한인학교에 사표를 냈다. 고국에 있을 때, 학교에서 따돌림당하는 학생을 봐 왔다. 사태의 심각성을 누구보다 잘 안다. 이곳 시골마을 라이온스 헤드에 들어와 이층 방이 딸린 작은 편의점을 임차했다. 틈틈이 준수에게 영어를 가르쳤다. 아이는 또래들과 조금씩 대화를 터 갔다. 성격도 밝아졌다. 온 정성을 기울였다. 학교 성적도 쑥쑥 올라 나를 기쁘게 했다. 학교를 그만두고 준수 곁에 함께 있는 것에 대한 커다란 보상이었다.

준수가 열다섯 살이 되던 생일날, 아이를 데리고 호숫가로 놀러 갔다. 맑은 물에 발을 담그고 재미있게 놀았다. 아이가 꼭 알아야 할 일을 오늘 이곳에서 하려고 맘먹었다.

"준수야! 내가 하는 말 잘 들어."

"응, 알았어."

나는 준수의 두 팔을 잡고 눈을 똑바로 응시했다. 아이는 당황한 표정을 지으며 의아한 듯 바라본다.

"준수야! 사실은 이 누나가 네 엄마야."

"누나! 무슨 소리야? 한국에 내 엄마 있잖아?"

"준수야! 그 엄마는 누나 이모야."

"누나! 무슨 소리야?"

"내 말 잘 들어, 네가 누구며 너의 아버지가 누군지 알려줄게."

벙벙한 표정의 준수는 숨조차 쉬지 않는다. 예상한 일이다. 어떻게 이 난감함을 해결할까? 아이는 돌처럼 굳었다. 우리가 캐나다에 와서 살게 된 이유와 준수가 어떻게 해서 태어났는가를 긴 시간 동안 자세하게 설명했다. 준비해 온 규영의 편지와 사진을 건네주었다. 한참을 바라보던 아이의 눈가에 눈물이 맺혔다. 무슨 의미일까? 준수는 조기 유학 온 것으로 알고 있다. 다문화 민족이 사는 이곳의 정서가 아이를 키우기에 수월할 것 같아 선택한 것이다. 이제는 엄마라고 부르는 것이 어떻겠느냐고 조심스럽게 물었다. 당황한 눈빛과 혼란 속에 빠진 준수는 한참 동안 내 얼굴을 보는 것조차 피했다. 누나라고도 엄마라고도 부르지 않았다. 아이의 대답을 서두르지 않았다. 평시처럼 대했다. 누나가 갑자기 엄마라니! 그렇지만 나는 설레고 기쁜 마음을 바닥에 깔고 내비친 것이다. 어색한 하루하루가 지났다. 기다렸다.

아이가 내게 엄마라고 부른 건 한 달이 지난 어느 날이었다. 으슬으슬 몸살이 오는지 몸이 아팠다. 가게 문을 닫고 씻지도 못하고 곧장 누웠다. 열이 난다. 이내 오한을 느끼며 이불을 뒤집어썼다. 끙끙 신음소리가 저절로 나온다.

"엄마!"

엄마라는 작은 소리에 이불을 젖혔다. 아이가 수줍은 미소를 띠며 한 손엔 약을 들고 한 손엔 물컵을 들고 서 있다. 눈물이 난다. 와락 내 아들을 끌어안았다.

아침 동이 훤히 터오기 시작할 때 안전벨트를 매라는 기내방송이 나왔다. 가슴이 두근거린다. 그리도 그립던 고국에 왔다. 인천국제공항에는 '김지연'이라는 팻말을 든 젊은이가 나와 있었다. 병원에 도착했을 때 그곳에는 규영의 딸이 있을 뿐 부인은 없었다. 5년 전 암으로 세상을 떠났다고 한다. 그의 상태는 심각했다. 아무 말도 못 하고 겨우 눈을 떠 우리를 보았다. 준수의 손을 잡고 왔느냐고, 그리고 잘 지냈느냐고, 고맙다며 주르르 눈물을 흘린다.

"아버지!"

오열하는 준수를 보는 순간 꾹 참았던 눈물이 폭발했다. 평생을 사랑해 온 남자가 지금 죽어가고 있다. 내가 해 줄 수 있는 것이 아무것도 없다. 그가 내 손을 힘주어 쥐며 작은 소리로 아이들을 부탁한다. 준수보다 어린 그의 아들과 딸, 아버지마저 저세상으로 보내야 하는 남매를 생각하니 가슴이 아프다. 함께 그 밤을 병원에서 지냈다.

이튿날, 편안하게 규영을 하늘나라로 보내줬다. 25년 전 한 번 안아보고 떠나보낸 당신의 아들을 보기 위해 기다려 준 것이다. 창밖에는 함박눈이 펑펑 내리고 있다.

나비의 눈

나는 여러 형제들과 시장 근처에서 태어났다. 엄마는 우리를 정성으로 키웠다. 어느 따뜻한 봄날, 우리 집 근처에 낯선 남자가 자주 나타났다. 그를 강하게 경계하던 엄마가 홀연 우리 곁을 떠났다. 며칠이 지나도 엄마는 돌아오지 않았다. 형들은 제각기 집을 떠났다. 막내인 나만 남았다. 담 밑에 앉아 볕을 쬐는 것이 내 일과의 전부였다. 순댓국집 아주머니가 날 예뻐했다. 그곳에서 밥을 얻어먹었다. 아저씨는 고양이가 싫다며 날 보면 회초리를 들었다. 그럴 때마다 요령껏 피했지만 한번 호되게 맞고 그곳에 가기 싫었다. 이곳저곳 거리를 떠돌며 먹을 것을 찾았다. 종일 굶을 때도 있었다. 어느 가게 앞을 서성이다가 덩치가 큰 형을 만났다. 나를 가만 노려보더니 세게 후려친다. 정신이 아찔하며 빙그르르 나가떨어졌다. 차 밑으로 도망쳤다. 무서워 곧 죽을 거 같았다. 차 주인이 왔다. 도망가기보다 나를 구해주길 바라며 주춤거렸다. 손을 내민다. 나는 지치고 힘들었다. 예쁜

언니의 손길을 거부하지 않았다. 언니는 나를 감싸 안으며 예쁘다고
했다. 향긋한 냄새가 났다.

여름이 되면 해가 도봉산을 넘는다. 겨울에는 구경할 수도 없던 볕
이 네 시에서 다섯 시경이면 어김없이 내 방을 밝게 비친다. 엄마는
부랴부랴 커다란 거울을 들고 복도로 나간다. 창가로 스민 빛의 반
사가 어느 각도가 좋은가 이리저리 움직이며 나를 바라본다. 거울속
의 빛의 움직임에 눈이 부시다. 도대체 날마다 뭔 짓이람? 나는 예민
하게 반응한다. 몸을 틀며 싫은 표정으로 엄마를 쏘아보지만 아랑곳
하지 않는다. 조금 지나자 엄마의 얼굴이 벌겋게 달아오른다. 한여름
뜨거움을 못 참겠다고 거울을 가지고 방으로 들어온다. 침대 머리맡
베개 위에 올려놓고 이리저리 방향을 맞추며 옷장 구석에 웅크린 내
등에다 대고 빛을 쏜다. 해가 만장봉 자락을 넘어갈 때까지 두세 시간
이다. 그 짧은 볕의 머무름이 마냥 아쉽다는 표정이다.

내가 햇볕을 쬐지 않아 뼈가 약해졌다고 엄마는 생각한다. 요즈음
무릎이 아파 약간 절뚝였다. 복도와 방 유리창을 통과한 볕이 내 몸에
필요한 비타민D를 얼마나 만들 수 있을까? 두 차례나 유리를 통과하
면서 자외선이 살아있기나 한 것일까? 이 더위에 생고생을 날마다 한
다.

몸속이 따스해지니 잠이 온다. 어렸을 땐 하루 종일 창가에 앉아
볕을 쬐었다. 활발한 사춘기시절의 일이라 내 뼈는 튼튼해져 있을 것
이라고 생각한다.

엄마는 요즈음 들어 부쩍 내게 관심을 쏟는다. 사실 내가 아프다.

오른쪽 귀가 늘 간지럽더니 탈이 났다. 염증으로 부어올랐다. 처음엔 살살 문지르는 정도였는데 이제는 박박 긁어도 시원치 않다. 머리를 세차게 흔들면 피고름이 벽이나 침대 커버에 튄다. 엄마는 질색한다. 병원에 데려가려 하지만 나는 강하게 저항한다. 어느결에 병원을 다녀왔는지 흰색 가루 봉투가 식탁 위에 있다. 물론 나에게 먹이려는 것이다. 순순히 받아먹을 내가 아닌데.

언니는 순대나 곱창볶음을 좋아해서 종종 사다 먹는다. 당면이 많이 들어있는 순대는 언니가 먹고 간은 나를 준다. 언니가 시집간 후론 순대구경을 못했다. 가끔 그 간이 먹고 싶지만, 엄마는 순대나 곱창볶음 같은 것을 좋아하지 않는다. 어쩐 일인지 요즘 매끼 사료에 간을 섞어 준다. 오징어도 자주 해 줘서 기분이 좋다. 너무 오랜만에 먹어서 맛을 잃었는지 약간 쓰다는 느낌이 들었지만 그래도 맛있다. 일주일이 지난 후, 식탁 위에 있던 흰 가루 봉투가 없어졌다. 그리고 내 귀도 괜찮은지 심한 가려움증이 없어졌다.

엄마는 잠자리에서 끙끙 앓는 소리를 자주 한다. 한참 뒤척이다 거실로 나간다. 소파에 멍하니 앉아 있거나 누워있다. 엄마는 암 환자다. 삼 년 전 유방암 수술을 받았다. 수술 후, 치료 약 후유증이 심해 발목 연골 부분이 아파 걷지 못할 때도 있다. 불면증도 그중 하나다. 나는 엄마 침실 붙박이옷장 한구석에서 잔다. 동생은 거실에서 혼자 잔다. 끙끙 앓는 소리가 유난히 큰 날은 동생이 엄마 곁으로 온다. 엄마는 동생을 어루만지다 잠이 든다. 나와 다르게 복스럽고 뽀얀 동생은 엄마에게 기쁨을 준다. 엄마가 수술받으러 병원에 갔을 때, 다시 못 보면 어쩌나 무서웠다. 항암주사를 맞기 시작하면서 탐스럽던 엄마의 머리칼이 빠지기 시작했다. 베개에 묻어난 머리칼을 한 움큼씩 집어 들고 엄마는 슬퍼했다. 언니가 찾아왔다.

"엄마, 가발 맞추러 가요."

"어디로?"

"인터넷에서 찾아 예약했어요. 그곳 미용실에서 먼저 머리 손질을 할 거예요."

"어떻게?"

언니의 표정이 난처하다.

"그냥 깨끗이 미는 거죠. 어차피 다 빠질 텐데 볼 때마다 힘들어하지 마시고."

엄마는 말없이 언니를 따라나섰다. 뒷모습이 왜 그리 짠한지 나까지 우울했다.

서너 시간 지난 후, 웨이브 진 머리칼을 흔들며 엄마가 들어왔다. 기분이 좋은 듯도 하고 슬픈 듯도 했다. 옷을 벗고 가발도 벗었다. 거울을 보면서 눈물을 흘린다. 엄마의 까까머리를 똑바로 쳐다 볼 수 없었다. 항암주사를 맞은 엄마는 밥 먹는 걸 힘들어했다. 늘 메스껍다고 잔 트림을 했고, 입 안이 헐어 아파했다. 어지럼증으로 최소한의 행동만 하고 누워있다. 운동 부족으로 변비가 심하게 왔다. 두 번째 항암주사를 맞고 왔다. 며칠이 지난 어느 날, 앉아있던 엄마가 정신을 차리지 못하고 쓰러졌다. 119구급차가 왔다. 병원응급실로 갔다. 혈전으로 인한 쇼크라고 했다. 우리는 모두 크게 놀랐다. 중환자실에서 치료받은 엄마가 일주일 후 퇴원했다.

스트레스를 많이 받으면 암에 걸린다고 하는데 원인이 무엇일까? 나의 가출? 그건 일주일밖에 안 된다. 언니가 첫사랑과 헤어진 일? 아님 엄마 남자친구 때문?

언니는 고등학교 다닐 때부터 사귀던 남자친구가 있었다. 같이 학원에 다녔고 대학도 같이 다녔다. 훤칠한 키에 잘생긴 그는 대학 때 ROTC 지원을 했다. 언니는 직업군인이 되는 것을 반대했지만, 그는 군 복무 후 직업군인이 되었다. 둘이서 전화로 자주 싸웠다. 어느 날 심하게 다투고 종일 운 언니가 그래 헤어져, 하며 큰소리를 쳤다. 누가 먼저 헤어지자고 했는지 모르겠다. 자유로운 긍정마인드인 언니가 틀에 박힌 군인을 좋아할 리 없다. 직업군인 남편을 둘 수 없다고 엄마와 충돌이 잦았다.

"그래도 직업이 안정적이잖아."

"엄마! 갑갑해서 난 못살아요. 결혼해서도 내 일하며 살 건데, 툭하면 이리저리 이사 다녀야 하는데 생활을 어떻게 해요."

"사람이 아깝잖아."

엄마는 여전히 미련을 버리지 못했다. 장교 사위 두는 걸 자랑스럽게 생각했다.

"아깝긴 뭐가 아까워요. 좋은 사람 많아요."

"다시 한번 생각해 보는 거 어떠니?"

"내 일하면서 살 거예요."

언니는 생활미술을 전공한 디자이너다. 꽤 좋은 성적으로 졸업했다. 좋은 직장을 얻어 월급도 많이 받는다. 언니 철학은 현실 에고이

즘이다. 좋아한다는 것만으로 결혼할 수 없다는 입장이다. 행복의 최대공배수를 먼저 계산한다. 그러던 언니가 무슨 아쉬움인지 퇴근하고 방에서 꼼짝 않는다. 가끔 흐느낌 소리가 새어 나오기도 한다. 그렇게 힘들면 결혼을 하지……. 알뜰한 언니는 용돈도 매우 아껴 쓰고 월급 대부분을 엄마에게 맡겼다. 결혼자금으로 꽤 많은 돈을 저축해 놓았다. 시간이 흘렀다. 언니도 마음이 편해졌는지 전처럼 명랑해졌다. 삼 년이 훌쩍 지난 어느 날, 언니가 멋쟁이 남자를 데리고 집에 왔다. 집안은 다시 즐거움으로 꽉 찼다.

엄마의 통화 목소리가 들떠있다.
"덕구 씨! 우리 딸이 결혼할 거 같아요. 상견례하면 곧 혼수 준비 들어가야 하니 계좌로 돈 넣어주실 수 있죠?"

축하해 줘서 고맙다는 말을 하고 엄마는 전화를 끊었다. 언니 시집 보내야 할 돈을 빌려준 것 같다. 언젠가부터 엄마 전화 통화 시간은 길어졌다. 항상 기분 좋은 모습이고 몸치장에 신경을 썼다. 우리에게 항상 정성을 쏟던 관심은 줄어들었다. 작은 열대어가 살고 있는 수조에 이끼가 꼈다. 외출도 잦아졌다. 향수냄새가 진했다. 집에 들어와 까칠한 나에게는 머리를 한번 톡치는 정도이고 동생은 끌어안는다. 우리 집에서 맡을 수 없는 다른 냄새가 난다. 이게 뭐지? 술 냄새와 이상한 냄새가 섞여 역겨웠다. 엄마가 수상했다. 나는 어릴 적 우리를 버리고 떠난 엄마 생각을 했다. 그래서 불안하다. 엄마는 언니가 출근하고 나면 어김없이 사라진다.
"잠깐만 기다려요. 금방 나갈게요."

화장하고 선글라스와 예쁜 스카프를 두르며 얘들아, 엄마 나갔다 올게. 향수냄새가 섞인 비움을 남기고 급히 나간다. 엄마는 영애아줌마와 일주일에 한 번 노래교실을 다닌다. 시시콜콜한 아저씨 얘기를 둘이는 무척 재미있어한다. 결혼해서 같이 살고 싶다고 한다. 아마 언니를 시집보내면 엄마는 아저씨와 재혼할 것 같다.

엄마는 바빠졌다. 혼수를 걱정하며 언니와 상의하는 일이 많아졌다.

"엄마, 혼수 해 갈 돈으로 집 얻는 데 보태기로 했어요."

"잘했다. 얼마나 네가 보탤 건데?"

"오천만 원 정도. 괜찮죠?"

"그럼!"

결혼 날짜가 잡혔다. 은행을 다녀온 엄마가 문을 꽝 닫고 거실 바닥에 주저앉았다. 옆 동에 사는 친구 영애아줌마를 급히 불렀다.

"영애야! 나 어쩌면 좋아."

"왜 그래?"

"덕구 씨가 나한테 사기 친 거 같아."

"뭐? 뭔 일이야?"

"사무실에도 없고 전화도 안 돼."

엄마한테 일이 벌어졌다. 언니 시집보낼 돈 오천만 원이 날아간 것 같다. 아버지 같은 내가 더 보태 줄 거라며 엄마를 꾀어 빌려 갔다.

엄마는 아침 일찍부터 밖으로 돌아다녔다. 날마다 쏘다닌다. 언니 퇴근 맞춰 겨우 들어왔는데, 오늘은 없다. 언니가 엄마를 찾았다.

"엄마, 어디세요?"

부산에 문상 갔다고 한다. 누구에게 무슨 소리를 들었는지 아저씨 찾으러 부산에 갔다. 조그만 단서라도 있으면 그곳이 어디든 찾아다녔다. 근 한 달 동안 미친 사람처럼 돌아다닌 엄마가 병이 나서 누웠다. 아저씨가 해외로 도주했다는 것을 알고 분하다며 땅을 쳤다. 이제 체념한 듯하다.

이 일을 언니가 알게 되었다. 어이없다는 듯 엄마를 쏘아본다.

"남자에게 미쳤어요?"

큰 소리로 심한 말을 한 언니가 '꽝' 방문을 닫았다. 이어 울음소리가 크게 들렸다.

"내가 죽일 년이다! 내가 죽일 년이다!"

엄마는 가슴을 치며 거실에서 큰 소리로 운다. 집이 난장판이 되었다. 며칠 동안 엄마와 언니는 서로 눈길도 주지 않았다. 아침을 차려 놓아도 언니는 그냥 출근했다. 얼음장처럼 모두 싸늘하다. 나도 동생도 싸한 집안 분위기에 풀이 죽었다. 기가 팍 죽은 엄마는 날마다 친구들에게 전화를 건다. 돈을 빌려달라는 것이지만 통화를 끝낸 표정은 늘 우울하다. 다행히 조금이라도 빌려준다는 친구가 있으면 뛸 듯 기뻐하며 나간다. 어떻게 해결될지 앞이 캄캄하다.

주말이다. 거실에 햇살이 가득하다. 언니가 늦도록 잠을 잔다. 엄마도 나도 숨죽이고 있다. 한낮이 되어 언니가 일어났다. 왠지 기분이 좋은 것 같다.

"엄마!"

의아한 표정으로 조심스레 언니를 보는 엄마 모습은 불쌍했다.

"잘못했어요."

언니가 겸연쩍은 미소를 띤다.

"아냐, 네가 뭘 잘못, 내가 어리석었지 너한테 미안하다."

금방 눈물 범벅된 엄마와 언니, 나도 동생도 같이 울었다.

"엄마! 생각해 봤는데, 집 담보로 대출받으면 어때요?"

언니 제안에 힘을 얻은 듯 엄마 눈빛이 밝아졌다.

"무엇이든 할 수 있는 대로 해보자."

"대출금은 내가 시집가서 갚을게요. 계속 직장은 다닐 거니까."

"정말 너한테 면목 없다. 능력도 없는 내가 일만 저지르고……."

"이제 너무 속상해하지 말고 다 잊으세요. 결혼식 때 엄마 모습 예뻐야지요. 얼굴 마사지도 하고 신경 좀 쓰세요."

"그래, 고맙다."

언니는 엄마를 힘껏 안았다. 한 달이 넘도록 우리 집에 머물던 먹구름이 걷혔다. 예식장이며 혼수 얘기로 바빠졌다. 언니가 통장을 내놓았다.

우리 집에서 십 분 거리에 언니는 신혼집을 마련했고, 무사히 결혼식을 마쳤다.

엄마는 동네 갈빗집 서빙을 나갔다. 많이 힘들었는지 일주일 버티다 쓰러졌다. 주방 설거지 자리로 옮기고 열흘을 못 넘겼다. 다른 곳으로 다른 곳으로 또 옮겼다. 편의점에서는 오래 버텼지만 돈이 적었다. 먼 친척 노래방에 카운터 자리를 얻었지만, 늦은 시각까지 있어야했다. 그것보다 남자들의 치근댐이 싫다고 했다. 어느 날, 엄마가 영애아줌마를 불렀다. 캔 맥주를 마시며 땅콩을 우물거리는 엄마 모습은 조금 여유로웠다.

"영애야! 어떤 미친놈이 만나달란다. 어유! 생각만 해도 끔찍하다."

"이번엔 네가 꼬셔봐."

"미쳤니?"

"하하하. 복수해."

"하하하. 그럴까? 재미있겠다."

모처럼 엄마의 밝은 웃음이 집안 가득했다.

엄마의 고된 시간이 길어지면 질수록 아저씨에 대한 분노가 커졌다. 아르바이트의 적은 수입이지만 친구들에게 빌린 돈을 열심히 갚았다. 칠 년이 흘렀다. 어느 봄날, 우리를 끌어안으며 엄마는 울었다. 긴 세월의 고단함을 벗었다고 기뻐했다.

"얘들아! 엄마 빚 다 갚았다."

두 손을 위로하고 거실 바닥을 이리저리 뒹구는 엄마 모습은 마치 어린애 같았다. 언니 내외를 부르고 영애아줌마까지 함께한 저녁은 성대했다. 치킨과 맥주 피자까지 맘껏 즐겼다. 언니는 아들 쌍둥이를 낳고 힘들어했다. 엄마가 손자 둘을 맡았다. 꼬물대는 손자들이 예쁘다고 하지만 고된 노동이 다시 시작되었다. 아침에 언니 집으로 출근했다. 엄마의 수입은 어느 때보다 많았다. 휴일이면 여유롭게 백화점을 돌며 엄마만의 시간을 즐겼다. 우리 집에 다시 봄날이 찾아온 듯 포근해졌다.

오른쪽 귀가 슬슬 간지럽다. 염증이 다시 시작되는지 가려움증이 심해진다. 내가 머리를 흔들 적마다 엄마는 예민하게 반응한다. 병원도 약도 다 싫어하는 나를 알기 때문이다. 될 수 있으면 엄마 눈을 피하고자 구석에 틀어박혀 있다. 구름이 잔뜩 낀 스산한 날씨다. 엄마도 날씨가 흐리면 온몸이 더 아프다고 했는데 오늘따라 귀가 많이 아프다. 언니가 왔다. 손에는 커다란 무릎 덮개 담요를 들고 있다. 언니가 내게 와 인사한다.

"잘 있었어? 이렇게 아파서 어떡하니?"

옆에는 작은 케이지가 놓여있다. 뭔가 수상한 느낌이 든다. 엄마와 차 한잔을 하고 내게로 온 언니가 엄마에게 눈짓을 한다. 뭔 일이야? 나는 긴장했다. 순식간에 앞이 깜깜해졌다. 언니가 가져온 담요로 나를 뒤집어씌웠다. 잽싸게 몸을 뒤틀어 빠져나왔다. 이들이 무엇을 하려는지 기분 나쁜 것은 확실하다. 한동안 조용하다. 신경을 곤두세우고 엄마와 언니가 무엇 하나 보았다. 태평하니 과일을 먹고 있다. 격한 몸놀림과 과한 신경 집중으로 피로가 몰려왔다. 살포시 잠이 들었다. 다시 언니가 내게 달려들었을 때 반항할 틈도 없었다. 우격다짐으로 나를 케이지 안으로 밀어 넣고 엄마와 합세해 문을 닫는다. 나는 격하게 몸을 뒤틀어 보지만 좁은 공간에서 급히 지치기만 한다.

"조금만 기다려, 아프지 않게 해 줄게."

엄마와 언니의 목소리가 번갈아 들린다. 지금 너무 갑갑하다. 이 좁은 공간에서 벗어나고 싶다. 잠시 방심한 것을 후회했다. 뭔가 이상하다고 느꼈을 때 이들의 손이 닿을 수 없는 곳으로 도망갔어야 하는데. 아유! 분하다.

　덜컥덜컥 움직임이 심하다. 자동차 달리는 소리가 들린다. 한참 후, 담요를 푹 뒤집어쓴 나를 데리고 병원에 들어선다. 덜덜 떨린다. 생전 처음 아니 처음은 아니다. 중성화수술을 받을 때 의사 앞에 있었다. 그때는 마취를 해서 모든 기억이 나지 않는다. 수술한 곳의 통증이 심해 며칠 동안 고통스러웠던 기억만 있다.

　의사는 내 귀를 벌리고 의료용 펜 라이트를 비춰가며 본다.

　"선생님 어때요?"

　"염증이 좀 심하네요. 나이가 많아서 수술하기는 힘들어요. 마취를 견디지 못해요."

　"그럼 어떻게 해요?"

　"약을 드릴게요. 아침저녁 먹이고 귀에 넣을 물약도 드릴 테니 하루 두 번씩 넣어주세요."

　일주일 치 약을 받아가지고 집에 왔다. 엄마와 언니는 내게 약을 어떻게 먹이며 어떻게 넣을지 고민하고 있다. 난 약도 안 먹고 귀에도 못 넣게 할 거다. 내 몸에 손대는 건 질색이야. 엄마는 내게 빗질도 못해준다. 내가 격하게 반항을 하기 때문이다. 난 사춘기 때 집 나간 적 있다.

　내가 언니 품에 안겨 이 집에 왔을 때, 엄마는 깜짝 놀라며 갖다 버리라고 소리쳤다.

　"엄마! 엄마 손 하나도 안 가게 할 거예요. 밥도 내가 주고 똥도 내가 다 치우고. 이것 봐요. 얼마나 예쁜가!"

언니는 굳게 약속하고 나를 키우기로 했다. 침대에서 같이 자고 생활했다. 언니가 출근하면 엄마는 어김없이 나를 위협했다. 침대 머리맡에 묻은 내 털을 테이프로 찍찍 떼 내며 잔소리를 시작했다. 문을 활짝 열고 나가라고 소리쳤다. 그때부터 현관문을 열고 청소라도 할라치면 나는 좁은 구석을 찾아 숨기 바빴다. 안아다가 버릴까 봐 겁났다. 언니가 일찍 퇴근하기만을 목 빠지게 기다렸다. 언니가 있는 동안은 활기차게 이곳저곳을 돌아다녔다. 네 발로 걸어 나가라고 줄기차게 소리치는 엄마를 미워했다. 우리는 서로 스킨십도 없었다. 나를 만지지도 안아주지도 않았지만 나도 허락지 않았다.

어느 여름 어스름 저녁 나는 집을 나왔다. 계단으로 내려오고 또 내려오고 끝도 없이 내려왔다. 사람들은 모두 엘리베이터를 타고 다녀서 계단은 조용했다. 주위가 어두워졌다. 잽싸게 아파트 모퉁이를 돌아 화단 수풀 속으로 들어갔다. 먼 옛날 코끝에 스친 기분 좋은 냄새였다. 한참 동안 숨죽이고 주위를 살폈다. 무성한 숲이 눈앞에 보였다. 잽싸게 달려갔다. 넓은 공원에 아이들이 뛰어놀고 있었다. 미끄럼 타는 아이, 그네 타는 아이, 서툴게 자전거 타는 아이, 왁자지껄 떠드는 소리가 기분 좋았다. 이렇게 넓고 좋은데 진작 나올 걸, 엄마한테 날마다 구박받으며 버틴 것을 후회했다. 잠시 후, 놀이터가 조용해졌다. 놀던 애들이 모두 집에 갔다. 나는 이제 무엇을 해야 할지 조용해진 주위를 둘러보며 불안했다. 집을 바라보니 까맣게 높다.

살금살금 걸었다. 누군가 나를 노려보는 느낌이 들었다. 누굴까? 긴장했다. 까만 얼굴을 한 아이가 다가왔다.

"넌 누구니?"

"나? 나비야."

"하하하, 나비?"

"그래, 우리 엄마와 언니가 그렇게 날 불러."

"나비는 날아다니지."

"날아다녀? 그 앤 뭔데?"

"너 바보구나."

얼굴 까만 애와 친구가 되었다. 나는 그 애를 까미라고 불렀다. 까미가 내게 물었다.

"너 어디 살아?"

"저 앞에 보이는 401동 꼭대기. 너는?"

"나는 여기 살아."

"여기 어디? 가보자."

까미는 나를 데리고 405동 화단을 지나 지하실로 향했다. 환기창 한쪽 열린 곳이 출입구였다. 쌓여진 자재 박스 뒤로 비집고 들어갔다. 종이가 깔려있고 반들반들 윤기 나는 자리가 까미의 집이라고 했다.

"너 어디 갈 곳 있어?"

"아니, 없어."

"그럼 집에 갈 거니?"

"아니, 가고 싶지 않아. 엄마가 날마다 나가라고 소리쳐."

"그럼 여기서 나와 살아."

나는 아무 대답도 하지 않았다. 더 넓은 세상이 궁금했다. 날마다 15층 높은 곳에서 내려다보기만 했다. 수많은 차들이 달리고 많은 사람들이 오가는 땅이 궁금했다. 이곳저곳 보고 싶은 곳이 많았다. 어두운 구석에서 까미와 살고 싶지 않았다. 까미는 내게 배고프니 같이 저녁 먹으러 가자고 했다. 아파트 담벼락 한쪽 구석에 누가 두었는지 밥도 있고 물도 있었다. 까미는 내게 건너편 숲에는 가지 말라고 당부했다.

까미가 자고 있는 동안 살며시 나왔다. 살금살금 큰길을 건너 숲에 들어왔다. 더 넓은 동산은 빽빽이 나무가 있고 작은 도랑으로 물도 흘렀다. 얼마큼 깊숙이 들어왔을까? 갑자기 커다란 몸집을 한 갈색 아이가 나를 세게 후려쳤다. 나는 빙그르르 나동그라졌다. 정신이 하나도 없다. 얼굴에 깊은 상처가 났다. 어떻게 해야 할지 몰라 싹싹 빌었다.

"누가 내 땅에 마음대로 들어와?"

"미안해, 몰랐어."

갈색이는 험악한 모습을 하고 금방이라도 잡아먹을 듯 날 위협했다. 갈색이 부하는 여럿이다. 모두 험악한 모습에 덩치가 크다. 합세해 그들의 아지트로 나를 끌고 갔다. 그곳은 비어있는 창고의 한구석인데 꽤 넓었다. 나를 위아래로 훑으며 하나씩 와서 냄새를 맡는다. 몹시 떨렸다.

"형님! 여자는 여잔데 아닌 거 같아요."

"뭐? 아니야?"

한 번씩 돌아가며 내게 주먹을 날렸다. 나는 이유도 모르고 흠씬 맞았다. 기절해 쓰러졌다.

다리에 심한 상처를 입었다. 밥을 주긴 하지만 죽을 것 같은 하루

하루가 며칠 지났다. 까미가 왜 가지 말라고 했는지 알 것 같다. 언니도 엄마도 그립다. 어찌해서든 이곳을 탈출해야한다. 날 지키는 눈이 많다. 내 옆에는 항상 누군가 남아서 감시하고 있다. 갈색이는 나를 제 옆에 끼고 잔다. 언제부터인가 내 털 구르밍도 해 주지만 난 너무 싫다.

어느 날. 누가 자신들의 영역에 들어왔다고 모두 싸우러 나갔다. 내게 기회가 왔다. 아지트를 탈출했다. 그들이 싸우러 간 방향의 반대쪽으로 달렸다. 멀리 내가 살던 아파트가 보인다. 자동차가 쌩쌩 달리는 큰길을 두 개나 건너야 한다. 나는 고민에 빠졌다. 이쪽을 건너면 저쪽에서 차가 오고. 잽싸게 피해 달릴 자신이 없다. 하루 종일 아무것도 먹지 못했다. 물도 마시지 못해 몹시 갈증이 난다. 풀 속에 숨었다. 잠이 들었다가 깨어보니 시끄럽게 오가던 차들이 점점 줄어들었다. 조금 더 기다려 보자. 아주 가끔씩 왔다.

새벽이다. 지금이 기회인 것 같다. 양쪽이 다 조용했다. 용기를 냈다. 뛰었다. 한 개를 지나 또 뛰려고 할 때 멀리서 헤드라이트 빛이 쏜살같이 다가왔다. 주춤 섰다. 휴! 놀랐다. 덜덜 떨렸다. 숨을 고르고 다시 뛰었다. 다리가 후들거린다. 잠시 앉아 있다가 걸었다. 집이 가까워지자 기뻤다.

아파트에 사람들은 보이지 않았다. 부지런히 계단을 향해 올랐다. 숨이 찼다. 오르고 또 올랐다. 언니 방 창가에 도착했다. "야옹, 야옹" 크게 소리쳤다. 엄마가 먼저 듣고 뛰어나왔다. 얼결에 엄마 품에 안겼다. 엄마에게 부비부비하며 크게 울었다. 바깥세상은 무섭고 힘들었다.

"어디 갔다 왔니?"

엄마도 울고 언니도 울었다.

엄마가 격하게 나를 미워한 것도 용서하기로 했다. 엄마가 왜 반려동물을 싫어하는지 듣게 되었다. 엄마 어릴 적, 반려견 흰둥이를 키웠다고 했다. 흰둥이가 만삭이었을 때 자동차 사고로 엉덩이 쪽을 심하게 다쳤다. 흰둥이는 누운 상태로 조산했다. 새끼 다섯 마리 중 두 마리는 죽고 세 마리가 살았다. 할머니는 흰둥이와 새끼를 정성으로 보살폈다. 상처 난 곳에 매일 약을 발라주고 우유를 사서 새끼들을 먹였다. 더운 여름이라 흰둥이 주위에는 파리가 들끓었다. 계속 쫓아주며 신경 썼지만 어느새 흰둥이 상처에는 구더기가 생겼다. 움직일 수 없는 상처 부위가 더 커지며 살이 썩어 들어갔다. 흰둥이도 고통스러웠고 할머니도 일손을 놓고 흰둥이만 보살필 수가 없었다. 결국 동네 슈퍼 아저씨에게 흰둥이 가져갈 것을 원했다. 상자 속에 담겨 실려 가는 흰둥이를 보고 할머니도 울고 엄마도 울고 흰둥이도 울고……. 가슴 아픈 이별을 했다고 했다. 그 후 할머니도 엄마도 다시는 반려동물을 키우지도 않고 정도 주지 않기로 맹세했다고 엄마가 들려줬다.

시집간 언니가 예쁜 고양이 설이를 데려왔다. 하얀 옷을 입고 분홍색 코와 파란 눈을 가진 페르시안 친칠라다. 엄마 젖을 뗀 두 달 된 남자아기다. 언니는 나를 보고 아기니 잘 돌봐주라고 부탁한다. 엄마는 예쁘다고 얼굴 비비고 야단이다. 부럽다. 엄마는 나의 강한 외면에 보상이라도 받으려는 듯 동생을 안고 자려 한다. 설이는 싫다고 한다.

설이가 귀엽지만 엄마의 편애에 짜증이 난다. 외출할 때면 내게 꼭 부탁한다.

"나비야, 설이 애기니까 예뻐해 줘."

예뻐하긴? 철모르고 내게 달려드는 조그만 곰 같은 놈을 양손으로 다다닥 때렸다. 놀라서 도망간다. 나는 통쾌했다. 정 주지 않았다. 엄마가 예뻐하면 할수록 더 미워했다. 어린 것은 나에게 무한 관심이다. 내가 무섭게 해도 오고 또 와서 애교떤다.

폭풍우가 몰아치던 어느 날 우리 둘만 있었다. '우르르 꽝' 번쩍이는 섬광과 고막을 찢는 뇌성이 창문을 흔들었다. 어린 설이가 기겁을 하고 달려와 내 품에 안긴다. 매몰차게 밀쳤다. 그래도 궁둥이를 들이민다. 그 모습이 어찌 귀엽든지 설이에 대한 내 감정이 변하기 시작했다. 한 번도 품어보지 못한 아기에 대한 사랑스러움이 느껴진다. 이제는 덩치가 나보다 더 커졌다. 윤기 찬 털을 찰랑이며 흔들 때 모습은 고급스럽고 우아했다. 약간의 애교도 있다. 엄마가 예뻐할 수밖에 없음을 안다.

설이가 우리 집 온 지 석 달쯤 되었을 때, 케이지에 담겨 나갔다 들어왔다. 그날도 언니가 와서 차에 태워 갔다. 하루 종일 누워서 꼼짝을 않는다. 나는 궁금하고 걱정되었다. 어린 것이 어디가 아픈지 아무것도 먹지 못한다.

"설이야, 어디 아파?"

"네, 정신이 없어요."

"뭔 일이야?"

"중성화수술 했대요."

"그랬구나. 나도 예전에 했어. 힘들지?"

"어지러워요."

"좀 쉬면 괜찮아져."

"고마워요."

내 자식처럼 설이가 안쓰러웠다. 설이가 예뻐진 것처럼 엄마도 좋아지기 시작했다. 그것은 설이 가출 사건이 있고 엄마가 진심으로 우리를 얼마나 사랑하는지 알았기 때문이다.

12월 추운 어느 날, 엄마가 청소하려고 현관문을 활짝 열어놓았다. 설이는 밖으로 힘껏 뛰어나갔다. 조금 있다가 들어오려니 생각한 엄마가 청소를 다 하고도 설이가 보이지 않자 찾기 시작했다. 엄마 말은 엘리베이터에서 누가 내리니까 놀라서 옥상으로 도망간 것이라고 믿고 있었다. 옥상으로 올라가 구석구석 샅샅이 찾았다. 어디에도 설이 흔적이 없자 엄마는 몹시 당황했다. 한 층 한 층 내려가면서 찾았고 복잡한 지하 기관실도 가보았다. 관리실에 찾아가 CCTV를 보여 달라고도 했다. 엄마는 A4용지에 설이를 찾는 문구를 써서 붙였다. 현관 입구와 엘리베이터에 붙였다. 연락주면 사례하겠다고 썼다. 낮에는 움직이지 않을 거라며 밤에 기다려 보라고 수의사가 말했다. 한겨울 추위는 대단했다. 엄마는 종일 설이를 찾으러 아파트 구석구석을 누볐다. 눈이 소복이 내린 아파트 주차장 수십 대의 차 밑도 샅샅이 살폈다. 언니가 놀라 헐레벌떡 달려왔다.

"이 어린 것이 추위에 어디 갔지?"

엄마도 언니도 울었다.

"옥상에 가 봤어요?"

"15층을 층층이 세 번째 돌았다."

그날 저녁 엄마는 배변통에 남아있던 설이 똥을 한 덩이 현관에 놓고 또 맛난 간식도 함께 놓았다. 냄새 맡고 찾아오기도 한다며 언니가 엄마를 안심시켰다. 날이 어두워졌다. 현관문을 활짝 열었다. 방충 문을 비닐로 쳤다. 찬바람이 쌩쌩 방으로 들어온다. 그래도 엄마는 이불을 뒤집어쓰고 현관이 보이는 곳에 자리를 잡고 누웠다. 문밖에서 어른거리는 것을 보려고 현관을 응시하고 있다. 내게 설이 좀 찾아오라고 애걸하는 엄마 모습이 불쌍하다. 나도 걱정된다. 나는 여름에 가출했지만, 지금은 너무 춥다. 설이는 지금 어디 있을까?

새벽이다. 현관에 기척이 있어 내가 쫓아 나갔다. 설이다. 나의 움직임에 잠들었던 엄마가 깼다.

"설이야! 엄마야."

엄마는 한참 동안 설이를 끌어안고 울었다.

나는 나이가 많다. 엄마와 함께 살아 온 세월이 19년이다. 고양이로의 수명이 다한 셈이다. 사람 나이로 치면 92살이다. 이제는 빗질을 해 주며 나를 어루만져 주는 엄마의 손길이 좋다. 가끔 자고 있는 엄마에게 간다. 그윽한 눈길로 바라본다.

"나비 왔어?"

엄마의 가라앉은 목소리가 정겹다. 입맛 없는 내게 이것저것 먹어 보라고 건네는 엄마 모습이 좋다. 깡마른 내 등을 토닥이며 엉킨 털을 손질해 준다. 소파에 앉아 책을 읽는 엄마 옆을 나는 뚜벅거리며 자주 찾는다. 이제 곧 나는 이 세상을 떠날 것이다. 오줌을 누러 비틀비틀 화장실을 찾는다. 이 걸음도 못 하게 되면 나는 엄마 곁을 떠난다. 엄마와 언니의 사랑을 듬뿍 받고 살아왔다.

"엄마, 사랑해요. 고마워요."

나는 흐려지는 생각을 다듬으며 엄마에게 사랑을 보낸다.

비상飛上

막내딸은 재수생이다. 학원과 독서실을 오가며 자정을 넘긴 늦은 시간까지 공부한다. 딸의 고생이 안쓰럽다. 너의 힘든 싸움에 엄마도 함께한다는 의미를 주고 싶다. 귀가 시간까지 기다리기로 했다. 책을 펼쳐본다. 온종일 매장에서 손님들과 씨름한 피곤함은 금방 눈꺼풀을 덮게 한다. 집안을 서성이며 무슨 소일거리가 없을까 찾아본다. 시계의 초침은 왜 이리 느린가. 무료하고 힘들기 짝이 없다. 찬물로 세수한다. 수능시험 구십일까지 견뎌야 한다. 쉬운 일이 아니다. 어렵다. 성경 타이핑을 생각했다. 숙제처럼 늘 마음에 걸리던 성경읽기를 이참에 완독해야겠다.

컴퓨터 앞에서 타자 연습을 시작한다. 결혼 전 키보드를 대해 보긴 했지만 굳어져 버린 손은 자판 위에서 마냥 더디다. 대학 다니는 아들이 어설픈 내 동작을 한참 바라보더니 인터넷 채팅 사이트를 개설해 준다. 타자 솜씨를 빨리 회복할 수 있는 방법이란다. 일터와 가정을 오가며 아이들 뒷바라지만 할 줄 알았던 내게 사이버 공간의 세상은 별천지이다. 멀리 바닷가에서, 두메산골에서, 더 멀리는 해외에서까지 서로 얘기할 수 있다는 것이 신기했다. 낯선 남자들과의 소소한 대화도 흥미롭다. 딸이 들어오며 묻는다.

"엄마! 뭐 하세요?"

"응, 오빠가 너 올 때까지 심심하니까 해 보라고 개설해 준 사이트야."

"그거 별로 좋은 거 아닌데. 많이 하지 마세요."

"그래, 알았어. 그런데 아무튼 신기하고 재미있구나."

내 채팅방에 들어오는 사람은 누구일까? 어떤 사람들인지 몹시 궁금하다. 화면을 주시하며 기다린다. 폴짝 들어왔다가 다시 사라지는 사람. 들어와서 아무 말도 않는 사람. 이들은 모두 누굴까? 나는 한마디씩 띄엄띄엄 힘겹게 올려본다. 내가 또래라는 걸 알기나 한 것처럼 비슷한 연배가 많다. 정신없이 올라가는 글귀를 나는 읽기도 바쁘다. 시시콜콜 이슈가 된 정치얘기에 열변을 토하며 모두 빠른 자판실력들을 뽐낸다. 상식 밖의 사람들도 있지만 크게 신경 쓰지 않는다. 모든 대화에 응할 수도 응하지 않을 수도 있는 것이 다 내 자유의사이기 때문에 싫으면 나가면 된다. 그야말로 장정일이 말한 '우리들은 모두 사랑이 되고 싶다. 끄고 싶을 때 끄고 켜고 싶을 때 켤 수 있는 라디오가 되고 싶다'이다.

내 채팅방에 제일 처음 들어온 사람은 나와 동갑인 대구 사람이다. 공무원이며 늦깎이 대학원생으로 시험공부 하다가 힘들어서 잠시 바람 쐬러 들어왔다고 한다. 그다음 사람은 통신기지국 직원이며 강릉에서 야근을 한다고 했다. 밤바다 풍경을 자세히 올려준다. 대화에는 참석하지 않고 노래를 하나 올려주는 조용한 사람도 있다. 딸애가 걱정하는 나쁜 사람은 없는 것 같다. 그렇게 날마다 오고 가는 사람들을 만나고 헤어지고 장마당처럼 스쳐 지나간다. 젊은 사람들은 젊은 대로 늙은 사람들은 늙은 대로 어우러져 가는 이곳은 새로운 뉴스의 산실이기도 하다. 들락거리는 사람들의 말이 모두 기정사실이라면 기쁜 일도 많고 슬픈 사연도 많다. 마음 아파하기도 하고 위로받기도 한다.

맹자의 성선설은 인간의 본성은 본디 선하다고 했다. 모두 선하게 태어나 어떠한 환경에 처해 있었느냐에 따라 선할 수도 악할 수도 있을 것이다. 아무튼 내가 보는 사람의 기준은 우선 같은 방향을 보는 사람이면 좋다. 가장 평범한 것을 함께 즐길 줄 알면 된다. 관심이 같아야 서로 즐겁다.

시간이 많이 흘러 키보드를 날렵하게 두드릴 수 있게 되었다. 프로이트의 관점은 '구속받지 않는 인간은 자신들의 이익과 만족과 즐거움을 이기적으로 추구한다'고 했다. 나 또한 그런 과정을 거쳐 한 사람을 선택했다. 누가 나를 즐겁게 하는지 알게 되었다. 준이다. 그가 던지는 말에는 항상 위트가 넘친다. 호감이 가기 시작했다. 그가 내 채팅방에 들어오기를 기다린다. 그의 방문은 이성에 대한 은근한 호기심이기도 했다.

"안녕?"

"잘 지냈어?"

나보다 한 살 어린 준은 항상 활달했다.

내가 매장정리를 하고 집에 와서 채팅방 문을 열 때 준은 항상 들어왔다. 시간이 많이 흘렀다. 준이 대화할 때 채팅방 문을 잠가 달라고 부탁한다. 우리 둘만의 대화를 원했다. 나 또한 누구의 간섭 없이 내가 선택한 준을 알고 싶었다. 그는 내게 시의 흐름을 논하고 풍부한 유머와 위트로 자신을 뽐낸다. 호탕함도 매력적이다. 함께 웃다 보면 기뻐진다. 나는 어느새 외간남자가 만든 한 틀에 동화되어 가고 있었다. 새로운 세상과 남자의 습성을 걸러내지도 않고 모두를 흡수하며 받아들이고 있다. 그것이 좋은 것인 양 정신없이 즐기며 하루를 마감한다.

컴퓨터 모니터의 불이 꺼졌다. 숨을 크게 몰아쉰다. 긴 잠을 자고 난 후의 새로움처럼 이것이 뭐지? 격한 혼란이 찾아온다. 아침 해가 떴을 때, 세상이 밝을 때, 아무 일도 없었다는 듯 정상적인 내 생활로 돌아온다. 밤이 되면 호기심의 비중이 큰 그곳의 신비스러움을 궁금해한다. 다시 찾아 들어간다. 멈출 수 없는 마력에 빠진다.

갑자기 내게 닥친 큰 변화에 머리가 혼미해진다. 몸의 부력을 잃고 뒤뚱거린다. 숨 쉴 틈도 주지 않고 나를 휘젓는 사람. 준이 내게 맞는가? 충동이 지나치면 심각한 문제가 될 수 있다. 나는 과속운전을 하고 있는 것이다. 엄청나게 속도를 낸다. 이러다가 추락하는 것은 순간적일 것이다. 무서운 생각이 든다. 죽을 수 있다. 내 감정을 억압해야 한다. 필수적이다. 난 그가 어떠한 사람인지 속속들이 알지 못한다. 천천히 가자. 음미하며 내 것으로 만들어 가야 한다.

준의 직업은 기자라고 했다. 새로운 소식을 먼저 사람들에게 알려야 하는 다급함 때문인지 그는 늘 동분서주한 모습을 보인다. 대화를 하다가 갑자기 나가기도 한다. 현실을 객관적으로만 본다. 가끔 시도 때도 없이 근무 시간에 전화해 날 난처하게 만든다. 서로 예의를 갖추자고 했다. 한 살 아래인 준이 나와 많이 친해진 다음부터는 한마디씩 저속한 말을 예사롭게 던진다. 직업상 사회에서 받는 격한 스트레스를 풀 수 있는 그 나름대로의 방법인가? 몹시 당황스럽다. 자의든 타의든 나는 지금 새로운 세계를 날고 있다. 잠재워져 있는 내 성性에 문을 두드리는 낯선 남자.

"뭐해?"

"그냥 있어, 오늘은 날씨가 흐려서인지 많이 우울하네."

"놀러 와."

대화가 조금 순해지면 안부를 물어보고 서로의 위치가 어디인지 가늠해 보기도 한다. 나눔에 결격이 없는지 조심스레 짚어가며 따진다. 한마디 한마디에서 준의 됨됨이를 재보기도 한다. 천박스럽지도 않고 경망스럽지도 않은 사람이면 좋다. 멋을 알고 즐길 줄 아는 사람이면 더 좋다.

"어디인데?"

"취재 나왔다 들어가는 중이야."

기분 좋아진다면 뭐, 손해 보는 일이야 있겠나? 서로 말이 통하는 사람이면 좋다. 기분 좋은 대화로 가볍게 사귀고 헤어지고 싶을 때는 미련 없이 헤어지는 것이다. 부담 갖지 않는 그런 사이가 되자. 어느 날 연락하지 않으면 그대로 끝이 될 것. 깊이 고민할 필요가 없지 않은가? 내게 충족되는 가장 근사한 조건의 잣대로 재어본다.

바탕이 깔려있는 지식으로 자기 PR 시대의 현대인답게 준은 과시욕이 심하다. 잘 생겼고 멋지고 무엇이든 다 잘한다고 한다. 그런 것까지는 애교스럽다. 농이 짙은 저속한 말을 거리낌 없이 할 때는 실색하겠다. 업무를 떠난 일상에서라고 변명한다. 극과 극을 달린다. 처음엔 놀랐다. 어리둥절한 고도의 긴장상태가 찾아왔다. 준과 거리두기를 시작했다.

시간이 많이 흘렀다. 그는 끊임없이 사랑한다고 외친다. 내가 원하는 사랑이란 이런 모습이 아니다. 용솟음치는 힘을 주체치 못하는 건강한 사내라 해도 도덕적 의식을 배재하는 행동은 용납되지 않는다. 심한 갈등에 고민하게 된다. 후일 우리가 만났을 때 서로 어색함 없이 사랑할 수 있게 함이란다. 그럴듯하게 꾸민 말이다. 기분 나쁘지 않음은 나도 함께 즐기고 있기 때문인가? 몹시 거부하던 준과의 이상한 대화도 조금씩 누그러지며 좋은 쪽으로 생각된다. 어느 사이 마력의 공간 속으로 들어간다. 성욕의 문구를 걸러내지 않고 들려준다. 불쾌했다. 원초적 본능의 자연스러움이라고 부르짖는다. 그것 또한 인간 그대로의 모습이라고 주장하는 사람에게 반증할 말이 없다. 가식 없는 진실이라고 외친다. 건강한 사내가 베일을 벗은 그대로의 모습이란다.

"사랑한다고 말해 봐."

그의 재촉에 난 어이가 없어진다. 무슨 사랑이 그리 쉬운가.

"뭐야? 그런 말 하지 말라고 했지?"

"이렇게 해야 정이 드는 거야."

"뭔 정! 정들어서 뭐 하게."

"또 앙탈이냐?"

일상적 대화를 하다가 어느새 격정의 순간으로 나를 이끈다. 이끼가 두툼하게 덮인 상수리나무 아래 안개빛 오로라 속이다. 도덕적 의지의 능력이 상실된 채 감성의 타당성을 내세우는 나를 발견하고 놀란다. 섹스의 가상체험! 이 일이 계속되면서 경직된 내 자궁의 근육이 긴장한다. 아랫배의 나른한 통각이 심하게 다가온다.

소화제를 먹어보았다. 생리통을 할 때처럼 묵직한 뻐근함은 계속 배앓이가 되었다. 만삭이 된 산모가 힘껏 힘주어 쑴 퐁! 배 속의 아기를 밀쳐 낼 때의 시원한 짜릿함을 나는 간절히 원한다. 이어지는 이 고통에서 벗어나고 싶다. 이대로는 아무것도 할 수 없다. 헝클어진 마음과 머릿속을 어떻게 정리해야 할지, 고정된 너트가 전부 풀려 여기저기 들떴다. 내게 날개를 달아주고 싶다는 말, 잠자는 내 성을 일깨워 환희 속에 넣겠다는 말. 호기심을 유발하며 스스로 건강한 사내를 그리워하는 귀여운 여자로 만들어 주겠다는 말. 집요한 준의 다가옴은 내게 큰 부담이 되었다. 몸과 마음, 머리조차 혼돈스러운 이 상황에서 숨고 싶다.

수신거부.

잘 되었다. 이런저런 생각을 하며 고심한 끝에 어려운 결정을 했다. 이대로 조용히 정리하자. 계속 끌려다니며 수렁 속으로 들어가지 말자. 이런 일은 내게 아무런 이익이 없다. 깊은 혼란 속에 빠져 잘못될 수밖에 없다. 불행이 눈앞에 훤히 보인다. 이런 어줍은 사랑행각은 이쯤에서 그만두자. 꽤 만족스러운 듯 일상의 생활로 돌아갔다.

다음 날, 준 생각은 종일 나를 괴롭혔다. 딴짓을 열심히 해 보지만 이 허전함은 웬일인가? 내 모든 것이 한꺼번에 다 사라져 버린 듯 평온해야 하는 내 마음이 요동친다. 그 사람이란 내게 원래 없었다. 처음에도, 지금도, 나중까지도 없을 것이다. 내게 사랑은 이런 방법이 아니고, 그럼 무슨 방법? 빼어난 방법이 따로 있나? 너도 별수 없어, 사람이고 여자인데 어쩔 수 없이 사내를 그리워하는 거야. 중후한 목소리에 좋아진 거야. 감싸 안아 줄 때의 포근함을 그대로 느끼잖아. 가슴이 뜨거웠잖아. 입가에 미소도……

올 수 없는 통화 란 속의 준 번호를 계속 확인한다. 기분 좋은 말로 웃겨 주던 준. 그 목소리를 간절히 기다리고 있는 나. 아니라고 머리를 흔들어 본다. 아니야! 아니야! 생각하지 말자. 그러나 해가 지기도 전에 수신거부를 풀어놓는다.

큰일 났다. 이 일을 어쩔까. 내 마음이 온통 준 생각으로 가득 차 있다. 끝내야지. 그것은 머릿속에서 맴도는 도의적인 생각뿐, 가슴이 찡하면서 그리움으로 가득 찬다. 시작도 하지 않았는데 거부하는 괴로움이 크다. 우리의 끝이 어디인지 헤어짐이란 너무 슬프고 괴롭다. 사랑하는 사람을 보낸다는 것은 죽을 만큼 힘든 일이다. 만남이 있으면 이별을 생각하라던 어느 시구詩句가 생각난다.

사랑하는 부인을 잃고 힘들어하던 어느 시인은 멀리 남쪽 바닷가에 가서 살고 싶다고 떠났다. 평시의 모습으로 병원에 들어간 아내가 싸늘하게 식어 남편 품에 안겼다. 그 기막힘! 사랑하는 사람을 두고 언젠가는 모두 떠나는 피할 수 없는 일. 모든 사람의 숙명이다. 남편이 되었든 아내가 되었든, 자식이 되었든 부모가 되었든 모두 떠난다.

내 앞의 판도라 상자를 언제까지 닫아 둘 수 있을까. 그 사람은 열정과 냉정을 오간다. 서서히 날 끌고 있다. 빠져나갈 수 없도록 그물을 잔뜩 쳐놓았다. 쾌활함 속에서도 옅게 보이는 그의 우울함, 가끔 숨을 크게 고른다. 그에게 느껴지는 의외의 힘듦은 무엇일까? 무조건 반항적이기만 하던 내 마음이 누그러진다. 동지든 애인이든 측은지심이 없으면 서로 마음을 전하기 힘들다. 준과의 대화는 열심히 일하고 난 후 취하는 휴식 같다. 그와의 짧은 대화 후 고요와 평온이 찾아왔다.

사월의 오후 햇살은 화사하다.

나무 계단 아래 자리한 하얀 별장은 동화처럼 아름답다. 커다란 둥근 화분에 갖가지 들꽃이 풍성하다. 진달래가 병풍처럼 휘둘러진 산자락은 붉게 물들었다. 알려준 대로 잘 찾아온 것 같은데 아무도 없다.

"계세요?"

예닐곱 살 정도 되어 보이는 사내아이가 뒤울안 쪽에서 나타났다.

"서울서 오셨어요?"

"네."

"잠깐만 들어가서 기다리세요."

깔끔한 예쁜 별장이다. 거실을 지나 열려져 있는 방문을 살짝 밀고 들어갔다. 커튼에서부터 침대보까지 연한 민트색이다. 잘 정돈된 침실이 창으로부터 스며든 봄 햇살에 눈이 부시다. 거실 한 켠 벽면은 많은 책들로 채워져 있다. 책장 일부를 이름 있는 시사주간지가 꽉 메웠다. 책상 위 컴퓨터 앞에 요즘 많이 읽힌다는 무라카미 하루키의 소설이 열린 채 놓여 있다. 앞뜰엔 제법 오래된 커다란 라일락이 서 있다. 눈을 감고 라일락 향을 맡아본다. 우리 아파트 화단의 라일락도 지금 한창 피었다.

진한 사람의 향기. 이곳에서 나에게 끊임없이 사랑한다는 말을 했던가. 아름다운 음악을 들려주겠다는 음향기기도 잘 갖추어져 있다. 찻장의 샴페인까지 완벽하게 꾸며져 있는 신혼 살림집 같은 느낌이다. 좋은 기분이다. 라일락의 천연향까지 합세해 날 흥분의 도가니로 밀어 넣는다. 살포시 눈을 감아본다. 어떻게 생겼을까? 잘생겼다고 했다. 매너 좋다고 했다. 자상하다고 했다. 그래, 두 손 꼭 잡고 눈동자 속에 내 있음을 확인할 게다. 많이많이 사랑해 줄 거야. 어떻게 거부하겠는가. 격정의 시간이 곧 오리라 생각하니 입가에 저절로 미소가 인다. 우리 어떻게 아름답게 사랑할 것인가. 행복하다.

인기척이 났다. 사내아이가 휠체어를 밀고 들어온다. 청색 체크무늬 셔츠 위에 얇은 베이지색 가디건을 입은 정말 생긴 남자가 앉아 있다.

"어서 와. 반가워."

전화 속에서 듣던 준의 목소리다. 내가 보고 있는 이 광경은 무엇인가? 그가 왜 휠체어에 앉아 있어! 꿈인가? 아! 짧은 신음에 내 심장은 멈추었다. 어떤 표정을 지어야 하나. 내 눈도 어두워졌다. 말이 나오지 않는다. 취재 나갔다가 돌아가는 길이라고 했잖아. 소리 없는 절규가 애처롭다. 준과 나 사이에 숨소리조차 멈춘 고요가 흐른다.

먼저 무엇을 해야 하는지 떠오르지 않는다. 공간이 너무 넓다. 지구 끝자락에 서 있는 것 같다. 서 있는지 떠 있는지 바닥의 느낌이 없다. 참으려고 했던 눈물이 쏟아진다. 신은 내게 너무 가혹해! 신은 내게 너무 가혹해!

"놀랐지?"

안쓰러운 미소를 띠며 천사 같은 얼굴을 하고 있는 준. 교통사고란다.

십 년이란 오랜 세월 동안 아픈 남편 뒷바라지하면서 살아왔다. 이제 내게도 행복해질 권리는 있지 않은가. 지금 우리에게 무슨 일이 벌어진 것일까. 어떻게 해야 하지? 우리는 합리적으로 움직이고 능률적으로 살고 있다. 제어할 수 없는 엄청난 힘에 얽매여 살고 있다. 눈앞에 보이는 실체의 비극을 나는 방관하고 싶다. 자신의 이익만을 추구하는 에고이스트가 되려고 한다. 너무나 힘들었던 타인을 위한 삶속에 다시 들어가고 싶지 않다. 강한 거부가 준 앞에 쳐진 블라인드를 걷지 못하고 있다.

준이 끓인 차 한 잔을 마시고 조용히 일어났다. 너무나 혼란스러워 생각을 정리할 시간이 필요했다. 핸들을 잡은 손이 떨린다. 시야가 흐리다. 이 일을 어떻게 마무리해야 하나. 없었던 일이라고 생각할까? 얼음물이 들이부어진 서늘한 가슴이 떨려온다. 어떻게 천연덕스럽게 그런 대화를 할 수 있는지 황당하다. '미친놈 아냐?' 분노가 인다. 나를 가지고 놀았다는 것에 더욱 화가 난다. 사내 복도 없는 년!

내가 성민을 만난 건 남편을 잃은 깊은 상심에서 조금씩 벗어나고 있을 때쯤이다. 내 매장의 옆에서 휴대폰 대리점을 하고 있던 성민은 나보다 5살 연하였다. 상냥하고 옷맵시도 좋은 나이 많은 총각으로 대리점도 열심히 잘 꾸려나가고 있었다. 계절 신상품이 들어올 때면 언제나 찾아와 비싼 옷을 여러 벌 사갔다. 내 고객으로 단골이 되어 자주 드나들었다. 자신의 매장 문을 조금 일찍 닫고 내게 와서 이것저 것 일을 도왔다. 일 년이 지나자 내 마음이 조금씩 흔들렸다. 동생 같 았지만 성민은 나를 대하는 것이 누나로 보는 것이 아니었다. 가끔 둘 이 술잔을 기울이기도 했다. 힘든 일을 서로 나누며 푸념도 들어주는 사이가 되었다.

　"누님. 좋은 땅 나왔는데 투자 좀 하슈."

　"난 그런 것 안 해."

　"그럼 날 좀 빌려줘요."

　농담처럼 오가던 말이 며칠을 계속 진지하게 조른다. 한 달 정도면 나올 돈이 있다고 했다. 내게서 5천만 원을 빌려 갔다. 그리고 한 달 도 되기 전 어느 날, 휴대폰 대리점 주인이 바뀌었다. 성민은 어디로 사라졌다. 하루 종일 많은 사람들이 웅성거린다. 사기를 당한 사람이 여럿이라는 것을 알았을 때, 오히려 내 마음은 홀가분해졌다. 처음에 1억 원을 빌려달라고 했다.

　5천만 원을 벌었다는 아이러니한 느낌은 무엇인지. 들어주지 못할 큰 요구를 거부했을 때 작은 요구를 제시하면 모든 사람들은 대개 응 한다. 작은 일을 수락한 것은 다음 기회에 큰 요구를 응할 가능성이 높다는 것이다. 사람들은 모두 작은 일에서부터 시작하여 큰일을 이른다. 돈거래도 마찬가지이다.

성민에 대한 배신이 채 가시기도 전 박씨가 나를 찾아왔다. 처음 매장에 들어설 때는 기억하지 못했다. 남편이 있을 때 납품을 책임지던 회사 과장이다. 회사를 떠나 자신이 직접 매장을 운영하다 실패하고 많이 힘들었다고 한다. 부인의 병원 수술비를 도와 달라고 한다. 딱한 사정을 듣고 처음에 1백만 원을 빌려주고 두 달 후에 받았다. 다시 몇 달 후, 5백만 원을 빌려주었다. 그리고 박씨는 자취를 감추었다.

누구를 믿는다는 것은 이제 없을 것이라고 굳게 다짐했다. 친절하게 내게 접근하는 사람은 다 도둑으로 보였다. 몹시 우울한 나날을 보내고 있었다. 친구가 찾아왔다. 주말에 떠나는 등산동호회에 들어와 바람을 쐬자는 것이다. 처음에는 서울 근교의 산을 찾았다. 정상에 오르고 하산하고 헤어지기 전에 막걸리 한잔씩을 했다. 하루를 기분 좋게 보낸 다음 날은 무척 상쾌했다. 낙엽이 아름다울 때면 설악산을 찾아가고, 설산을 찾아 내장산을 갔다. 전국적으로 다니며 등산동호회 활동을 열심히 했다. 나는 다시 몸도 건강해지고 마음도 편안해졌다. 아들은 좋은 대학에 들어갔고 딸은 수험생으로 힘들게 공부하고 있었다. 내 매장도 큰 어려움 없이 잘 꾸려졌다. 나의 유일한 레저 활동인 등산은 기회가 있을 때마다 꼭 참석했다.

봄이 되었다.

매장도 새롭게 봄 상품으로 바뀌었다. 약속된 도봉산 등정이 주말에 있다. 많지 않은 인원이 도봉산역에서 만나 서로 호흡을 맞추며 오르기로 했다. 두꺼운 옷을 벗어 던지고 가벼운 등산복으로 갈아입었다. 여인네들은 선글라스를 끼고 함박웃음으로 반가워했다. 골격이 떡 벌어진 키 큰 낯선 남자가 새롭게 회원이 되었다. 그 남자는 약간의 경상도 사투리를 쓰고 있었다. 남자 거부증이 심한 내가 그의 발뒤꿈치를 열심히 쫓고 있다. 남자에 대한 경계가 녹음에 동화되었는지, 아프게 다짐하고 약속했던 결심이 한 순간에 녹고 있다.

이 남자는 어떤 사람일까? 기본적인 것부터 궁금하기 시작했다. 하산 후 너른 식당에 자리를 잡았다. 그 사람 옆에 앉고 싶었다. 다른 사람도 그 사람이 궁금했던지 먼저 자리를 잡았다. 다음 등정 때 그 사람은 오지 않았다. 더위가 짙어지자 산에 오르는 것이 힘들어 잠시 쉬었다.

가을 등정 일정이 잡혔다. 버스를 타고 외곽으로 나갔다. 무슨 운명인지 그 사람하고 같이 앉았다. 마음이 울렁거린다. 풍기는 외모와는 전혀 다른, 고등학교 생물교사다. 고향은 경북 김천이며 슬하에 딸이 하나 있다. 부인과 세 식구가 살고 있는 그를 독신주의자가 아닐까? 나름대로 생각했었다. 그렇기를 바랐다. 그리고 망상 속에서 끊임없이 무언가를 그렸다. 기정사실을 두고 헛웃음이 저절로 나온다. 나의 이런 감정은 좀체 사라지지 않았다. 그다음, 또 다음도 그가 다정한 내 사람 같은 느낌이 들었다.

의식의 손길이 전혀 닿지 않는 무의식의 지배를 받는 존재가 되는 이 상황을 어떻게 받아들여야 할까? 고민에 빠졌다. 심리학자 프롬은 '가장 착한 사람과 가장 나쁜 사람에게는 선택의 자유가 없고 단지 모순된 성향을 지닌 평범한 사람만이 자유롭다'고 했다.

나는 나의 틀 속에 그 생물교사를 넣고 요리하기 시작했다. 그는 나의 동반자가 되기도 하고 내 얘기를 들어주는 친구가 되기도 한다. 매장손님과 풀 수 없는 껄끄러운 상황이 벌어지는 고약한 날은 그가 나를 감싸 안은 애인이 되기도 한다. 결핍동기들은 긴장의 해소와 평형의 회복을 요구한다. 달성할 수 없는 목표를 추구하며 유지하고자 노력한다. 자기 목적 달성의 도구로 이용하는 사이코패스 특징을 내보이게 된 나는 사기를 치거나 그를 다치게 하지는 않는다. 사람을 능숙하게 조종하는 기술은 내게 없다. 대뇌 반구의 전방에 위치한 전두엽이 감정조절에 뛰어난 실력을 발휘하고 있다. 그동안 내가 영향받은 환경적 요인이라고 단정 지었다.

그가 내 생활 속 한 귀퉁이를 자리 잡으며 자아실현인 절정경험에 빠지게 되었다. 매장의 새 상품이 들어오면 맨 먼저 그에게 제일 멋진 상품을 입혀보고 성취감을 느낀다. 가끔은 잠시 행복하기도 했다. 나는 즐겁고 누구를 해치는 것이 아니기에 선하다고 생각했다. 그의 허상, 그림자만 빌리는 것이다. 퇴근할 때 내 옆자리는 언제나 그가 앉아 있다. 음식은 무엇을 좋아할까. 평상복은 어떻게 입고 있을까.

운 좋으면 주말마다 만날 수 있다. 눈에 띄는 실체의 본질은 다채로운 감각으로 볼 수 있게 했다. 시공간에서 분리된 일종의 무아지경 상태에 빠지기도 한다. 그가 가끔 말없이 등정에 참석하지 않을 때는 몹시 궁금하고 불안했다.

한 달 두 달 시간이 지나면서 나는 앓고 있었다. 극단적인 자기중심적 생각으로 하루를 보내게 되었다. 온갖 좋은 것을 다 가능하게 하는 초인의 경지로 신비롭지만, 자기 망각이고 충족되어지지 않는 것을 향해 뛰고 있었다. 현실적 불안, 도덕적 불안, 신경증적 불안 모두를 안고 있었다. 외부 세계에 있는 어떤 것이 공격해 올 것이라는 충동에 심한 죄책감을 느끼기도 했다. 또한 나의 이러한 생각과 행동을 생물교사가 눈치챌까 봐 극도로 초조했다.

며칠 후, 등산에 나섰다. 실체를 본다는 기쁨과는 달리 감춰진 나의 충동이 드러나게 되는 것은 아닐까? 불안해졌다. 걱정은 현실이 되어 그의 곁에 가지 못했다. 눈치만 살폈다.

무아지경 상태의 자기중심적인 나의 태도. 과대망상적 인식. 순간적 만족감과 자신감을 갖지만 환상이다. 현실세계에서 전혀 통하지 않는 슬픔이다. 아무런 움직임이 없는 내 사람이다. 나의 이런 행동을 까맣게 모르는 내 사람이다. 불가능하고 막연한 채워지지 않는 욕구는 한없이 부풀기만 한다.

하루하루가 괴롭고 불안했다. 결국 나는 심신미약으로 병원을 찾게 되었다. 의사는 내게 나르시시즘의 불가피한 모순, 생존에 꼭 필요하면서도 생존에 위협이 되는 모순을 설명해 주었다. 자기애와 대상애 사이에 균형을 잡음으로써 해결할 수 있다. 자기도 사랑하고 타인도 사랑할 줄 알아야 건강하게 정상인으로 살아갈 수 있다. 정신적 안정을 위해, 생리적 건강을 위해 의식과 무의식은 연결돼 있어야 하고 평행을 이루면서 작용해야 한다. 내가 무엇인지에 대한 이해, 내 정체성의 형성은 인정과 무시로 남아 있어야 한다며 안정을 취할 수 있게 약 처방전을 내주었다. 나는 이 고통에서 벗어나야겠기에 그동안 열심히 활동하던 등산동호회에서 탈퇴했다. 구름 속에 휘감겨 있던 나날을 접고 다시 섰다.

딸애는 원하던 대학에 떨어졌다.

뒷바라지를 제대로 해 주지 못하고 엉뚱한 짓을 한 내 책임이 커몹시 미안했다. 재수를 시작한 딸을 위해 정성을 쏟기로 했다. 꾸준히 병원을 찾아 치료를 받았다. 극도의 신경쇠약으로 밤잠을 설칠 때가 많았다. 이제 내 문제의 전진적 해결은 충분히 사람다워져서 잃어버린 조화를 다시 찾으려는 목표 추구이다. 그럴싸하게 계획을 세우고 하루하루를 열심히 살았다. 보약도 식구 수대로 지어 먹었다. 자식들을 위해 엄마로 할 수 있는 모든 것은 다 하리라 다짐했다. 나도 내 자식들도 내가 운영하는 아웃도어 매장도 순조롭게 진행되었다. 다시 내 앞에 행복이라는 단어가 당당히 들어섰다. 딸애가 공부하고 집에 올 때까지 기다리기로 한 약속은 엉뚱하게 준을 만나게 되는 계기가 되었다.

양평 준의 별장에서 돌아와 일주일이 지났다. 준에 대해 진지하게 고민했다. 부조화는 불편하기 때문에 모든 사람들이 그런 상황을 피한다. 인간은 누구나 쾌락을 추구한다. 맛있는 음식을 먹고 갈증을 달래는 음료를 마신다. 성욕을 충족시키며 즐거운 시간을 보낸다. 진화적 가치를 지닌 행동이다. 부조리한 세상에서 살아가는 불안과 불편함을 해소하기 위해 공평한 세상이라는 믿음을 갖는다. 공평! 내게 주어진 준에 대한 실체에 공평이 있을까?

전화가 왔다. 준이 자신이 저지른 잘못에 용서를 빌었다. 처음 병원에 실려 갔을 때 손끝도 움직이지 못했다고 한다. 꾸준한 재활치료 덕분에 많이 좋아진 지금 상태이며 지금도 대학병원에서 물리치료 받고 돌아가는 중이라고 꼭 한 번만 만나자고 한다.

어떤 일을 기대하고 마음속으로 간절히 원한다면 뇌는 그 믿음을 성취하기 위한 화학물질을 만든다고 했다. 치료가 될 것이라는 극한 상상이 가져다주는 플라시보 효과다. 열등감이 심한 사람, 열등감이 심하다는 것은 그것을 보상하려는 강한 무의식적 동기를 가진다. 준 역시 보상받고자 하는 심리적 폭이 컸을 것이다. 처음에 우리는 서로 만날 수 있을 것이라고 생각하지 않았다. 그래서 스스로 과대평가하고 과시하려는 무의식적 동기와 그런 허황된 짓에 도덕적 갈등을 느끼지도 않았다. 부조화를 벗어나는 길은 자신의 활동에 가치를 부여하는 것이다.

나는 많은 생각을 했다. 나의 경솔함을 질책했다. 가끔 준의 긴 한숨소리를 들으면서도 그에게 어려움이 있을 것이라고 전혀 생각하지 못했다. 기가 푹 죽어 있는 준의 전화를 받고 갈등이 인다. 허풍선이처럼 통화만 하면 큰 소리로 뭐든 잘난 체하던 사람이 하루아침 그 모양이 되었으니 자신을 보며 얼마나 비참했을까? 준과의 대화는 처음에 장난이었다. 현대인들이 많은 사람과 대화하고 만나면서도 외로운 까닭은 그들이 내게 의미 없는 사람들이기 때문이다. 그 말들이 내게 아무 소용 없기에 기쁘지 않은 것이다.

관용이라고 할 수 있는 프랑스 말 톨레랑스는 '내가 남과 다른 점을 인정받으려면 남이 나와 다른 점부터 인정하라'는 것이다. 서로 인정해야 하는 나와 남은 힘이 대등하지 않다. 약한 자가 강한 자를 인정하는 것은 힘에 밀려 어쩔 수 없는 일이지만, 진짜 관용은 강한 자가 약한 자를 먼저 인정하는 것이다. 사실 준이 나를 속인 것도 아니다. 몸이 멀쩡하냐고 물어본 것도 아니다. 건강한 것이 꼭 신체이어야 한다는 논리도 없다. 나 자신 내면의 외로움이 그를 반겼나 보다. 그런 만큼 내가 받은 충격과 분노는 쉽게 사라지지 않았다. 가슴 시린 아픔이다.

끊임없이 준 생각을 했다. 어느 누구도 다른 사람의 목적을 위한 수단이 될 수는 없다. 각자가 사회의 능동적이고 책임 있는 일원이 될 가능성을 갖고 있다. 준이 나의 욕구를 위한 사회인이라고 생각할 수는 없다. 사회 모든 일원이 자유로울 때 삶에 대한 사랑은 가장 원활하게 발달할 수 있다.

곰곰이 생각했다. 지난 수개월 동안 준과 내가 진정 행복했었는지. 준은 모르지만 적어도 나는 설레었고 기뻤다. 남편을 만났을 때 기뻤던 것처럼 즐거웠다. 준은 행동할 능력을 잃었기 때문에 선택할 자유를 갖지 못한 것이다. 준은 정신적으로 무척 건강한 사람이다. 건강한 인격을 가진 사회와의 관계 맺기에 성공한 사람이라고 생각된다. 누군가가 함께 돕는다면 충분히 일어서는 데 어려움이 없을 것이라 믿는다. 구매를 취소할 수 없는 상황이라면 자신의 결정이 잘 된 것이기를 사람들은 희망한다. 자신의 결정이 옳았음을 보여주는 정보를 추구하고 잘못된 것은 무시하고 회피하면서 부족한 것이 충족된다. 수 주일이 흘렀다.

준에게서 전화가 왔다.

꼭 하고 싶은 말이 있으니 한 번만 와 달라고 한다. 어찌할까 망설이다가 휴일을 택해 방문하겠다고 약속했다. 과일바구니를 챙겨 준의 별장으로 향했다. 사람에게는 선과 악을 선택할 자유가 있다. 준과 내가 필연이라면 굳이 얽힌 쇠사슬에서 벗어나고 싶지 않다. 사랑의 욕구는 받는 것에서 주는 것으로 이동한다. 사랑이란 무엇일까? 사랑이라는 배타적 인정 약속은 이성의 약속이라기보다 감정의 약속이다. 진심으로 사랑하는 것은 상대만 인정하면 된다. 남이 보기에 아무리 못생긴 사람도 내 눈에 안경이 될 수 있는 것은 내 감정이 그 사람만 인정하기 때문이다. 준을 보았을 때 비참할 정도로 위축되어 있는 모습을 보고 가슴이 아팠다. 나는 나의 판도라상자 속에 남아 있던 희망을 꺼낸다. 마음이 보약이고 백신이다.

낙원에 서다

밤늦게까지 잠을 이루지 못한 숙희는 눈을 뜨자 시계를 보았다. 부랴부랴 대충 화장을 하고 정우와 약속한 장소로 나갔다. 북적이는 사람들 틈에서 차 한 잔을 마시고 일어섰다. 그동안 약속은 아틀리에 위층에 있는 정우의 숙소였지만, 이제는 사람들 틈에서 잠시 만나는 것으로 조금씩 정우와 거리를 두고 있다.

그림을 그리는 정우의 제자로 입문한 지 5년. 작품 하나 완성하려면 대여섯 번 자축하는 시간을 가진다. 간단한 안주와 두서너 병의 맥주를 사 들고 자연스럽게 정우의 숙소가 있는 아틀리에를 찾는다. 일상처럼 샤워하고 정우의 헐렁한 파자마를 집어 입는다. 출세하기 위해 이루어지는 성상납이라는 문구가 떠오르지만 자신을 꼭 그런 틀속에 넣고 싶지 않았다. 화가인 정우가 멋있고 좋아서 허락한 일이다. 숙희의 바람에 미치지 못한 정우의 섹스테크닉은 요즈음 들어 만나는 횟수를 줄게 했다. 작품에 대한 열정도 식어갔다.

숙희는 부평 너른 지하철 광장에 들어섰다. 많은 사람들 중 만나고 자 하는 남자를 찾기란 쉬운 일이 아니다. 정우가 적어준 쪽지를 보 며 소방서가 있다는 출구를 찾아 나서려고 두리번거렸다. 순간, 전화 신호음이 울린다. 누가 등 뒤에서 건드리는 느낌이 있어 돌아보았다. 흰 모자를 눌러쓴 회색빛 긴 머리를 드러낸 훤칠한 키의 남자가 살짝 미소를 짓는다. 서로 인사를 나누었다. 오랫동안 알고 지낸 사람처럼 자연스럽게 감싸듯 밀며 길을 안내한다. 넓은 지하상가를 지나면서 살짝살짝 스치는 남자의 팔이 몸에 닿자 숙희는 설레었다.

값진 레저 복장. 옆으로 울러 멘 가방. 그 모습은 요즘 유행하는 젊 은 아이돌 같았다. 무릎 덮은 목 좁은 바지는 장딴지에서 멈췄다. 금 방이라도 훌쩍 여행을 떠날 차림이다. 정강이에 숭숭 난 털이 그을린 피부에 싱싱해 보인다. 구릿빛 색깔이 선명한 강한 남자의 냄새가 났 다.

"까말 줄 알았는데 그렇진 않네요."

"땡볕에서 일해도 썬 크림 바르고 다 준비합니다."

삼복의 뜨거운 정오, 점심을 먹으려고 줄을 섰다. 시원한 냉면과 나무판에 잘 익혀진 고기 조각이 여러 점 나왔다. 밖에는 많은 사람들 이 길게 줄 서 있다. 서둘러 먹고 일어났다. 대화하기에 좋은 조용한 커피숍을 찾았다. 여러 형제의 막내이며 지금 자신에게 남아 있는 것 은 아무것도 없다고 했다. 영화 같은 본인의 얘기를 담담하게 들려준 180cm의 건장한 체구를 가진 남자. 모습과 달리 웃는 모습이 귀엽기 까지 했다. 숙희는 이 남자를 천천히 관찰해 본다. 정우의 심부름으 로 누드모델을 보러 온 것이다.

오랫동안 지속되던 장마가 걷혔다. 예외 없는 열대야가 계속되며 밤잠을 설치기 일쑤다. 숙회는 가을 전시회에 낼 작품을 하나하나 정리하기에 바빴다. 토요일, 정우의 아틀리에는 누드모델과 문하생들이 각도를 맞추기 위해 웅성거렸다. 마지막 터치로 끝을 내야 하는 모델의 몸 구석구석을 예리하게 또 근육 한 곳까지도 놓치지 않으려 노력한다. 숙회는 모델의 불뚝 솟은 강한 근육에 손길이 닿는 뜨거운 느낌 속으로 들어갔다.

"사실 저는 연상은 싫거든요."

"나도 연하는 질색인데 왜 설레지?"

소주잔을 앞에 놓고 서로 마주 보며 얘기하던 남자에게 파우스트라는 이름을 붙여주었다. 인생의 의미와 가치를 심오하게 규명하고자 노력하는 파우스트.

파우스트는 형님의 전화를 받고 퇴근 후 카페로 들어섰다.

"무슨 일 있어요?"

"앉아라."

파우스트는 해쓱한 형님을 보고 불안을 느꼈다. 사실 건설업이 쉬운 일은 아니다. 형님과 같이 건설회사의 공동대표를 하고 있다. 자신은 바지사장이다. 원청업체가 부도를 맞아 함께 넘어져 버린 지금 대표가 감방에 들어갈 처지가 되었다. 형님은 꾸려갈 가정이 있으니 홀가분한 네가 가는 것이 어떻겠냐는 것이다. 파우스트는 옳다고 생각했다.

파우스트에게는 사랑하는 여인이 있었다. 감옥에 가서 2년 형을 살고 나왔을 때 그 여인은 결혼을 앞두고 있었다. 견딜 수 없는 파우스트는 결혼 전날 여인을 데리고 정처 없이 여행을 떠났다. 일주일을 이곳저곳 돌아다니고 왔을 때 잠복해 있던 형사와 여인의 아버지에게 잡혀 또 벌을 받았다. 여인과 끝내 헤어졌지만 그때 생긴 딸을 지금 키우고 있다. 어머니와 살고 있던 아파트는 부도를 막기 위해 날아갔고, 사회로 나왔을 때 거처할 곳조차 없게 되었다. 돈 되는 일이라면 가리지 않고 해야 했던 파우스트는 지인의 권유로 정우 아틀리에의 누드모델을 지원했다. 작은 아파트 전세라도 얻어 형님 집에 살고 있는 딸과 어머니를 데리고 올 생각이다.

대학교 강사로 출강하는 정우는 화가로서 유명했고 인물도 출중했다. 어머니를 비롯한 외가 쪽은 미술을 전공한 화가들이 많았다. 정우의 아틀리에는 고3 수험생과 대학생 위주의 중급 문하생들이다. 출강하는 대학의 미대생들도 많았다. 숙희는 전공한 사실이 없는 완전 초보로 스케치북의 줄긋기부터 시작했다. 정우 곁에는 늘 여자들이 많았다. 정우를 많이 좋아하던 한 여학생은 학교를 졸업하면서 아틀리에를 떠났다. 전주에서 올라온 미연은 정우를 고통스럽게 한 장본인이기도 하다. 미연은 성격이 차분했다. 예쁜 송곳니가 웃을 적마다 매력적인 갸름한 얼굴의 미인이다. 아틀리에에 들를 적마다 정우의 음료를 챙겨왔다. 자신의 작품도 섬세하게 잘했다. 전시회를 며칠 앞둔 어느 날 미연이 몸살을 앓았다. 학생들 작품에 손을 대지 않는 정우가 미연의 작품을 도와줬다. 둘 사이는 급격히 친해졌다. 자연스럽게 연인처럼 행동하던 미연이 갑자기 사라졌다.

　몇 달 후, 미연엄마가 정우를 찾아왔다. 딸의 임신 소식을 알고 놀라 학교를 휴학시키고 전주로 데려갔다. 삼촌뻘이나 되는 사람이 뭔 짓이냐며 고소할 거라고 강한 어조로 힐난했다. 망신을 주겠다고 하는 미연엄마에게 거액을 주고 용서해달라며 마무리했다. 정우는 이제껏 스스럼없이 여자애들에게 한 행동이 부끄러워지기 시작했다. 살아오면서 인간의 기본적인 욕구에 갈증을 느껴본 적이 없는 정우에게 큰 충격이 아닐 수 없다. 그의 앞은 언제나 탄탄대로였다. 부족함 없이 자신이 하고 싶은 미술공부를 위해 파리로 유학까지 다녀온 그야말로 금수저이다. 누가 알까 봐 조심 또 조심 몸을 도사리고 있을 때 숙희가 쭈뼛거리며 들어왔다.

　"저, 그림 공부할 수 있을까요?"

　정우가 의아한 듯 바라보았다.

　"배운 적 있어요?"

　"아니요. 처음에요."

　"나이가 있는 것 같은데……."

　이제 배워 뭘 하겠냐는 듯이 숙희를 바라보았다. 정우가 생뚱맞게 숙희를 받아들이게 된 것은 한 해 동안 미연 때문에 고통이 컸기 때문이다. 자신의 보호본능과 압박에서 벗어나고자 하는 욕구가 자격미달인 숙희를 선뜻 받아들이게 했다. 사람에게는 자신과 비슷한 사람을 좋아하는 본능적인 성향이 있다. 비슷한 나이 또래의 숙희를 보며 의지하고 싶은 충동이 일었다. 숙희는 학생들이 오기 전 일찍 아틀리에 청소를 했다. 팔이 아프도록 스케치북에 줄을 긋고 또 그었다. 입을 꾹 다물고 쌓인 울분을 털어내려고 안간힘을 썼다.

숙희는 1년 전, 성도착증인 남편과 이혼했다. 사회에서 잘나가는 회계사인 남편과 이혼할 때 주위 사람들은 숙희에게 결점이 있다고 생각했다. 친구들은 복을 찬다고 아쉬워했다. 신혼생활의 단꿈은 몇 달을 넘기지 못했다. 열정적인 행동을 하는 남편이 처음에는 싫지 않았다. 몸 구석구석을 더듬으며 애무하는 깊은 테크닉은 몽환적이었다. 그러나 날마다 발끝을 핥고 온몸에 끈끈한 타액을 묻히는 행위는 숙희에게 지옥이라고 일컬을 진저리 칠 일이었다.

아침이면 말끔한 옷차림의 신사로 변하여 출근하는 뒷모습은 로버트루이스 스티븐슨의 단편소설에 나오는 지킬박사와 하이드 같았다. 밤이 되면 징그러운 애벌레로 덧씌워진 남편 모습이 가슴을 옥죄었다. 바싹바싹 말라가는 딸을 바라보던 어머니가 이 일을 알고 이혼시켰다. 격정의 혼란에서 벗어난 숙희는 한동안 두문불출했다. 밤이면 꿈틀대는 무척추동물이 옆에 있는 듯 착각에 빠졌다.

숙희는 파리행 비행기를 탔다. 어머니의 권유로 여동생을 찾아가는 중이다. 12시간 동안 날았다. 해는 지지 않고 있다. 길게 늘여진 낮. 파리의 하늘이 상쾌하다. 아침 해를 바라보며 인천국제공항을 출발했는데 미래로 갔는지 과거로 갔는지 밝은 해는 중천에 그대로 있다. 지금쯤 잠을 자고 있어야 맞지 않은가? 어두운 밤은 어디로 갔을까? 싹 지우고 싶은 많은 일들을 사라진 시간 속에 넣고 싶다.

날씬한 몸매에 챙 넓은 모자, 커다란 선글라스, 드골국제공항에 마중 나온 동생은 파리지엔 같았다. 지루하기만 하던 여정. 이 생각 저 생각 우울했던 기분이 좋아졌다.

몽마르뜨 언덕에 즐비하게 펴진 이젤. 화가들이 열심히 그림을 그리고 있다. 광장이 내려다보이는 하얀 5층집. 이곳에 동생이 묵는다. 디자인 공부를 위해 2년 전 이곳에 왔다. 100년이 넘은 집은 걸을 적마다 복도에서 삐걱댄다. 1인용 작은 엘리베이터는 예상외로 매끄럽게 움직였다. 토스트와 베이컨, 계란 후라이까지 정성스레 아침을 차려 놓은 동생은 학교 갈 준비를 한다.

"언니, 일어나서 아침 먹어."

"그래."

"낮에 광장에 나가 그림 구경해."

"알았다. 잘 다녀와."

커피 향이 좋다. 숙희는 커피잔을 들고 창가에 섰다. 분주히 붓질하는 화가들을 내려다본다. 지구 반 바퀴를 돌아 이곳에 왔다. 얻어야 할 것과 버려야 할 것이 무엇인지 머무는 동안 찾아야 한다. 한낮이 되자 광장이 붐비기 시작했다. 즉석에서 초상화를 그려 받는 관광객들이 많아졌다. 아래층 카페에 들러 파스타와 차 한 잔으로 점심을 먹었다. 관광객 틈에 끼어 천천히 움직인다. 유난히 눈에 띈 코너에 자리 잡은 여류화가, 50세가 넘어 보인다. 그림도 좋고 붙여놓은 가격도 만만찮다. 비싸다. 물감으로 도배된 긴 앞치마를 입은 모습은 숙련공처럼 멋지다. 얼굴도 예쁘다. 틀어 올린 금발머리 몇 가닥은 두 뺨으로 흘러내려 바람에 나부낀다. 몸매 또한 날씬해 숙희의 마음을 들뜨게 한다. 환상적이다.

실력이 있는 화가는 길가의 목이 좋은 곳에 자리를 잡고 있다. 관광객들을 접하기 좋은 곳이다. 광장 안쪽 한가한 곳은 그림조차도 어설프다. 이쪽저쪽 그림의 질이 다르고 값이 다르다. 숙희는 여류화가의 매력에 빠져 날마다 내려가 서성였다. 미소 지으며 인사를 나눌 정도가 되었다. 그리고 파리풍경이 있는 그림을 비싼 값을 주고 하나 샀다. 한 달 동안 미술관, 박물관, 여러 명소를 다니며 마음을 정리한 숙희는 서울로 돌아왔다. 집 근처 정우의 아틀리에를 발견한 것도 파리를 다녀온 후의 일이다.

정우와 숙희는 성性에 대한 공통 분모를 가졌다. 하나는 가해자의 입장, 하나는 피해자의 입장이다. 숙희는 많은 시간을 아틀리에에서 지냈다. 학생들이 떠난 자리의 뒷수습을 솔선해서 정리하고 조용히 정우를 도왔다. 그들의 행동은 극히 사무적이다. 생각과 감정을 감추며 내비치지 않았다. 같이 식사하는 자리도 담담함으로 이어졌다. 시간이 흘렀다. 서로를 신뢰하기에 충분한 많은 일들이 지나갔다. 정우가 자잘한 심부름부터 은행 다니는 일까지 맡길 정도가 되었다.

모든 사람은 타인의 행복과 불행을 함께 느끼는 공감의 능력이 있다. 유익한 것에 대해 쾌감을 느낄 때 그것이 곧 선善이다. 인간은 물질세계의 한 부분으로서 인과론적 법칙에 따라 행동하는 존재라고 마르탱은 말했다. 인간이해의 문제는 사실적이고 경험적이다. 정의나 관용보다 서로의 등을 긁어주는 편이 훨씬 인간다울 것이다.

졸업을 하고 입학을 하고 아틀리에의 문하생들이 썰물처럼 빠져나갔다. 새 학기가 시작되기 전 두 달은 한가하다. 정우와 숙희는 술자리를 자주 했다. 긴 겨울 움츠러진 개구리가 기지개를 켜듯 바짝 쥐고 있던 정우의 방어막이 풀리기 시작했다. 숙희에게 이성으로 관심을 보인다. 의도적으로 가까이 간다. 격한 거부가 없는 숙희를 보며 자신감을 가졌다.

"숙희 씨, 우리 정식으로 사귈까요?"

"그 의미는 뭐예요? 결혼하자는 것은 아닐 것이고…….."

술 취해 바라보며 서로 피식 웃는다. 무슨 의미라는 것인가. 매 순간 겪어왔던 일과 경험을 자신을 위해 이용할 수 있는지 깊이 생각한다. 내가 투자하고자 하는 일이 얼마나 가치 있는 일인지. 인간행동에는 언제나 손익계산이 숨어있다. 생겨날 수도 있는 관계의 어려움을 냉정하게 계산하고 결정지어야 한다. 철학자라면 고독의 극복을 향한 몸짓이라고 할 것이다. 상대방이 내게 무엇을 줄 수 있을 것이며 나는 무엇을 줄 수 있을 것인가? 극도로 기분 좋은 일련의 호르몬이 비상 상황으로 돌입했다. 무언의 약속. 숙희는 그 밤 정우의 숙소에서 잤다.

파우스트는 다시 다음 학기 누드모델 약속을 했다. 인테리어업체에서 새로 오픈하는 의류매장 일을 맡았다. 이혼하면서 받은 위자료로 시작하는 딸 둘을 가진 주부였다. 가을시즌을 개업일로 맞춰 달라는 부탁이다. 인부 셋을 구했다. 주인의 바람에 맞춰가며 땡볕 여름도 아랑곳없이 열심히 일했다. 이 일이 끝나면 어머니를 모시고 딸과 안정되게 살 것이라고 파우스트는 마음이 부풀었다.

신뢰란 다른 사람이나 환경에 의해 상처받지 않고 욕구를 만족시켜야 한다. 파우스트가 어머니와 딸을 데리고 함께 살 꿈을 꾼 것이 엊그제인데 환경이 도움을 주지도 않고 자비롭지도 않다. 받아야 할 공사비는 반토막만 손에 쥐었다. 인부들 노임과 자재비를 지불하고 나니 한 푼도 남지 않았다. 속상했지만 그래도 다행인 것은 인부들 노임을 지불할 수 있었다는 사실이다. 한 달만 기다려달라는 매장 여주인의 말을 믿기로 했다.

한 달이 지나고 또 한 달이 지났다. 사람의 일이 마음먹은 대로 되는 것이 없다. 수차례 헛걸음을 친 파우스트는 매번 거짓말을 하는 매장 여주인에게 화가 났다. 진열된 옷가지라도 걷어오고 싶은 심정이다. 처음 시작하는 장사에 모든 것이 서툰 매장 여주인의 사정도 딱했다. 딸과 약속을 지키지 못한 자신은 애비로서 부끄러웠다. 넉넉하게 말미를 주고 공사 현장이 있는 지방으로 떠났다.

파우스트는 바쁜 공사 일정에 쫓겨 서울에 올라오지 못하고 그럭저럭 일 년이 지났다. 작은 전세 아파트로 딸과 어머니를 이사시키고 이것저것 정리가 끝났다. 가벼운 마음으로 공사대금이 남아있는 의류매장을 찾았다. 주인이 바뀌었다. 파우스트는 당황했다. 3개월 전 매장 여주인은 유방암 수술을 받고 집에서 요양 중이다. 초등학교 다니는 딸 둘을 데리고 항암치료를 받으면서 고통스러워하고 있었다. 돈 달라고 입도 떼지 못하고 딱한 사정만 들었다.

"죄송합니다. 빨리 완쾌해서 해드릴게요."

울먹이는 여인을 두고 씁쓸히 나왔다. 두려운 눈망울을 굴리던 어린 딸들이 어른거렸다. 슈퍼를 지나면서 과일과 아이들이 먹을 수 있는 과자를 사들고 다시 들어갔다.

"몸조리 잘하셔요."

세상은 왜 이렇게 고르지 못한 것인지. 파우스트는 자신의 삶이나 매장 여주인의 삶이나 딱하기 그지없다고 생각했다. 몸이라도 건강하면 어떻게든지 살 수 있건만 자신이 받을 돈은 까맣게 잊었다. 아픈 자신을 돌봐줄 가족이 없다는 여인의 말에 신경이 쓰였다. 뭐야? 나 자신도 못난 주제에 누굴 걱정해. 파우스트는 머리를 흔들었다. 성실한 파우스트는 건설현장에서 신임을 받고 있었다. 계속 일을 할 수 있어 살림은 많이 좋아졌다. 매장 여주인이 걱정되었다. 돈을 받아야 한다는 생각보다 아픈 몸은 어떤지 더 궁금했다. 아이들은 밥이라도 먹고 학교에 다니는지 궁상스러운 생각이 끊이지 않는다. 자신이 보호자라도 된 듯하다.

파우스트는 한 달 노임 받는 날 서둘러 가 보았다. 여인은 더 나빠져 보였고 집안은 어수선했다. 아이들은 라면으로 저녁을 먹고 있었다. 지난날 자신에게 있었던 불행을 보는 것 같아 마음이 쓰려왔다. 어머니에게 줄 생활비를 빼고 몽땅 내놓고 왔다.

사람들은 일을 통해 돈만 얻는 것은 아니다. 일에서 얻는 만족감, 살아가는 의미를 찾는다. 스스로 강하고 활동적이며 의욕적이라고 느낀다. 명확한 목표는 몸의 활력소가 된다. 누구를 도왔다는 뿌듯함. 매달 매장 여주인에게 봉투가 갔다. 그들을 돕고 있는 자신의 마음이 제어되지 않는다. 여인은 이 상황을 거절할 힘도 여유도 없음이 미안했다. 아이들에게 따뜻한 밥을 해 먹일 수 있는 것은 누구의 도움이 되었든 감사했다.

중국의 성현 맹자孟子는 사람의 본성이 선한 것은 물이 아래쪽으로 흐르는 것과 같다고 했다. 인간은 누구나 다른 사람의 도움을 받아야 제대로 살아갈 수 있는 사회적 존재이다. 파우스트가 돕는 동안 매장 여주인은 건강이 많이 좋아졌다.

서울 현장에서의 일도 거의 끝나갔다. 아직 다른 일자리가 약속되지 않은 파우스트는 불안해졌다. 덤으로 얹혀진 식구들 때문에 놀아서는 안 되는 입장이 되어 초조하다. 이곳저곳 일자리를 수소문해 보았으나 좋은 소식이 없다. 난처해진 파우스트가 숙희를 찾았다. 왁자지껄 술꾼들이 가득한 대폿집, 파우스트는 막걸릿잔을 기울이며 엉뚱하기만 한 자신의 행동을 푸념하고 있었다.

"내가 왜 쓸데없는 짓을 해서 이 맘고생을 하는지 모르겠어요."

"글쎄, 잘한 일이라고 해야 하나? 모르겠네."

"이제 와서 모른 척할 수도 없어요."

"누군가 돌 봐줘야 하는 형편이긴 하네."

숙희는 파우스트의 행동이 대견했지만 언제까지 도울 수 있을 것인지 걱정이 되었다. 항암치료 끝나고 건강 회복되면 두 딸과 살아가는 것은 어렵지 않을 것이라고 믿고 있었다. 조금만 더 도와주자고 파우스트는 마음먹었다. 파우스트의 누드모델은 가을전시회 즈음에 있다. 아직 두 달은 더 기다려야 한다. 숙희는 위자료로 받은 돈을 한 푼도 쓰지 않았다. 자식이 있는 것도 아니고 사업을 하는 것도 아니기에 돈 쓸 일이 없었다. 딱한 사정을 듣고 서너 달 치의 생활비를 빌려주었다. 파우스트에게 사람의 훈훈한 냄새가 났다.

우직한 바보 파우스트가 사회를 차갑게 보는 어느 여자의 가슴속에 들어가고 있다. 무슨 일이 벌어질까? 숙희는 잠을 설쳤다. 도대체 그 우스꽝스러운 남자가 일점의 내세움도 없이 해야 하는 일이라는 그 표정은 무엇일까? 이제껏 주위에서 그런 남자를 본 적이 없다. 자신의 잘난 일은 모든 사람이 듣도록 허풍을 떨며 PR 시대라고 외쳐대는 지금, 시대를 거슬러 올라간 모습은 신선하다. 손바닥이 촉촉하게 젖어온다. 마음은 곡예라도 부리려는 것처럼 공중으로 둥둥 떠오른다. 정우의 심부름으로 파우스트를 만나러 갔을 때 설레었다. 매력적인 외모 때문이었지만 마음까지 순수함은 숙희를 애태우기에 충분했다. 가슴속에 파우스트가 들어온다.

주말, 누드모델로 파우스트가 왔다. 아틀리에는 각도를 잡고 이젤이 둥그렇게 놓여졌다. 이번 포즈는 등근육과 다리근육을 중점으로 택했다. 가무잡잡한 파우스트의 육체는 덧칠된 오일로 인해 조명 아래 광채를 띄었다. 숙희는 콩닥거리는 가슴을 진정시킬 수 없었다. 캔버스에 드로잉도 못 하고 있다. 뒤에서 정우가 작은 소리를 냈다.

"아무것도 안 하고 뭐 해. 시간 없는데."

등을 툭툭 다독인다. 빨리하라는 재촉이다. 잠깐 쉬는 시간이 되었다. 모델을 위한 배려이다. 겨우 드로잉을 완성하고 파우스트는 갔다. 다음 주말을 기다려야 한다. 숙희에게 일주일은 너무 길다. 날마다 파우스트와 함께 있는 환상에 젖었다. 이런 남자라면 평생 같이 있어도 좋을 것 같다.

파우스트는 숙희에게 빌린 돈 일부만 갚고 떠났다. 가끔 안부전화를 한다. 아무 때고 될 때 갚으라고 안심시키고 숙희는 그림에 몰두했다. 파우스트를 잡을 시기가 왔을 때 미련 없이 정우의 곁을 떠날 생각이다. 그림을 어느 궤도에까지 올려놓아야 한다. 이제까지 고생하며 정우와의 시원찮은 섹스테크닉을 감당하면서 건던 것은 화가라는 닉네임을 위한 야심이었다. 숙희는 파우스트를 잡을 자신이 있다고 생각했다. 애가 둘이나 딸린 여자에게도 최선을 다해 정감을 주는데 자신은 그보다 좋은 조건이 아닌가? 파우스트가 돈을 다 갚을 때까지 마음을 내비치지 않기로 했다. 적어도 대여섯 번은 만나게 될 것이다.

가치의 조건에 아무런 제재를 가하지 않는 사람은 모든 감정과 태도를 경험하는데 자유롭다. 위협받는 것이 없으므로 방어해야 할 것도 없다. 미래는 환경과 과거로 정해지는 것이 아니다. 자기 자신에 의해 좌우된다고 확신한다. 많은 선택권을 가지고 원하는 것을 찾을 수 있다. 시야는 넓어지고 무한한 가능성을 가진다. 독신자의 자유보다 결혼으로 인한 이익이 더 큰 비중을 차지한다면 독신이기를 포기할 것이다.

그림에 열심을 다하는 숙희를 보고 정우는 흐뭇했다. 자신의 제자라면 어딜 가서도 빠지지 않고 훌륭해야 한다고 믿는다. 자신이 배출한 학생들 중 미술대전 입상을 하고 정식으로 활동하는 화가들이 많다. 까다롭다고 머리를 내두르는 문하생들이 끝까지 견디는 것은 정우가 실력 있는 강사며 화가라는 것에 매력이 있기 때문이다. 그동안 갈고 닦은 보람으로 숙희도 미대 졸업생과 나란히 미술대전에 입상했다. 드디어 화가라는 명칭을 얻게 되었다. 정우의 아틀리에는 축제 분위기로 들떠있다. 자축을 위한 파티가 시작되었다. 샴페인이 터지고 고급안주를 잔뜩 시킨 정우가 축사를 하며 흥을 돋우었다.

"모두 다 수고했다. 오늘에 이르니 그동안 내가 심하게 한 것이 마음에 걸리기도 한다. 다 잊고 마음껏 마시고 기분 좋게 지내자."

와! 함성을 지르며 축배의 잔을 높이 들었다. 파티가 끝나고 모두 떠난 휑한 아틀리에는 고요가 깃들었다 정우도 숙희도 잔뜩 취했다. 정우가 숙희를 이끌었다. 숙희는 한 발 뒤로 물러섰다.

"왜 그래? 싫어졌어?"

"좋아하는 사람 있어요."

"그래? 그럼, 우린 끝이야?"

"그래야 할 거 같아요."

"결혼할 거야?"

"그러고 싶어요."

"그래, 숙희가 결혼하겠다고 하는데 잡을 수 없지."

"네, 그동안 고마웠어요."

"아틀리에도 안 나온다고?"

"여행을 갈까 해요."

"그래, 여행 갔다 와서 나와."

"생각해 볼게요."

숙희는 마음이 홀가분해졌다. 마음도 몸도 휴식이 필요했다. 배낭을 둘러메고 고속버스에 몸을 실었다. 3시간을 달려 통영에 도착했다. 바다가 한눈에 보이는 아담한 펜션에 여장을 풀었다. 미륵산 정상을 오르내리는 케이블카. 분주히 들어오고 나가는 작은 어선들. 모두가 바쁘게 움직이고 있다. 설레는 마음으로 바다를 바라본다. 내 운명이 어떻게 바뀔 것인가?

아침 일찍 한산도를 돌아보고 거제 도장포마을 바람의 언덕을 오를 참이다. 한산도 제승당에 올랐다. 장엄한 충무공 이순신의 기백이 보이는 듯 들리는 듯하다. 모든 것이 열악한 시대 그 투지는 하늘을 우러러 존경스럽다. 조심스럽게 수루에 올라 멀리 보이는 바다를 바라보았다. 깊은 고뇌에 빠진 장군의 숨결을 찾았다. 군사들의 큰 함성이 숲 깊숙이 스며있다. 바람 소리조차 고요하다. 저녁을 일찍 먹고 조용한 카페에 앉았다. 잠시 후, 파우스트가 들어왔다.

"어쩐 일이세요?"

"놀러 왔어."

숙희가 통영으로 여행 일정을 잡은 것은 파우스트를 만나기 위해서였다. 생맥주를 앞에 놓고 그동안 있었던 일을 주고받았다. 아직 숙희에게 갚을 돈이 남아있는 파우스트는 재차 물었다.

"정말 여행 오신 거예요?"

"할 얘기도 있고 겸사겸사 왔어."

할 말이 있다고 하는 숙희를 바라보며 파우스트는 긴장했다.

"여기 일은 언제 끝나?"

"5개월 정도 있어야 해요."

약간의 취기가 돌기 시작한 숙희는 힘을 얻어 파우스트에게 말했다.

"내가 하는 얘기 편하게 들어줘."

"말씀하세요."

"나랑 결혼해."

"네?"

"놀라지 말고 지금 대답해 달라는 것 아냐. 신중히 생각해 보고 대답해 줘."

어리둥절한 파우스트에게 꿈꿔온 계획을 얘기했다. 자신에게 있는 경제적 능력으로 인테리어 사무실을 차리자고 했다. 살림은 자신의 아파트가 있으니 그곳에서 살면 된다. 숙희는 자신의 간절한 마음을 파우스트에게 전하고 서울로 올라왔다.

한 달 두 달이 지나도 파우스트에게서 연락이 없다. 오늘이나 내일이나 기다리던 숙희는 바보 같은 놈이라고 체념 쪽으로 마음을 돌렸다.

통영에서 공사를 끝내고 서울로 올라온 파우스트는 두툼한 봉투를 숙희 앞에 내놓았다. 빌렸던 돈 나머지 전부라고 한다. 순간, 그녀는 불안을 느꼈다. 좋은 소식이라도 전해줄 줄 알았는데 그 표정은 사랑하는 사람을 얻는 기쁨이 아니라 잔뜩 긴장한 경직된 얼굴이다.

파우스트는 아직도 매장 여주인을 돕고 있다. 매달 한 번씩 만날 적마다 반기는 아이들의 얼굴을 잊을 수 없다고 한다. 조금씩 좋아지는 매장 여주인의 상황도 보고 있다. 숙희의 제안은 파우스트에게 최상의 조건이다. 집도 주고, 직장도 주고, 여인도 주는 그야말로 누워서 떡 먹기다. 그에다 숙희조차 좋다. 이곳저곳 일자리를 찾아 애쓰지 않아도 된다. 주거문제도 자신이 신경 쓰지 않아도 된다. 인테리어 사무실은 평생 안정된 직업이다. 그녀를 사랑하고 아껴주며 남편으로서 성실히 행동하면 된다.

선뜻 그녀의 제안을 수락할 수 없다. 남자로서 내 세워야 할 자존심이 몽땅 사라지는 께끄름한 느낌. 팔려 가는 노예 같은 모습이기도 하다. 자신의 안위를 위해 돕는 손길을 놓을 수 없다. 아주 위급한 상황에 놓인 가정을 말이다. 지금 이 일은 힘들지만 뿌듯함 그것은 파우스트의 자존심이다. 누가 짐 져준 것도 아닌데 남을 위한 수고로움은 숙명처럼 받아들여져 익숙하다. 자신을 간절히 원하는 사람이 있다는 것은 값진 보람이다.

어려서부터 늘 겪어온 제2의 인생, 무엇을 해도 첫 번째가 못되었다. 학교 수업료 납입도 형님이 먼저였고 새 옷도 형님이 입고 난 후 헐렁해진 후였다. 얹혀산다는 느낌은 도저히 용납될 수 없는 부분이다. 고민하고 또 고민해 보았다. 내 수고로움 없이 남이 일궈놓은 땅을 경작할 수는 없다. 그동안 모아 두었던 노임을 다 합쳐도 그녀에게 갚을 돈이 모자랐다. 생각다 못해 나머지를 현장에서 같이 일한 동료에게 빌렸다. 그렇게 해서라도 돈은 깔끔하게 정리하고 싶었다.

바보스러울 만큼 우직한 파우스트를 좋아하는 숙희는 어이없는 대답에 당황했다. 자신이 내건 조건이 완벽하다고 생각했는데 화가 난다. 파리행 비행기를 탔다. 배신이라고까지 생각하고 싶지 않지만 파우스트와도 정리하고 싶었다. 몽마르뜨 언덕을 향했다. 좀 더 좋은 그림을 그리기 위해 미술학교에 입학했다. 1년 동안 열심히 공부했다.

귀국 후 가장 궁금한 것은 역시 매력적인 파우스트가 놓아지지 않는 것이다. 다시 한번 잘 생각해 보라고 하고 싶다. 매장 여주인의 건강이 회복되기 전에는 파우스트의 마음을 잡을 수 없다는 것을 알았다. 숙희도 그녀를 돕는 이 일에 동참하기로 했다. 말을 잘 타는 가장 좋은 방법은 말이 가고 있는 방향으로 가는 것이다. 그러고 나서 가고 싶은 곳으로 천천히 용의주도하게 고삐를 조정하면 된다. 시간이 될 때마다 매장 여주인을 찾아가 아이들을 보살피고 가끔 식사도 같이 했다.

"신지야, 애기 좀 봐, 기저귀 갈아주고."
"네."

이층으로 올라간 매장 여주인의 둘째 딸 신지는 아기를 안고 내려왔다. 매장 여주인은 건강이 회복되는가 싶더니 췌장으로 암이 전이되어 세상을 떠났다. 숙희는 파우스트와 결혼해 아들을 낳았다. 파우스트의 딸, 매장 여주인의 딸 둘, 숙희가 낳은 아들, 모두 여섯 식구가 오밀조밀 꾸며놓은 이층집에서 살고 있다. 파우스트의 관심과 숙희의 사랑이 한 가정을 설 수 있게 만들었고 숙희는 자신이 원하는 대로 파우스트를 남편으로 맞을 수 있게 되었다. 우직하고 바보 같고 곰 같은 파우스트를 얻는 데 시간과 정성을 많이 쏟았다.

부메랑

D그룹 신입사원모집이다. 입사시험 마지막 코스인 면접날이다. 옹골진 모습들로 얼굴빛이 밝은 응시자들이 대기하고 있다. 세계경제는 심각할 정도로 부진하다. D그룹도 지난해 해외공사 발주를 한 건도 못했다. 올해는 매년 신입사원 모집 인원의 절반 정도만 채용한다. 청년들의 취업시장은 확 줄어들었고 경쟁률은 하늘 높은 줄 모르게 높아졌다. 주어진 기회에 최선을 다하겠다는 긴장 백배한 눈빛이다. 이곳까지 올라 온 응시자는 상당한 실력을 갖춘 인재라 할 수 있다. 면접관인 내 앞에 앉아 있는 한 청년이 눈에 익었다. 서류를 살펴보았다. 고향 후배인 난경의 아들이다. 며칠 전 뜬금없이 난경이 전화해 아들이 신입사원모집에 응시했다고 잘 봐 달란다. 여기에 서 있다는 것은 봐주고 안 봐주고보다 우선 실력이 되었다는 것이다. 그동안 잊고 있었는데 미국에 살고 있는 연희 생각이 난다. 난경 때문에 울고불고 하던 모습이 엊그제처럼 눈에 선하다. 석이와 동수 생각도

난다.

　나의 큰형은 서울에서 공무원 생활을 하고 있다. 안정적인 직업이
라며 둘째 형과 나를 불러올려 서울에서 학교를 다니게 했다. 상사 눈
치 안 보고 주어진 임무에 충실하면 정년까지 잘 지낼 수 있다며 무조
건 공무원이 되길 바랐다. 고향 집에는 누나가 고등학교를 졸업하고
부모의 농사일을 돕고 있다. 둘째 형은 큰형 뜻에 따라 교사를 꿈꾸며
사범대학에 들어갔다. 나는 큰형의 바람보다는 건설 쪽 관심이 더 컸
다. 어려서부터 나무를 다듬어 포크레인을 만들고 흙더미를 옮기며
즐거워했다. 커다란 굴삭기, 지게차가 움직이는 것이 신기했다. 공과
대학에 뜻을 둔 나는 한참 동안 큰형과 마찰이 심했다. 내 학비며 생
활 모두를 책임지고 있는 큰형의 뜻을 무시하기란 힘들었다. 고민에
빠진 나는 매사에 순종적인 둘째 형에게 도와줄 것을 청했다. 둘째 형
은 자신이 없다는 듯 머리를 기웃했지만 내 간절한 소망을 들어주었
다. 큰형을 설득했다. 내가 원하는 공과대학에 들어가는 대신 대기업
에 들어가는 조건이 붙었다. 나는 새로운 다짐을 하며 공부에 전념했
다.

　방학이면 항상 고향에 간다. 고속버스를 타고 가는 동안 내 마음은
들뜬다. 옆집에 사는 중학생인 연희를 만나는 것이 살짝 기쁘다. 내
가 집에 도착하자마자 기다렸다는 듯, 쪼르르 달려와 숨 쉴 틈도 주지
않고 참새처럼 쫑알댄다. 이것은 어떻고 저것은 어떠냐며 서울생활
을 캐묻는다.

　"오빠, 서울여학생들은 하얗고 예쁘지?"

"연희보다 예쁘지 않아."

"정말? 오빠 거짓말하는 거지?"

"사실인데. 넌 그게 그렇게 궁금하니?"

여자아이들이란 누가 더 예쁜가에 온 신경을 쓰는 것 같다.

"응, 옷도 잘 입고 얼굴 하얀 서울 애들이 부러워."

"그럼 고등학교는 서울로 보내달라고 엄마한테 말씀드려 봐."

"해 봤지. 그런데 안 된대. 친척이 없어서 혼자는 안 된대."

"그럼 열심히 공부해서 대학을 서울로 가. 기숙사 있는 곳이 많으니까."

"그럴까?"

고개를 갸웃하며 피식 웃는 연희의 모습은 항상 예뻤다.

우리와 연희네는 친척처럼 가깝다. 어느 집이든 어려운 일이 닥치면 누가 먼저랄 것 없이 발 벗고 나선다. 특별한 음식은 나누어 먹고, 집을 비울 때 서로 봐주고 키우는 가축 먹이를 걱정하지 않아도 된다. 막내인 내게 연희는 친여동생 같았다. 초등학교 땐 언제나 연희를 데리고 학교에 갔다. 교실 앞까지 데려다주고 내가 연희오빠라고 무언의 티를 냈다. 어린 마음이었지만 그 순간만큼은 연희보호자가 된 듯 으쓱했다. 사실 큰형이 서울로 오라고 할 때 연희 곁을 떠나는 것이 싫었다.

고향에 내려갈 수 있는 고2의 마지막 방학이다. 마음이 설렌다. 연희선물 준비에 세심한 신경을 쓰게 된다. 작은 학용품이지만 아껴 쓴 용돈으로 사는 것이라 더 소중하고 값지다. 연희가 기다렸다는 듯 달려왔다. 수학이 어렵다며 이차방정식에 대한 인수분해 풀이를 물어왔다. 나는 숨 좀 쉬자며 준비한 선물꾸러미를 주었다. 샤프심과 예쁜 모습의 샤프 펜, 여러 색의 형광펜, 수정테이프, 색색의 포스트잇, 별것은 아니지만 반색을 하며 좋아한다. 서울서 사온 것이라며 기뻐하는 모습은 궁색했던 내 시간을 잊게 한다. 어머니가 잘 삶아진 옥수수를 간식으로 내왔다.

"연희야! 과외비 받아야겠다."

"아! 네, 엄마한테 드리라고 할게요."

"그래, 어서 옥수수 먹어라."

어머니는 웃으며 귀엽다는 듯 연희를 바라봤다.

고3이 되자 집에 내려가지 못했다. 연희의 얼굴 본지도 꽤 오래다. 눈코 뜰 새 없이 공부해야 한다. 읽어야 할 책이 산더미 같다. 새벽에 학교에 간다. 야간자율학습 시간을 끝으로 집에 오면 몸은 천근만근이다. 허기진 배를 라면으로 때운다. 잠이 쏟아진다. 책상 앞에서 잠시 눈을 붙인다. 몸무게는 줄고 얼굴은 해쓱하다. 결과에 낙심하지 않으려고 최선을 다한다. 또 큰형과의 약속도 꼭 지켜야 한다. 4시간 정도 자고 일어난다.

공대 토목과에 들어갔다. 등록금을 대 주는 큰형의 부담을 덜기 위해 장학금을 꼭 받아야 했다. 내 주머니 사정은 극히 빈약하다. 친구들과 어울릴 수도 없다. 매번 얻어먹을 수만은 없다. 한번은 사야 하기에 나의 경제적 현실은 큰 부담이 된다. 대학생의 낭만은 꿈도 꿀 수 없다. 옆을 바라볼 여유조차 없다. 도서관에서 많은 시간을 보낸다. 중학생과외를 하면서 용돈을 벌었다. 어려움 중에도 2학년을 마쳤다. 평상적으로 대학생들이 밟는 수순을 따라 군에 입대했다. 군복무에 열중했다. 군대에서 주어지는 휴가는 즐거웠다. 잽싸게 달려가 연희를 만났다. 제대하고 복학했다. 좋은 성적으로 졸업과 동시에 D그룹에 입사했다. 큰형과의 약속은 지켰다. 본격적인 서울생활이 시작되었다. 숨 가빴던 지난날을 돌아볼 수 있는 생활의 여유가 생겼다. 갑자기 연희가 몹시 보고 싶어진다. 궁금한 생각이 들자 마음이 급해졌다.

그동안 나는 제대로 된 옷 한 벌 없이 지내왔다. 대학입학 기념으로 큰형이 사준 준명품의 PC랜드 점퍼가 내가 걸치고 다니는 유일한 겉옷이다. 백화점에 들렀다. 매장 직원으로부터 어색하지 않은 자연스러운 멋을 풍길 수 있는 옷을 권유받았다. 캐주얼한 세미 정장이다. 후줄근한 모습에서 산뜻한 잘생긴 청년으로 탈바꿈되었다.

고속버스를 탔다. 연희에게 줄 선물도 정성껏 준비했다 늘 상 보아온 익숙한 이곳저곳의 바깥 풍경이지만 지금은 내게 특별하다. 이렇게 아름다운 차창 밖의 녹음도 있었는가 싶다. 고향집이 가까워지면서 마음이 설렌다. 선물꾸러미를 들고 연희네 집에 들렀다. 차 한 잔을 다 마시도록 연희가 나타나지 않는다. 전 같으면 '오빠 왔어?' 하며 반가워할 그녀가 없다. 작은아버지가 다니는 건설회사에 취직되어 울산으로 떠났다고 한다. 기운이 쪽 빠진다. 거리상으로 너무 멀다. 생활과 시간은 여유로워졌는데 마음은 한없이 피폐하다. 주말이 되기를 기다렸다. 얼마나 달라졌을까? 기대와 희망찬 먼 길을 달렸다.

"오빠 웬일이야?"

나의 출현이 생뚱맞다는 듯 의외 표정을 짓는 연희를 보고 내가 더 놀랐다.

"응, 이곳에 볼일이 있어서 온 김에……."

당황한 나는 어정쩡 얼버무렸다. 몸도 마음도 후줄근해진 채로 집에 왔다. 고민에 빠졌다. 그토록 그리워한 연희의 행동이 이해가 가지 않았다. 내 속마음을 전혀 몰랐단 말인가? 곰곰이 생각해 보니 단한 번도 너를 좋아한다고 말해 본 적이 없었다.

연희는 제법 회사원 티가 났다. 예쁘게 화장도 하고 머리손질도 했다. 늘 보아오던 단발머리 여학생은 온데간데없다. 네가 보고 싶어 왔다고 입도 떼지 못했다. 부산에 볼일이 있어 온 김에 들렀다고 둘러 댔다. 마음이 편하지 않다. 상쾌하지 않다. 기대치 이하의 반응에 어리둥절하다. 무엇이 연희를 변하게 한 것일까? 오빠 하며 까르르 웃던 모습은 찾을 수 없다. 제대로 대접도 못 하고 보내서 미안하다고 며칠이 지난 주말 연희한테서 전화가 왔다. 마음이 조금 놓이긴 했지만 여전히 의아스럽다. 전화하고 싶지만 시간이 어느 때가 좋을지 가늠이 안 된다. 항상 바쁜 듯 인사 하는 것 외 별말이 없다. 나 혼자 설레는 것인지. 나를 조금이라도 좋아하는지. 시큰둥한 연희의 반응은 옆집 사는 오빠와 동생 그 이상도 이하도 아니라는 뜻이다. 시간이 지날수록 서로 머쓱해졌다.

나는 직장초년생이다. 회사 일 적응하기에 바쁘다. 상사의 질책과 쌓이는 업무, 건설현장까지 뛰어다녀야 하는 고된 하루하루는 늘 지친다. 연희 또한 그러리라는 생각이 든다. 한 달에 두서너 번 겨우 연락한다. 언젠가 만나서 멋진 프러포즈를 해야지. 생각은 끊임없이 하고 있지만 실행도 못 하고 미련도 버리지 못한 채 훌쩍 두 해가 흘렀다.

따스한 봄날, 연희 결혼소식이 날아왔다. 나는 그만 아연실색했다. 뭐야? 이게 뭔 일이야? 내 속내를 한 번도 내비치지 못했는데 이 황당한 상황이 뭐란 말인가. 멍하니 창밖을 바라보다 일찍 퇴근했다. 강소주 한 병을 다 마셨다. 나의 무능함! 어리석음! 마음 달랠 길이 없다. 요게 오빠 오빠하고 따르면서 내 맘을 그렇게 몰라? 배신감이 든다. 뭐가 그리 급해서 이렇게 빨리 시집가는가? 원망스럽다.

"오빠가 아빠 해."

"그래, 넌 엄마 해."

햇살 따가운 여름, 마당 한 구석 자두나무 아래에서 대여섯 살짜리 꼬마 둘이 흙장난을 하고 있다. 이건 밥 이건 반찬. 까르르 마주 보고 웃는다. 난 항상 연희가 가는 곳을 따라다녔다.

연희에 대한 그리움을 잊는데 삼 년이란 긴 시간이 흘렀다. 내게 애인이 생겼다. 부서 동료의 여동생을 소개받았다. 나의 모든 관심은 그녀에게 쏠렸다. 사귀며 만나보는 동안 호감을 느꼈다. 사랑하는 사람을 두 번 놓치고 싶지 않아 서둘러 결혼했다. 나름대로 내 생활은 안정되었다.

전화가 왔다.

"오빠! 나 연희."

거짓말처럼 연희가 내 앞에 나타났다.

"어? 반갑다. 어쩐 일이야? 어디니?"

"오빠 회사 빌딩 안에 있는 카페야."

전혀 아닐 것 같았는데 마음이 콩닥거린다. 내가 좋아했다는 것을 눈치채지 못한 연희는 오빠 하며 명랑하다. 그 옛날 학교 다닐 때처럼 자연스럽다. 이젠 스스럼없는 성숙한 여인이 되어 나타났다. 초등학교 후배인 연희와 난경은 동창이다. 둘은 의류매장을 차리기 위해 회사 근처 부동산에 들렀다고 한다.

몇 달 후, 연희와 난경은 의류매장을 차렸다. 꽤 넓은 홀은 인테리어도 깔끔하고 고급진 옷으로 잘 정돈되어 있다. 큰 빌딩들이 모여 있는 유동인구가 많은 곳이다. 그런대로 잘 이끌어가고 있는 듯하다. 가끔 같이 저녁도 먹고 차도 마신다. 연희의 매장에 들러 새 상품을 사오기도 한다. 그들 둘은 열심히 사업을 키워나갔다. 잘 살고 있는 연희가 다행스럽다. 나의 마음 한구석엔 연희에 대한 아쉬움이 아직 남아있다.

IMF 한국 경제 위기가 닥쳤다. 사업하는 사람들이 넘어지기 시작했다. 중소기업은 물론 대기업도 휘청거리기 시작했다.

"오빠, 나 어떡하면 좋아."

연희의 한마디에 나는 가슴이 철렁 내려앉았다. 요즘 세상 돌아가는 일이 예사롭지 않다. 어려운 일뿐이다. 사업하는 사람은 물론 월급쟁이들조차 너무 힘들다. 마음 졸이는 일 뿐이다. 연희가 발을 동동 구른다. 연희와 난경이 매장을 차리기 위해 목돈마련이 필수였다. 머리를 맞대고 고심한 방법은 계를 조직한 것이다. 가까운 지인들을 모아 연희가 계주가 되었다. 계 조직이란 것은 앞번호를 가져간 사람이 뒷번호도 한 개 갖는 것을 원칙으로 한다는 것이다. 먼저 곗돈을 탄 사람이 의무감 없이 그만두는 것을 방지하기 위해서라며 보통 한 사람이 두 개씩 갖는다. 지금 닥친 세계 경제 위기는 사업하는 사람이나 기업을 이끌어 가는 회사도 초비상 사태이다. 연희가 이끌던 계 조직이 불안해졌다. 한 지인의 회사가 부도를 맞고 회생할 길이 없자 몰래 외국으로 떠났다고 한다. 이어 다른 한 사람도 잠적했다. 책임지고 이끈 연희는 그들의 곗돈을 책임져야 했다. 남편의 월급도 곗돈 꾸리는 데 몽땅 썼다. 은행 적금도 깨서 활용할 수밖에 없다고 했다. 그럭저럭 몇 달은 잘 버텼지만 한두 번으로 끝날 일이 아니었다. 감당하기엔 무리였다. 연희는 남편과 자주 싸웠고 둘 사이는 극도로 나빠졌다. 더 이상 버틸 힘이 없자 계는 중간을 넘어가며 깨지고 말았다.

연희는 계원의 고소로 경찰서에 불려 다녔다. 여러 번 조사를 받고 결국은 구치소에 수감되었다. 면회를 간 나에게 같이 시작한 이 일을 난경은 남의 일 보듯 한다며 눈물 흘린다. 잠이 오지 않는다. 사회부 기자로 있는 친구가 큰일은 아닐 거라고 얘기하지만 연희가 겪고 있는 이 엄청난 일을 어떻게 감당할까? 나는 일이 손에 잡히지 않았다. 회사가 끝나는 대로 연희 남편을 찾았다. 같이 수감된 사람들이 하나둘 출소하자 연희가 몹시 불안해한다며 침통한 모습을 보인다. 금방 나올 것이란 친구의 말을 전했지만 나도 답답했다. 사건을 맡은 담당 검사가 휴가를 떠났다는 것을 늦게 알았다. 미결수로 감방에서 고생한 연희는 고의성이 없다는 판명으로 '혐의없음'이란 결정을 받고 나왔다. 경제위기 흐름의 한 희생자가 되었다.

나는 중동 쪽 해외 현장으로 출장이 잦아졌다. 중동 건설현장 소장으로 발령이 났다. 아랍에미리트 현장 2년의 임기를 채우고 다시 연장되어 2년을 더 근무하고 돌아왔다. 연희가 궁금했다. 전화도 바뀌고 집도 모른다. 소식을 아는 사람이 없다. 난경의 의류매장도 주인이 바뀌었다. 찾을 길이 없다. 어디에서든 잘 살고 있을 것이라고 생각했다.

회사 직원들과 저녁회식이 있다. 커다란 식당을 예약하고 한자리에 모였다. 술도 한잔씩 마셔 가며 모두 흥에 겨웠다. 헤어지기 싫은 사람은 2차 맥줏집으로 갔다. 넓은 홀이 시끌벅적 떠드는 사람들로 꽉 차 있다. 모두 머리를 맞대고 소리 지르며 지친 일상을 풀어낸다. 일터에서의 하루 스트레스를 이렇게 해소시킨다. 자정이 가까워지면서 자리에서 일어났다. 들어올 때는 못 봤는데 계산하러 카운터에 갔더니 연희가 앉아있다. 나는 놀랐다.

"연희야!"

"오빠!"

계산을 끝내고 나는 다시 자리에 앉았다. 연희 퇴근시간까지 기다리기로 했다. 고생이 심했는지 초라한 모습에 깡말라있다. 바라보는 내 마음이 아프다. 어떻게 된 일인가?

"오빠, 가자."

밝은 웃음을 띠며 연희가 다가왔다.

"끝났어?"

"사장님이 좀 일찍 가라고 하네."

우리는 걸었다. 가까운 석촌호숫가 벤치에 앉았다. 연희는 어색한 웃음을 보이며 씩씩하다는 듯 큰 소리로 말한다.

"오빠, 놀랐지? 그동안 일이 많았어."

"그래, 네가 왜 여기 있어? 난경이와 같이하던 매장 정리했다는 소식은 들었지만······."

"난경이 얘기도 하지 마. 정말 싫은 애야."

"왜 싸웠니?"

"싸움 정도가 아냐. 완전 기회주의자야. 친구도 아냐."

"뭔 일이 크게 있었구나."

"내가 매장 정리하면서 네가 낸 돈 보다 계 타간 돈이 훨씬 많으니 계산하자고 하니 거절하더라고. 생판 모르는 사람보다 더한 애야. 싸우다가 내가 졌어."

"난경이도 매장을 안 하던데."

"나한테 그러고 딴 사람한테 받을 거 다 받고 처분했어."

"그래 서로 연락도 안 해?"

"응, 서로 몰라."

몇 년 사이 연희에게 닥친 큰 불행에 할 말을 잃었다. 연희의 두 볼에 눈물이 흐른다. 나는 깊은 한숨으로 숨을 죽이고 있었다. 내가 그토록 아끼는 연희에게 왜 이런 불행이 닥친 것일까? 심란하다. 뭐가 잘못된 것일까? 남편과 이혼하고 연희는 작은 월세 집으로 이사하고 이 일자리를 얻어 남매를 돌본다고 했다.

연희의 안쓰러운 환경이 내 가슴을 무겁게 누른다. 잘 지내는지 가끔 전화한다. 한 해가 저물었다. 또 한 해가 저물며 아슬아슬 힘겹게 살아가는 연희한테서 전화가 왔다. 살고 있는 집이 보증금을 많이 올렸다고 한다. 그동안 연희를 보살펴 주던 하나밖에 없는 언니가 미국으로 이민 갔다. 많지 않은 빤한 연희의 월급은 아이들 공부 뒷바라지에도 모자랐다. 나는 흔쾌히 연희가 부탁하는 돈을 해 주겠다고 했다. 부지런히 벌어서 갚겠다고 했지만 언제 그 일이 이루어질지 생각지 않는다. 연희의 자존심 때문에 그렇게 하라고 말했다.

이튿날, 연희와 약속한 장소로 나갔다. 무엇이라도 좋은 것을 먹이고 싶었다. 장어구이 집에 앉아 부지런히 먹으라며 노릇이 구워진 장어 한 점을 연희에게 건넸다. 돈을 건네주고 헤어지기 전 버스정류장 근처에 있는 복권가게에 들렀다. 두 장 사서 하나는 내가 갖고 하나는 연희에게 주었다.

"연희야! 부자 되어라."

"고마워 오빠."

연희의 웃는 모습을 바라보며 잘 살기를 진심으로 바랐다.

월세가 밀려서, 아이들 학원비가 없어서, 한 번 두 번 연희가 찾아왔을 때는 그런대로 도울 수 있어서 좋았다. 횟수가 늘면서 차츰 연희의 전화가 부담스러워지기 시작했다. 내가 도울 수 있는 아내 모르는 비자금이 바닥났다. 가끔은 연희의 전화를 피했다. 직원을 시켜서 없다고 했다.

유난히 긴 장마가 계속된다. 장대비가 쏟아지고 있다. 서해까지 이어지는 수로 현장은 인부들이 없어 쓸쓸하다. 현장사무실 직원들만 책상에 앉아 바쁘다. 전화가 왔다. 몇 개월 동안 아무 소식 없던 연희가 가까운 모텔에 방을 잡아놓고 기다린다고 한다. 무슨 일인가? 모텔이라? 연희가 무슨 생각을 하는 것일까? 퇴근시간이 가까웠지만 선뜻 일어서지 못했다. 그동안 내게 빌려 간 돈이 부담되어서 엉뚱한 생각을 한 걸까? 상상의 끝자락까지 가 보지만 어찌 되었든 지금은 정상적이지 않다. 지금 연희는 내게서 멀리 있다.

문을 열고 들어갔을 때 연희는 연보랏빛의 속옷을 입고 미소로 날맞았다. 눈부시게 흰 속살은 매력적으로 황홀했다. 잠시 현기증이 인다. 나의 소망과는 정반대의 현실로 머리를 흔들고 냉정해졌다.

"오빠, 더운데 샤워해."

"괜찮아, 무슨 일이니?"

"천천히 얘기해 줄게."

"그럼 옷 입어, 저녁 먹자."

무안해하며 주저하는 연희를 재촉해 옷을 입게 했다.

"오빠, 나 이민 가."

"어디로?"

"언니가 있는 뉴욕으로 가. 오빠한테 신세 진 것 갚지 못해 어떻게 해."

"걱정하지 마, 괜찮아."

"오빠한테 진 빚이 너무 많아 마음이 편하지 않아."

"그런 걱정하지 말고 열심히 살아주면 다 갚는 거야! 이런 이상한 생각하지 말고."

연희와 헤어지고 직원들과 종종 회식자리로 자주 찾는 술집에 들렀다. 연희가 이 나라를 떠난다고 했다. 다시 볼 수 있을까? 어떻게 하지? 소꿉친구 때부터 연희를 좋아했다. 수줍음이 많은 내가 늘 연희꽁무니를 쫓아다녔다. 서울로 고등학교 가라고 큰형이 부를 때 정말 가기 싫었다. 오랜 세월이 흐르는 동안 너를 좋아했다는 말 한마디 못 했다. 가끔 얼굴 볼 수 있는 것으로 족했다. 이제는 아주 멀리 떠난다고 한다. 잡을 수 없는 너. 가슴 한구석 휑하니 찬바람이 인다.

주인 오 여사가 반갑게 맞아준다. 평시에 관심도 없었는데 누님처럼 푸근하다. 몸도 가누기 힘들 정도로 술을 많이 마셨다. 자신이 거처하는 안방으로 데려간다. 모든 것을 포기한 사람처럼 그녀가 하는 대로 가만있었다. 침대에 누이고 옷을 벗긴다. 찬 물수건을 가져다 몸을 닦는다. 발끝까지 닦는다. 묘한 이 기분은 무엇일까? 꾹꾹 누른 연희에 대한 내 감정이 폭발한다. 그녀의 부드러운 손길이 몸 구석구석을 더듬는다.

하얀 속살의 연희가 보인다. 몸이 달아오른다. 그녀를 힘껏 안았다. 격정의 몸부림이 다 끝날 때까지 연희는 내게 있었다.

"오! 김 부장님, 멋쟁이야."

애교 섞인 비음이 달콤한 나의 환상을 깬다.

한 달이 지난 어느 날, 인천국제공항이라며 연희한테서 전화가 왔다. 미국에 오면 꼭 찾아달라는 당부를 하며 건강하라고 울먹인다. 연희야! 미안해하지 마! 더 도와주지 못해 내가 미안하다.

연희와 헤어진 지 8년이 흘렀다. 뉴욕 출장이다. 연희를 기다리며 마음이 동요된다. 얼마나 변했을까? 잘 꾸며진 레스토랑에 마주 앉았다. 명랑한 연희를 보니 마음이 편했다.

"잘 지내고 있는 거니?"

"오빠! 나 이제 괜찮아, 언니가 도와줘서 작은 편의점 하고 있어."

"잘했다. 혼자 해?"

"아니. 아르바이트 학생 있어. 교포 학생이야."

"잘 됐다. 몸도 마음도 아프지 마. 너 다시 보니 기쁘다."

"나도 오빠 보니 기뻐. 어디서 묵어?"

"호텔."

"내일 집으로 와, 같이 저녁 먹게."

"그래, 며칠 안 됐는데 김치찌개 먹고 싶다."

"알았어. 맛나게 해 줄게."

연희와 내일을 약속하고 헤어졌다. 어떤 모습으로 변했을까 걱정했는데 설렘의 안도감이 든다. 차질 없이 업무를 마치려면 나도 부지런히 뛰어야 했다. 연희네 집은 편의점에서 가까운 곳 주택가 서민아파트이다. 입주하는데 형부와 언니의 도움이 컸다고 한다. 아들은 직장 근처 오피스텔에 있고, 딸은 대학기숙사에 있어 주말이나 얼굴을 볼 수 있다고 했다.

하얀 쌀밥에 김치찌개를 맛있게 끓여놓았다. 열심히 레인지후드를 돌린다.

"나도 김치찌개 자주 못 해. 옆에서 난리 쳐서. 오빠 덕에 맛있게 먹을 수 있어 좋네."

"그래? 고맙다."

둘만의 오붓한 시간이다. 편한 연희의 얼굴을 바라보니 행복이란 것이 무엇인지 알 것 같다.

늦은 시간까지 술을 마셨다. 상기된 얼굴을 한 연희의 모습이 더없이 예쁘다.

"오빠, 아들 방에서 자고 가."

"가야지."

나는 간다고 혀 꼬부라진 소릴 하면서 일어서질 않았다. 지금 이대로 떠난다면 다시 볼 기회란 없을 거 같은 기분이 들었다.

"오빠, 그렇게 취해서 가지도 못해, 준성이 방에서 자. 일찍 깨워줄게."

"그럴까?"

갈증이 심해서 눈을 떴다. 옆에 연희가 자고 있다. 침대 탁자에 놓인 물컵을 들고 생각에 잠겼다. 연희가 언제 들어왔지? 전혀 몰랐다. 살포시 연희를 안았다. 부스스 눈을 뜨며 내 목을 끌어안는다. 연희의 하얀 살결이 보드랍다. 긴 여정의 끝자락. 격한 소용돌이 속으로 서서히 들어간다. 항상 짓눌려 있던 내 가슴이 편해진다. 늘 미안했고 채워지지 않던 연희에 대한 미련이 녹아지기 전 아직도 남아있는 이 아쉬움은 무엇인가? 연희는 내 것으로 항상 내 마음속에 있어야 했던 것인가? 질긴 끈의 끝자락을 놓아야 하는데. 그냥 쥐고 있다. 아이러니하게 행복하고 기쁘게 살기를 진심으로 바라면서 엉킨 실타래를 풀기 싫어하는 이 마음은 무엇인가? 한국으로 출발하기 전 연희의 아이들과 함께 저녁을 먹었다. 밝게 잘 살고 있는 남매가 기특했다. 뉴욕에서의 일정을 마치고 비행기에 올랐다. 모두 잠을 청하고 있다. 눈을 감았지만 쉽사리 잠이 오지 않는다.

연희가 남편과 이혼하는데 혁재형이 있었다는 것을 처음 알았다.

난경의 오빠다. 건축업을 해서 부자가 되었다는 소문이 동네에 자자했다. 난경이 연희 남편을 만나 자신의 오빠에게 보증을 서 주도록 했다는 것이다. 아파트는 경매로 넘어갔고 연희는 남편과 헤어지게 되었다고 울먹인다. 오랫동안 잊었던 석이와 동수 생각이 난다.

석이는 내 고등학교 동창이다. 대학도 토목과에 같이 다녔다. 나를 따라 시골집에 놀러 왔다가 연희와 난경을 알게 되었다. 대학을 졸업한 우리는 같이 D그룹에 입사했다. 해외 중동공사현장도 같이 갔다. 내게 더할 수 없는 막역한 친구다. 난경이 서울에서 직장생활을 시작하자 본격적으로 그 둘은 사귀었다. 석이는 활달한 난경을 무척 좋아했다. 둘의 연애사를 시시콜콜 내게 들려주며 행복해했다.

아랍에미리트 해외 현장 근무가 시작되면서 난경과 헤어지는 것이 싫다고 했다. 그곳을 다녀와서 생긴 목돈으로 결혼을 할 것이라고 했다. 어디서 살까 궁리하며 들뜨기도 했다. 석이가 아랍에미리트 근무 2년을 마치고 돌아왔다. 난경의 태도가 달라졌음을 내게 알려왔다. 그녀로부터 헤어지자는 통보를 받았다고 한다. 석이는 실의에 빠졌다. 근무 태만으로 상사로부터 심한 꾸지람을 듣고 회사를 그만둘까 생각하기도 했다. 날마다 나와 술을 마셨다. 너무 취해 둘이서 공원 벤치에 누워 잔일도 있다.

사법고시 준비생인 동수 또한 고등학교 동기이다. 그는 성격이 차분했다. 부모가 모두 고등학교 교사인 집안의 동생 둘을 둔 장남이다. 언제나 전교 상위권으로 S대를 목표로 열심히 공부했다. 고3 때 갑자기 아버지가 심장마비로 세상을 떠났다. 큰 충격에 빠진 동수는 자신이 목표했던 곳에 들어가지 못했다. 재수를 했다. 이듬해 S대 입학했지만 어려워진 집안형편이 동수를 힘들게 했다. 연이은 동생들의 대학입학이 큰 난관이었다. 과외아르바이트를 해 가며 애를 썼지만 모든 게 부족했다. 동수가 사법시험 1차에 합격하자 우리는 금방 사법연수원에 들어갈 것이라고 흥분했다. 석이와 헤어진 난경이 동수와 사귀며 뒷바라지를 하고 있었다. 틈틈이 동수의 용돈도 챙겨주었다. 나는 석이의 일을 잘 알고 있기에 쉽게 사람을 버리고 다시 사귀는 거리낌 없는 행동의 난경이 몹시 낯설었다. 동수가 계속 사법시험에 실패하자 철저한 에고이즘인 난경이 선택한 결혼상대자는 의류업종에 종사하는 부유한 남자였다.

동수는 난경이 떠난 후 타락했다. 좁은 신림동 고시원에 있던 동수가 내게 문자를 했다. '현준아, 나 너무 힘들어.' 나는 처음으로 동수가 내게 보낸 마음을 읽고 퇴근 후 동수를 찾았다. 좁은 방에 가득 쌓인 책, 허름한 옷, 파리한 얼굴에 덥수룩한 수염, 원시인처럼 꼴이 말이 아니었다. 난경에게 버림받았다고 자책하는 것이 더 안쓰러웠다. 모든 의욕을 상실한 동수는 삶의 끝자락에 서 있었다. 그토록 갈망하던 사법고시공부도 접은 듯했다. 동수 일이 걱정되어 날마다 고시원을 찾았다. 함께 저녁 먹고 산책하고 술 마시고 동수의 기력을 회복시키고자 노력했다. 예쁜 여자 많이 있다고 소개시켜준다고 동수를 얼렀다.

어느 날 고시원을 찾았을 때 동수의 좁은 방은 깨끗이 비어있었다. 어디로 떠났는지 아무도 모른다. 도대체 난경의 가치관은 무엇일까? 자신의 행동을 주저하며 생각해 보기나 하는 것일까? 나는 긴 생각을 하며 태평양을 날고 있었다.

난경의 아들 입사원서를 훑어본다. 자기소개서에 나열된 경력들이 화려하다.

"마지막으로 여러분이 생각하는 친구란 어떤 것인가? 소신껏 얘기해 보도록 하죠."

나는 첫 번째에 앉은 입사자에게 고갯짓을 했다.

"저는 부모님께서 항상 친구란 최선을 다하는 같이 살아가는 자라고 배웠습니다. 제 아버지 친구분은 대학 때, 저수지에 빠진 친구를 구하려고 뛰어들었다가 같이 익사하였다고 합니다. 어리석은 짓을 했다고 하지만 그 상황에서는 저라도 뛰어들었을 거라고 생각합니다. 친구이기 때문에 살려야 한다는 생각밖에 더 무슨 생각을 하겠습니까?"

"저는 외국에서 오래 살아서 친한 친구가 별로 없습니다. 그러나 친구를 위해서는 내 이익과 같이 친구의 이익도 보장되어야 한다고 생각합니다. 친구를 위해서는 양보도 할 줄 알아야 한다고 생각합니다."

"저는 친구가 무조건적이라고 생각하지 않습니다. 나를 힘들게 하는 친구도 있기 때문에 같이 손해를 볼 수는 없다고 생각합니다. 서로 돕는다는 것은 나와 그가 어느 정도 같아야 한다는 생각을 하고 주는 것이 있으면 그만큼 내게도 돌아오는 것이 있어야 한다고 생각합니다."

"그래요? 극히 현실적이네요. 친구가 많이 힘들면 어떡하시겠습니까?"

"돕겠습니다."

"어디까지 도울 수 있나요?"

난경의 아들은 얼굴이 벌게지며 아무 말도 못 했다. 한 집단의 일원은 빼어난 실력도 중요하다. 그러나 팀원으로 어떻게 함께 어울리어야 하는지 내가 희생할 수 있는 정신도 있어야 한다. 선택하는 자유의 능력은 무엇을 보고 어떻게 배워 왔느냐가 중요한 포인트가 된다. 사회생활에서 중요한 모토를 무시할 수는 없다.

나는 난경 아들의 입사 원서를 불합격자명단 위에 올려놓았다. 엄마를 많이 닮은 마음이 씁쓸했다. 썩 개운치 못한 마음으로 면접실을 나왔다.

꿈

언덕 위 빨간 지붕 벽돌집은 사라졌다. 현대식으로 잘 지은 큰 카페가 들어섰다. 이곳은 내가 서울로 대학 가기 전까지 살던 곳이다. 날마다 떠나고 싶었던 이곳. 구석구석 나의 절규가 흙 속 어디 한 줌 묻혀있으리라. 에스프레소를 시켜 천천히 마시고 나왔다. 찌든 가난으로 멍든 어린 시절, 지우고 싶은 것들뿐이다.

"영숙아! 가서 소주 한 병 가져와라."

아버지는 건설현장의 노무자로 힘든 일을 하고 있다. 일이 끝나면 같이 일하는 동료들과 얼큰히 한잔하고 들어와서 또 소주 한 병을 다 마신다. 어머니가 뭐라고 하지만 막무가내다. 그래야 하루 피로가 풀린다고 한다. 취하지 않고는 잠을 잘 수 없다는 아버지다. 늘 피로에 젖은 어머니. 남동생과 여동생. 다섯 식구가 살고 있는 작은 점방이 딸려있는 우리 집. 벽돌로 지어진 엉성한 우리의 보금자리이다. 어머니는 작은 점방에 약간의 생필품과 푸성귀를 나열해 놓고 팔고 있다. 무엇 하나 풍족한 것이 없다. 우리는 늘 허덕였다.

우리에게 생활의 어려움보다 더 힘든 것은 아버지의 횡포다. 일터에서 언짢은 일이 있으면 어머니나 우리에게 가차 없이 폭력을 행사한다. 언제나 아버지의 눈치를 살피며 하루를 지낸다. 아버지가 집에 들어올 때 심상치 않다고 느끼면 모두 도망가서 숨는다. 잔뜩 취한 아버지가 고래고래 소리 지르다 지쳐 잠이 들어야 집에 들어간다. 이튿날 아침, 아버지는 언제 그랬느냐고 수줍은 듯 미소 지으며 출근한다.

우리가 살던 마을에 큰 공장이 들어섰다. 마을 뒷산을 평평히 깎아 집 지을 터를 제비뽑아 보상받았다. 야무지게 잘 지은 집도 있지만 깔끔하게 뒤처리 못 하고 문짝도 없이 살고 있는 집도 많다. 시골집 보상이란 것이 제대로 집을 지을 정도로 돈이 나오는 것도 아니다. 농사를 짓던 사람들이 농토를 공장에 내어주고 하루아침에 모두 공사판에 잡일을 나가는 노무자가 되었다.

거대한 공장이 세워지는 동안 현장에서 일하는 일거리는 항상 있었다. 특히 우리 동네 사람들에게는 우선권이 주어졌다. 자그마한 우리 동네에 타지사람들이 많이 몰려왔다. 번듯한 점방이 생기고 술집도 생겼다. 방이 남는 집은 현장에서 일하는 사람들을 하숙쳤다. 빈약한 우리 채소가게도 야채가 날개 돋친 듯 팔렸다. 막걸리와 순댓국을 팔고 있는 언덕 위 빨간 벽돌집도 우리 단골이 되었다. 그곳 주인은 어머니보다 나이가 조금 더 많은 정순이라는 혼자 사는 여자였다. 어머니가 언니라고 부르며 우리는 이모라고 불렀다. 아버지의 폭력이 심해지면 어머니는 정순이모네 가게로 피신한다. 설거지도 해주며 돕다가 새벽에 들어오기도 한다.

유난히 추운 겨울밤 아버지는 집에 들어오지 않았다. 우리는 늦도록 들어오지 않는 아버지에 대해 별 신경을 쓰지 않았다. 집안이 조용하니 더 좋았다. 이튿날도 아버지는 들어오지 않았다. 어머니는 아버지를 찾아 나섰다. 여럿이 함께 술 마시고 늦게 헤어졌다는 말을 듣고 집 오는 길을 꼼꼼히 살폈다. 기다란 개천 길을 따라 살피던 어머니는 놀라 둑 아래로 내려갔다. 그곳에 엎어진 채 죽어있는 아버지를 발견했다. 만취한 채 굴러떨어진 것인지 확실히 알 수 없다. 경찰은 아버지의 죽음을 동사로 처리했다.

우리는 아버지를 잃었다는 슬픔보다 꽉 죄이던 뭔가가 순간 탁 풀린 허전함을 느꼈다. 어머니는 정신을 놓고 멍하니 앉아 있을 때가 많았다. 아버지에게 두들겨 맞고 도망 다니던 모습과 겹쳐 이건 뭐지? 의아했다. 설움 속에 애증이 남아 있는 것인지. 구타로 길들여진 일상의 행동과 정서에서 갑자기 단절된 허무인가? 인간의 마음에서 원천적으로 작용하는 본능적 힘인 무의식의 구조가 드러나고 있는 것인지 혼미하다. 우리는 한참 동안 고요가 깃든 의식 속으로 들어가는 데 시간이 걸렸다.

어머니는 다시 힘을 얻어 작은 가게를 꾸려가기에 전념했다. 그러나 우리 형제들의 뒷바라지가 벅차기만 했다. 다른 수입원이 없는 우리 집은 아버지의 부재로 쪼들리기 시작했다. 하숙하던 노무자들이 외상값을 주지 않고 그냥 떠나갔다. 어머니는 정순이모에게 다급한 일이 있을 때마다 돈을 빌렸다. 제대로 갚지 못하게 되자 정순이모는 어머니에게 가게를 접고 이모네 식당에서 일하기를 원했다. 생활비며 우리들 학비를 책임지기로 하고 어머니는 늦도록 일을 했다.

몇 년이 지난 어느 날, 우리는 집을 팔고 정순이모네 가게 뒤쪽에 붙은 방으로 이사했다. 우리가 쓰는 방은 가게와는 별도로 통로가 있었다. 가게에서 늦게까지 일하는 어머니는 우리가 자고 있을 때 들어왔다. 어머니에게서 가끔 술 냄새가 났다. 열심히 공부해서 좋은 대학에 들어가라고 권유하는 어머니에게 그럴 힘이나 있냐고 물었다. 그러기에 지금 고생하고 있는 거라고 했다. 우리는 그런대로 어려움 없이 살며 공부했다. 아버지가 있을 때와는 정서적으로 다른 모습이다. 정순이모는 우리를 친자식처럼 아꼈다.

초봄, 환절기가 되면 막내 영애가 감기를 자주 앓는다. 영애의 앓는 소리에 깨어보니 어머니가 없다. 늦도록 일하는 어머니는 가끔 정순이모와 함께 자기도 한다. 나가보니 가게 문은 닫혀있다. 어머니를 불러보았지만 아무 대답이 없다. 우리 부엌에서 주방 쪽으로 난 조그마한 쪽문이 있다. 살짝 밀고 들어갔다. 어머니를 부르려다 놀라 발을 멈췄다. 환한 방안에서 이모와 어머니가 알몸으로 엉켜 괴성을 지르고 있다. 침대에 반듯이 누운 어머니 위로 이모가 열심히 섹스동작을 한다. 나는 기절할 것 같아 살금살금 뒷걸음질 쳤다. 놀란 가슴을 진정시키려고 한참 동안 부엌에 쪼그리고 앉아 있었다.

이모네 가게는 쌍과부집이라는 닉네임이 붙어 사람들이 항상 많았다. 어머니도 언제부터인가 예쁘게 단장하기 시작했다. 아버지 때에는 생각할 수도 없던 일이다. 무릎 튀어나온 추리닝 바지를 입고 시장을 뛰어다녔다. 커다란 보따리를 머리에 이고 들고 늘 후줄근한 모습이었다. 언제부터인가 어머니는 깔끔하고 예쁘게 단장했다. 들락거리는 손님들을 위함이라고 생각했는데 이모와 찐사랑을 하는 것일까? 머리가 하얘져 아무 생각이 없다. 열이 많이 나는 영애 머리에 찬물수건을 얹어주며 어머니를 기다렸지만 그 밤 들어오지 않았다. 눈을 떠 보니 아무것도 모르는 어머니가 부산을 떨며 아침준비를 한다. 영애가 기침을 하며 아프다고 칭얼댄다. 어머니는 미안하다며 늦게까지 손님이 있어서 바빴다고 한다. 그 후 난 어머니와의 대화가 어색해졌다. 될 수 있으면 시선을 피했다.

우리가 이 고장으로 이사 오기 전, 내가 어렸을 때 살던 집 옆집에는 여자 둘이 살았다. 가끔 놀러 가면 맛있는 과자를 줬다. 살림살이도 오밀조밀 신혼집처럼 깔끔하고 예뻤다. 우리 집보다 훨씬 잘 살았다. 나는 그들을 이모라고 불렀다. 항상 집에 있는 키 큰 이모는 어려 보였고 살찐 이모는 나이가 많아 보였다. 살찐 이모는 가죽잠바를 즐겨 입었다. 나중에 어른들이 하는 얘기를 듣고 놀랐다. 그들이 부부라고 했다. 살찐 이모는 미군 부대의 군인을 상대로 돈을 벌고 있다고 했다. 키 큰 이모네 집은 가난해서 살찐 이모가 많은 도움을 주고 있다고 했다. 그들이 외출할 때는 아주 정답게 팔짱을 끼고 다녔다.

대학 2학년이 되었다. 어느 정도 서울 살림도 익숙해졌다. 동생들을 데려오려고 다락이 딸린 작은 방을 얻었다. 남동생 영호는 고2가 되었고 여동생 영애는 중3이다. 어머니는 내가 공부하는데 힘들다고 애들 대학 때 보낸다고 했지만 극구 내가 우겨서 일을 진행했다. 갑자기 식구가 늘자 여러모로 신경 쓸 것이 많아졌다. 영호는 다락방을 쓰기로 했다. 앉아서 움직이어야 하는 불편함이 있었다. 어머니는 반찬을 해서 자주 왔다. 집 안 구석구석 깔끔하게 청소도 해 주고 밀린 빨래도 해 줬다. 잃어버린 어머니를 다시 찾은 느낌이지만 석연찮기는 매한가지다. 영애는 결벽증에 가깝게 깔끔하다. 누구도 자신의 물건에 손대는 것을 허락하지 않는다. 샤워 시간도 길어 영호와 큰 소리로 싸우는 날이 많다.

"영애야, 나 바쁘니까 좀 나올래?"

"나 아직 멀었어."

"내가 후딱 씻고 나올게."

"안 돼."

"야! 나 늦으면 큰일 나!"

영호는 선배와 약속을 어길 수 없다며 영애를 윽박질렀다. 젖은 머리를 수건으로 감싸고 나온 영애는 어머니를 보며 울상을 했다.

"엄마! 나 오빠하고 같이 못 살겠어. 매번 내가 들어가면 나오라고 소리쳐."

"조금만 참고 기다려 봐, 오빠 대학 가면 어떻게 해 보자."

어머니는 여자애들 틈에서 불편하게 살고 있는 아들이 안쓰러운지 아님 매번 다툼을 하는 막내딸이 가여운지 무슨 결심을 한 듯했다. 생활비를 넉넉히 주고 어머니는 떠났다. 고맙다는 생각보다 이질감과 경멸함을 느끼게 되어 당황했다.

영호가 대학에 들어갔다. 어머니는 정순이모에게 돈을 빌려 새로 신축한 작은 오피스텔을 얻었다. 영호가 짐을 꾸려 나갔다. 집에서 가까워 나는 자주 들러 빨랫감을 들고 왔다. 밥은 잘 먹나 확인해 보지만 어머니가 보낸 반찬은 오랫동안 냉장고에 남아있다. 배달음식

찌꺼기가 정리되지 않고 널브러져 있다. 가끔 잔소리하지만 영호는 해방된 기쁨을 만끽하고 있다.

나는 졸업과 동시에 중소기업에 취직되었다. 대출받은 학자금을 갚아나가며 동생들을 돌보고 있다. 우리 삼 남매의 공부 뒷바라지로 어머니는 많이 지쳐있다. 어머니에 대한 석연찮음을 깔끔하게 정리하진 못했다. 어머니가 정순이모와 함께 한 일은 어쩔 수 없이 우리를 위해 택한 일이 아닐까? 내가 직장을 다니면서 어머니의 서울나들이는 좀 뜸해졌다. 대신 주말이면 한 주일 동안 먹을 반찬을 내가 준비한다. 어머니는 대견해하며 자랑스럽다고 한숨 놓는다.

"엄마, 어디 아파요? 살이 많이 빠진 거 같아."

"요즘 통 소화를 못시켜."

"힘들어서 그래요?"

"아니, 언제는 안 힘들었냐?"

"병원에 가 봤어요?"

"아니, 소화제 먹어."

"회사에서 건강검진 나왔는데 엄마도 신청했으니까 그리 알아요."

싫다는 어머니를 우겨서 건강검진을 받았다. 결과는 참담했다. 위암이다. 초기인 어머니는 대학병원에서 수술받았다. 정순이모의 가게는 쉬기로 하고 우리와 함께 지냈다. 위절제수술로 식사는 소식을 했다. 건강이 어느 정도 회복되자 다시 일을 하겠다고 정순이모에게 갔다. 술 마시지 말고 무리하지 않기로 약속했지만 걱정이다.

영호의 오피스텔에 들러 청소했다. 쓰레기통에서 이상한 것을 발견했다. 정액이 들어있는 콘돔이다. 나는 놀랐다. 영호에게 여자 친구가 있는 것 같지 않았는데 뭔 일이지? 저녁준비를 하고 영호에게 전화했다.

"영호야, 저녁 먹으러 와라."

"누나, 뭔 일 있어? 좀 바쁜데."

"많이 늦니?"

"9시까지 갈 수 있어."

"그래, 기다릴게."

"저녁 먼저 먹어."

"알았다."

영애는 학원에 갔다. 영호가 올 시간에 맞춰 김치찌개 냄비를 가스레인지에 올려놓고 불을 약하게 했다. 아르바이트를 두 군데 뛰고 있는 영호는 늘 바빴다.

영호가 좋아하는 계란찜도 다시 따뜻하게 데워 놓았다. 고슬고슬한 밥을 떠주며 물었다.

"졸업시험은 잘 봤니?"

"열심히 했는데 잘 모르겠어."

"논문은."

"아직 발표 전이야."

"많이 먹어."

영호가 식사를 끝냈다. 차를 준비해서 같이 식탁에 앉았다.

"뭐 할 말 있어?"

영호는 쭈뼛거리는 나를 바라보며 물었다.

"너 사귀는 여자애 있니?"

"아니, 없는데. 왜?"

"대학교 4학년 애가 사귀는 여자가 없다는 것이 믿기지 않아서. 너 같이 인물도 훤한 애가."

"누나는 연애하는 남자 있어?"

"난 너와 다르지."

"다르긴 뭐가 달라. 이제 누나도 연애하고 결혼할 생각도 좀 해. 엄마가 걱정 많이 하셔. 시집갈 생각을 안 한다고."

대화의 방향이 엉뚱한 곳으로 갔다. 오피스텔에 있었던 콘돔사건은 젊은 남자의 생리 중 일부라고 생각했다. 어머니는 건강도 좋아지고 정순이모와 잘 지내고 있다. 어머니가 적극적으로 정순이모를 의지한다면 내가 거부할 일이 아니라고 생각한다.

재덕 선배는 군에 다녀오며 복학했다. 우리 과에서 자신보다 어린 우리들을 배려했다. 졸업할 때는 과대표로 두각을 나타내 좋은 회사에 취직도 일찍 했다. 나와는 연인 사이로 발전해 시간이 되면 자주 만나 맥줏집을 들락거렸다. 어느 여름 영애가 친구들과 동해로 여행을 떠났다. 재덕 선배가 술을 사 들고 저녁 늦게 찾아왔다. 자정이 넘도록 술을 마셨다. 재덕 선배는 집에 갈 생각을 하지 않고 영애도 없으니 여기서 자고 가겠다고 했다. 나는 몹시 당황했지만 둘이 이미 많이 취해있었다. 누가 먼저랄 것도 없이 게슴츠레한 눈은 서로 받아들일 자세였다. 재덕 선배의 손길이 나를 더듬었다. 부드럽고 감미로웠다. 재덕 선배의 단단한 페니스가 내 음부에 닿았다. 나는 소스라치게 놀랐다. 어머니와 정순이모의 섹스 장면이 떠올라 그대로 내 몸은 경직되었다. 힘껏 재덕 선배를 밀치며 돌아누웠다.

"왜 그래?"

"몰라, 갑자기 몸이……."

놀란 재덕 선배가 나를 살살 달래며 한참 후 다시 시도했다.

그러나 결과는 더 심했다. 재덕 선배가 옆에 있는 것조차 견딜 수 없는 통증이 되었다.

"선배, 미안해, 정말 미안한 데 혼자 있고 싶어. 미안해."

재덕 선배는 황당한 내 모습을 보며 떠났다. 그리고 점점 멀어지더니 아주 인연이 끝났다. 결혼해서 잘 살고 있다는 소식을 한참 후에 들었다. 나는 몸을 추스르는 데 많은 노력을 했다. 그날의 생각과 어머니 생각. 힘들게 운동하고 일하고 취미생활로 빈 시간을 작정하고 꽉 메웠다. 내 몸을 혹사시켜 그들과의 관계에서 받았던 고통을 제거하는 데에 사용했다.

프로이트는 성장에 대한 큰 변화는 자기 성애에서 타인과 공유하는 성적 쾌락에 대한 환상과 욕망을 갖는 것으로 옮겨 갈 때 일어난다고 주장했다. 나는 지금 무엇인가? 타인과의 공유가 안 되는 심각한 성 장애? 두렵다. 어머니의 행동이 죄악이라는 강박 속에 오랫동안 갇혀있었다. 나를 치료해야 했다. 나는 나를 위해 재덕 선배와 시도했던 섹스를 누군가와 도전해 봐야 한다고 생각했다. 사랑 없이 가능할까?

어머니가 나를 사랑한다는 사실은 부정하지 않는다. 전적으로 어머니를 의지한다. 어머니 없이는 살아갈 수 없다. 어머니가 나를 버린다면 아니 내가 어머니를 버린다면 나의 신체적인 욕구와 정서적인 욕구는 전혀 충족되지 않을 것이다. 나는 나를 사랑해 주는 어머니가 필요하다. 애정과 욕정의 분리. 지금 이것을 실행해 보고자 한다. 성공적으로 결합시키는 목적을 완전하게 성취하려면, 내 안에 잠재해 있는 콤플렉스를 억압하지 않고 전부 제거하고 없애야 한다. 주위를 살핀다. 누가 내 상대가 되어 줄 것인가. 혹여 진정으로 사랑할 수 있는 상대가 나타난다면 금상첨화일 것이다. 사람을 훑어보는 습관이 생겼다. 그것도 남자를 훑다 보면 서로 눈이 마주친다. 의아하다는 듯 어깨를 움찔하는 사람. 이상한 여자 아냐? 묘한 눈빛으로 나를 쏘아보는 눈길이 민망하다. 눈을 돌린다.

영호의 생일이라 미역국을 끓였다. 어머니는 영호가 좋아하는 잡채를 만들었다. 영애는 작은 생일케이크를 사왔다. 네 식구가 둘러앉았다. 생일축하 노래를 부르기 위해 케이크에 초를 꽂았다. 벨소리가 난다. 영호 친구가 선물을 사가지고 왔다. 과 찐친구라고 소개한다. 이런 날은 여자 친구가 와야 되는 거 아니냐며 어머니의 농담에 모두 웃었다. 어머니 속내는 아들이 여자 친구를 사귀어 일찍 장가가기를 바라는 것 같다.

한 해를 마무리하기에 모두 바쁘다. 거리는 젊은 연인들로 술렁이고 영호는 찐친구와 동남아여행을 떠났다. 영애는 친구와 홍대거리를 활보하고, 송년모임으로 가게마다 넘치는 사람들로 왁자지껄하다. 집 대청소를 하고 영호 오피스텔에 들렀다. 퀴퀴한 홀아비 냄새가 난다. 유리창을 열어 환기 시키고 구석에 쌓여있는 빨랫감을 챙겼다. 침대 시트도 바꾸고 깨끗해진 방안을 둘러보며 만족한 미소를 지었다. 돼지고기를 듬뿍 넣은 김치찌개로 소주 한 잔을 들며 나름대로 혼자 즐기고 있다. 연애도 제대로 못 하는 사람이 나 하나뿐이겠는가? 알 수 없는 외톨이를 위해 건배하며 맛나게 익은 돼지고기 한 점을 입에 넣었다. 나쁘지 않아.

영호가 언제 온다고 했지? 오늘인가? 부지런히 영호 옷을 챙기고 밑반찬도 챙겼다. 문을 열고 들어가자 두 남자애들이 알몸으로 이상한 행동을 하고 있다. 화들짝 놀라 들고 있던 것을 떨어뜨렸다. 소리를 지르고 밖으로 뛰쳐나와 어떻게 집에 왔는지 모르겠다. 내가 무엇을 본 것인가?

"게이! 게이! 게이! 악! 악!"

머리를 움켜쥐고 소리 질렀다.

"엄마! 어떻게 해! 어떻게 해!"

정신이 몽롱하다. 이게, 뭔 일이야! 엄마 때문에 얼마나 많이 힘들었는데, 이제 영호까지 어떻게 하라고! 어떻게 하라고! 나는 엉엉 울었다.

일주일이 지나도 영호는 나타나지 않았다. 나는 기다리다 너무 화가 나서 오피스텔을 찾았다. 영호는 없었다. 살펴보니 약간의 옷가지가 없어졌다. 전화도 바뀌었다. 영호의 찐친구가 살고 있는 곳도 모른다. 그에 대해 아는 정보가 전혀 없다. 답답하다. 이 일을 어쩌면 좋은지. 어머니에게 뭐라고 말할까? 성 소수자에 대한 설명을 할 수 있을까? 영호가 남자애를 사랑한다고 말할 수 있을까? 아연실색할 어머니 표정이 보인다. 아직 건강도 완전하지 않은 어머니에게 형벌이 아닐 수 없다. 자신을 얼마나 자책할까?

나는 영호를 찾는 것이 우선이었다. 행여 잘못된 선택을 할까 봐 더 걱정이었다. 어머니가 바빠서 자주 오지 않는 것이 더 반가웠다. 영호 책상 위에 메모를 남겼다.

'영호야, 누나가 아무것도 묻지 않을게. 들어와. 넌 할 말 있을 거 아니니? 엄마 아시기 전에 빨리 들어와. 누나하고 얘기하자.'

영호가 집을 나간 지 한 달이 지났다. 나는 어머니가 올 조짐이 있나 전화하면서 관찰했다.

영애가 헐레벌떡 들어왔다.

"너 학원 안 갔어?"

"언니! 오빠 있는데 알았어."

"어디야?"

"카페에서 아르바이트 한 대."

영애 친구 지영이가 대학로에서 봤다고 빨리 가자고 한다. 서둘러 택시를 탔다. 우리를 보고 도망칠까 봐 퇴근시간까지 밖에서 기다리기로 했다. 영애와 벤치에 앉았다. 세 시간이 지났다. 행여 놓칠세라 입구를 뚫어져라 보고 있다.

"영애야! 오빠 놓치면 안 되니까 나오면 내가 오른쪽 너는 왼쪽으로 가서 팔을 꽉 잡아. 알았지?"

"알았어."

퇴근하려는지 입구에 영호가 어른거린다. 많이 수척하다. 울컥 눈물이 난다. 걸어가는 영호 뒤로 달려가 양쪽 팔을 힘껏 잡았다. 깜짝 놀란 영호가 돌아보며 강하게 뿌리친다. 우리는 잡은 팔에 온 힘을 줬다. 도망치기를 포기했는지 돌아보며 어이없는 표정을 짓는다.

오피스텔에 도착했다.

"영호야, 집 놔두고 왜 나가서 고생이니? 여기서 다녀."

최대한 영호 마음을 편하게 할 생각이다. 또 사라지지 않는다면 얘기할 기회는 있을 것이다. 우리는 커다란 일을 겪으면서도 가장 평온한 것처럼 지낸다. 내 속은 날마다 타들어간다. 영호와 대화할 시간을 찾아보지만 좀처럼 문을 열지 않는 영호를 닦달할 수가 없다. 다시 자취를 감춘다면 더 낭패가 될 것이다. 꾹꾹 내 마음을 누르며 기다리기로 했다. 가끔은 이해한다는 듯 마음도 없는 신호를 보내기도 한다.

내 마음은 영호의 걱정으로 편할 날이 없다. 이제나저제나 영호가 다가와 주길 바라지만 아무 말 없이 서너 달이 지났다. 회사의 회식으로 늦은 술자리가 있었다. 강제적이라기보다 요즘 편하지 않은 내 마음을 달래기라도 하듯, 아님 핑계인 듯 옆에서 권하는 대로 많은 술을 마셨다. 허구한 날 아버지의 술타령으로 집이 우당탕 조용한 틈이 없던 어린 날이었다. 술 그 자체를 금기시하고 터부 했다. 내 생활 속엔 있어서 안 될 고약한 물질이라고 못 박았다. 어쩌자고 이렇게 많이 마셨는지 속이 울렁이고 금방 죽을 것 같다. 겨우겨우 참고 견뎠다. 김 대리가 같은 방향이라며 택시에 동승했다. 집 근처에 내려 영호를 불렀다.

"뭔 술을 이렇게 마셨어?"

"그러게, 왜 이렇게 많이 마셨을까? 나도 모르겠다."

히죽이 웃으면서 날 부축한 영호를 봤다. 딱하다는 표정이다. 골목 모퉁이를 돌자 도저히 견딜 수가 없어 담벼락 밑에 쪼그리고 앉아 토하기 시작했다. 안주에 버무려진 고약한 술 냄새가 역겨워 못 견디겠다. 늦은 시각이라 지나다니는 사람이 없어 다행이다.

"영호야, 이거 어쩌냐? 큰일 났다."

"어쩌긴 어째, 뭐로 치워. 물도 없는데."

다 토하고 나니 울렁거림이 가라앉았다.

아침도 거르고 회사에 갔다. 김 대리가 괜찮은가 하고 묻는다. 머리를 흔들며 속이 쓰리다고 손을 가슴에 대고 문질렀다. 빙긋이 웃는 김 대리가 점심을 같이 먹자고 한다. 얼큰한 우거지탕을 시켰다. 우리뿐이 아니다. 어제 회식자리에 있던 직원들 모두 한 식당에 모였다. 해장을 하러 온 것이다. 별로 대화도 없던 김 대리가 자주 말을 걸어왔다. 자판기 커피도 뽑아 내 테이블에 갖다준다. 내게 관심을 보이며 근접속도가 빨라졌다. 퇴근하고 맥주 한잔 정도 편하게 할 수 있는 사이가 되었다. 김 대리와 가까워지며 재덕 선배 생각이 났다. 지우고 싶은 그때의 일들이 되살아나 우리가 연인으로 발전되는 것은 싫었다. 솔직히 자신이 없었다.

초등학교 체육대회가 열렸다. 25기인 우리가 주관이다. 여자들은 시골학교 운동장 한구석에 긴 상을 펴고 음식을 장만하여 나열했다. 일회용 접시에 세 가지 반찬을 담아놓고 공깃밥과 사람들이 오는 순서대로 칼칼한 육개장을 담은 국그릇을 건넸다. 각 부서마다 담당한 친구들이 차질 없이 일을 잘했다. 체육대회는 시작부터 마무리까지 성공적으로 잘 치렀다. 수고한 우리들은 모두 한자리에 모여 저녁을 먹고 회장의 주선으로 클럽에 갔다. 쩌렁쩌렁 울리는 음악소리에 옆 사람의 말소리조차 들리지 않는다. 연거푸 커다란 맥주잔이 테이블마다 가득 놓였다. 성급한 일부 친구들은 중앙 넓은 홀로 나가 춤을 추기 시작했다. 종일 운동장에서 가을의 따가운 볕에 그을린 얼굴들이 홍조를 띠고 있다. 모두 흥에 겹다. 신나게 흔들어 대고 고함지르며 노래하고 외부 사람 없이 우리끼리의 축제다. 늦은 시각 이곳에 사는 친구들의 배웅을 받으며 서울친구들은 전세버스에 올랐다.

내 옆자리에 영찬이가 앉았다. 초등학교 때 같은 반은 아니었지만 한 동네 살았다. 영찬이네 집이나 우리 집이나 가난하긴 마찬가지였다. 중학교 때까지는 동네아이들과 어울려 놀기도 했지만 고등학교에 가면서 서로 볼 수가 없었다. 영찬이는 공부를 잘했다. 나나 영찬이는 서울에서 대학을 다녔지만 한 번도 만난 적이 없다. 이번 체육대회모임으로 영찬이가 서울 사는 것을 알게 되었다. 영찬이는 대기업에 다니며 일찍 결혼했다. 초등학교 다니는 아들이 있다. 필리핀으로 조기유학을 보내 아들을 따라 부인도 그곳에 가 있다고 한다. 지금은 기러기 아빠라며 웃는다. 우리는 서로 전화번호를 주고받고 헤어졌다. 일주일이 지난 주말 영찬이한테서 전화가 왔다. 술 한잔하자고 한다. 이 애가 가족과 떨어져 있어서 많이 외롭구나 생각해서 흔쾌히 승낙했다.

우리 집 근처로 온 영찬이가 순댓국집에 앉아 나를 불렀다.

"막걸리 마실래? 소주?"

"난 소주."

"저녁 안 먹었구나."

"끼 찾아 먹는 것도 힘들다."

"그래도 신경 써서 먹어."

"어머니는 잘 계셔?"

"응, 너희 부모님은?"

"잘 계셔."

"우리 얼마 만이냐. 10년 넘네."

나는 내 어머니에 대해 영찬이가 어디까지 알고 있는지 조심스러 웠다. 동네사람들은 두 과부가 장사하고 있다고 해서 어엿한 간판 을 놔두고 '쌍과부집'이라고 불렀다. 어른들은 몰라도 어린 우리들까 지 그 속내를 알지는 못할 것이라고 믿고 싶었다. 그 후 영찬이와 자 주 만나 저녁을 먹고 술을 마셨다. 어려서 친구이다 보니 불편함 없이 편했다. 가끔 나도 영호 때문에 속을 끓이느라 힘들 때 영찬이를 불 렀다. 어머니 얘기는 못 했지만 영호문제는 영찬이와 함께 풀고 싶었 다. 영찬이의 한마디 한마디가 큰 힘이 되었다. 그동안 혼자 끙끙 앓 던 영호의 문제를 영찬이와 나누고 보니 조금 수월해졌다. 영찬이도 그냥 두고 보자라는 의견이다. 우리 사회에서 용납하기 힘든 문제이 기에 본인도 시간이 지나면 뭔가 느끼는 것이 있을 것이라고 너무 걱 정하지 말라고 한다. 날 지원해 주는 든든한 오빠 같다.

영찬이의 외로움이 커 보였다. 늘 상 외식을 하는 것을 힘들어했 다. 맛있는 된장찌개가 먹고 싶다고 하고 풋김치도 먹고 싶다고 한 다. 가끔 영찬이를 초대해서 같이 저녁을 먹었다. 영호도 영애도 좋 아했다. 영찬이는 영호를 데리고 같이 운동을 하며 친해지려고 노력 했다.

김 대리는 여전히 내게 친절하다. 김 대리가 특별한 호의를 보일 적마다 나는 긴장하게 된다. 남자 친구로 아니 결혼상대로 결격사유가 없다고 생각한다. 깔끔한 사람이다. 내 조건은 형편없지만 김 대리가 좋다면 사양할 일이 아니다. 그러나 재덕 선배와의 일이 생각나 김 대리의 호의를 덥석 받아들일 수가 없다. 가까이 다가가지 못하며 어물쩡 물러서 있다. 해결되지 않는 숙제이다. 이대로 나는 가정도 꾸려보지 못하고 살아가게 되는 것 아닌가? 불안하다.

영호가 친구와 여행을 간다고 한다. 누구냐고 물었다. 그 친구와 함께 갈까 봐 지레 걱정되었다. 아니라고 한다. 그 친구도 부모님이 알고 노발대발 난리가 났었다고 한다. 헤어진 지 오래라고 믿어달라고 한다. 영호가 제 자리로 돌아온 것은 영찬이의 꾸준한 설득이 한 힘을 실었다. 다 잊고 새로운 출발을 위해 영호의 여행을 찬성했다. 묵직한 돌덩이로 짓눌리던 고통이 사라졌다. 언제 해결할 수 있을까 망막했는데.

영호가 떠났다. 영애는 친구와 제주도를 갔다. 텅 빈 집안은 쓸쓸했다. 허전하다. 어디라도 떠나고 싶다. 편히 같이 여행할 수 있는 사람이 못내 아쉽다. 나는 어떻게 살았는가? 어머니 때문에 아무에게도 말 못 하고 오늘날까지 속을 까맣게 끓였다. 엎친데 덮친 격으로 영호가 속을 썩였다. 어머니에게도 털어놓지 못하고 영호를 감시하기에 노심초사했다. 제대로 친구들과 놀아보지도 못했다. 좋은 옷도 사 입지 못했다. 오직 동생들 뒷바라지에 힘썼다.

"영찬아, 주말에 뭐 해?"

"별 계획은 없는데 왜?"

"우리 바닷가 갈래?"

"뜬금없이 바닷가는 왜? 무슨 일 있니?"

"아니, 그냥. 영호는 여행 떠났고 영애도 제주도 갔어."

"그래? 스케줄 좀 보고 전화해 줄게."

아침 일찍 분주히 움직였다. 집 안 청소도 깨끗이 해 놓고 문단속도 잊지 않았다. 차 소리가 나서 내다보니 영찬이가 기다리고 있다. 약간의 설렘도 있지만 의도적 접근에 대한 도덕적 문제가 걸린다. 우리가 연인이었으면 어떨까. 휴가철이 아니라 영동고속도로는 한가했다. 바람은 시원하다. 횡성휴게소에 들러 한우국밥을 시켰다. 환하게 웃는 우리를 매장 직원은 부부라고 부른다.

바닷가에 앉았다. 들어오고 나가는 파도를 보며 지금 우리는 서로 무슨 생각을 하고 있는지. 영찬이가 궁금했다.

"참 시원하고 좋다. 영찬아 너는 어때?"

"기분이 좀 묘하다."

"그래? 나도 그렇긴 해. 우리가 연인도 아닌데 이렇게 올 수 있는 것이 편해서일까?"

"난 가끔 그 옛날에 네가 신비했어. 말도 잘 안 하고 그래서 항상 궁금했지."

"정말 이렇게 만날 줄 몰랐다. 영호 때문에 힘들었는데 도와줘서 정말 고마워."

"고맙긴, 그래도 영호가 잘 돌아와서 다행이다."

"네 가족은 언제 돌아와?"

"돌아오겠니? 상급학교 가면 다시 눌러앉겠지. 애 하나 키우는데 참 어렵다. 내가 휴가 내서 한 번씩 필리핀에 나가. 너 왜 시집 안가?"

"가야지."

"좋은 사람은 있고?"

"아직 없어."

"우리 중학교 때 이웃 동네에 살던 수철이 알지?"

"너 괴롭히던 애?"

"그래, 네가 그 애 흠씬 때렸지."

"히히 그래서 그 애 아버지한테 되게 혼났다."

"나 때문이지. 그때 네가 참 좋더라."

"진짜?"

우리는 서로 바라보며 웃었다. 아련히 먼 옛날 일을 되새기며 그리워했다. 노을이 지고 있다. 가까운 식당에 들러 회를 시키고 소주를 곁들여 저녁을 먹었다. 집에 내일 가자며 영찬이는 술을 마시기 시작했다. 고개를 끄덕였다.

나는 아주 자연스러운 방법으로 영찬이를 유혹하고 있다. 다시 한번 나를 알기 위해서이다. 질 경련의 발생원인은 대부분 심리적이라고 한다. 어린 시절의 성추행이나 성폭행에 의한 심리적 충격이 원인이며, 성에 대해 잘 몰라서 생기는 막연한 두려움일 수 있다고 한다. 내가 본 어머니의 동성애 섹스는 성에 대한 비윤리적 충격이었다. 그로 인해 커다란 심적 타격이 되어 오랫동안 내게 자리하고 있다. 어떤 동성애자들은 선천적으로 강한 동성애적 성향을 갖고 태어나며 어린 시절 경험하는 것과는 무관하게 동성애를 선택하게 될 것이라는 연구결과도 있다. 그럼 영호는 그런 성향을 갖고 태어난 것일까? 적어도 어머니는 우리를 위해 당신을 희생하는 것이라고 믿고 싶었다. 어느 정도까지는 우리 모두가 양성애자인데 동성애와 이성애의 선천적인 성향 간의 균형이 개인마다 크게 차이가 있을 것이라는 것이다.

영찬이와 나는 암묵적 원함이 같았다. 우리가 금지된 쾌락을 즐긴다면 초자아가 가하는 고통을 감수함으로써 그 대가를 지불해야 하는 것이다. 나는 술을 많이 마셨다. 몸을 가누기 힘들 정도로 의도된 행동이다. 정신도 혼미하고 싶었다. 이 일이 어떻게 진행될지 두려웠다. 성공시켜야 한다. 절실하다. 내 인생에서 가장 중요한 일이라고 할 수 있다. 나도 남들처럼 사랑도 하고 가정도 꾸리고 알뜰살뜰 살고 싶다. 예쁜 아기도 내 품에서 키우고 싶다. 간절한 바람이다. 누가 내게 주어진 삶의 행복을 송두리째 거둘 수 있단 말인가? 인간에게 주어진 행복한 삶의 권리이다. 영찬이는 만취된 나를 사랑스럽다는 듯 바라본다. 변화를 일으키기 위해서 무엇을 해야 하는 자기치료이다. 이러한 방법을 취하는 내 행동이 옳지 못하다는 건 사치다. 영찬이 또한 인간의 기본적인 생물학적 욕구를 충족하기 위한 나래짓을 하고 있다. 관객 앞에 펼쳐진 공연으로 내가 그 대상이 되는 것은 커다란 댐의 균열을 미리 막는 것일 수도 있다. 사람들은 되는대로 삶을 살아가지 않는다. 어떤 것인지를 파악하고 그 바탕 위에 꿈과 목표를 설정한다. 살면서 겪는 개별사건들은 자신의 정체성에 녹여낸다.

아침햇살이 밝게 들어온다. 작은 목선이 수평선에 걸려있다.

" 잘 잤어?"

"너무 취했나 봐."

영찬이가 싱긋 웃으며 와락 안아준다.

서울로 돌아오는 차 안에서 우리는 서로 아무 말도 하지 않았다.

무슨 일이 일어난 것인지 아닌지. 하체가 뻐근하다. 성공한 것일까?

멍에

60살을 넘긴 5남매가 90살을 맞은 어머니를 축하하기 위해 한자리에 모였다. 쪼글쪼글 깡마른 얼굴을 한 그들의 외삼촌도 누님의 생일을 축하하기 위해 왔다. 아침상을 물리고 차를 마시면서 지난날의 고생스럽던 일을 한마디씩 한다. 그들이 겪게 된 가난의 시초가 되는 아버지 죽음부터 이야기가 시작되었다. 자형의 죽음을 눈앞에서 본 구순 노파의 마지막 남은 막내 남동생, 외상 후 스트레스장애를 어떻게 감당했을까? 5남매의 마음은 외삼촌에게 고마움과 안타까움을 보인다. 아직도 풀리지 않는 수수께끼 같은 어린 시절의 많은 일들을 궁금해하며 속내를 털어놓는다.

"어머니, 100만 환이 넘는 정미소가 아무리 망했기로 그걸 팔아서 우리한테 15만 환을 준 할아버지가 왜 그랬는지 궁금해요."

"누가 15만 환이래? 나한테 10만 환만 주더라."

"우리는 15만 환 받고 그걸 고모가 5만 환 빌려 간 걸로 알고 있는

데.”

“10만 환 주면서 시내 가서 구멍가게라도 하면 먹고살 거라 하더라. 그 10만 환도 니들 고모가 다 가져갔지만.”

큰딸 재순이 격분하며 일어섰다. 못난 어머니를 원망했다. 아무리 순하고 나이가 어리다고 해도 자식이 여섯인데 모질게 지켰어야 할 재산 아닌가? 하루아침에 거지가 되어 자식들 고생시키다니 그건 순해서가 아니라 무능한 거라고 어머니를 비난했다. 밖으로 뛰쳐나온 재순은 한참 동안 할아버지에 대한 분함을 삭이지 못했다. 반백 년이 지난 일들이지만 뼛속까지 사무치는 설움이 아직도 생생하다. 할 수만 있다면 저승에 찾아가 그들에게 따지고 싶다. 왜 그랬느냐고 묻고 싶다.

기골이 장대한 강 노인은 막내아들과 함께 나루터에 갔다. 이승에서 오는 배가 도착할 시간이다. 한참 후, 뿌연 안개 속을 헤집고 배가 나루턱에 닿았다. 빽빽하게 자리한 사람들이 하나둘 내려오고 있다. 강 노인은 흐린 눈을 비비며 한 사람도 놓치지 않으려고 자세히 바라본다. 막내며느리를 찾는 것이다. 마지막으로 어린아이가 눈망울을 굴리며 내려오고 배는 안개 속으로 사라졌다. 이번에도 둘은 실망하고 발걸음을 돌렸다.

이승의 배에서 내린 사람들은 신의 사자들이 인도하는 셔틀을 타고 돌림의 방을 향해 떠났다. 열흘 후, 다시 이승의 배가 도착한다. 강 노인은 이곳 저승에 와서 막내아들 봉주를 대하는 것이 하루도 편하지 않다. 어서 막내며느리가 와 진정한 용서를 받아야 한다. 그래야 막내아들에 대한 미안함이 조금 편안해질 것 같다.

강 노인은 고구려의 무장을 지낸 이식以式을 시조始祖로 박사공파의 25세손으로 태어났다. 그의 외가에서 중매를 서 서울 사대문 안에 사는 전주이씨 집안의 딸을 아내로 맞았다. 어머니 또한 전주이씨 집안의 딸로 외삼촌이 관직에 있었다. 강 노인은 딸 셋과 문주, 봉주 두 아들을 두었다. 큰아들 문주는 일찍이 사범학교를 졸업하고 교편을 잡았고 작은아들 봉주는 측량기사가 되어 금광에 다녔다.

강 노인에게는 아픈 손가락이 하나 있다. 큰딸 복순은 반벙어리이다. 강 노인이 첩실妾室에서 느지막이 집에 돌아오자 바쁜 농사를 일꾼에게만 맡긴다고 아내 이씨가 투덜댔다. 강 노인은 어디 여편네가 잔소리냐며 마당에 있던 지게 작대기를 집어 들었다. 마루에 앉아 딸에게 젖을 물리고 있던 작은 체구의 이씨는 황급히 일어나 도망갔다. 딸을 안고 도망가다 치맛자락을 밟고 넘어졌다. 어린 딸은 놀라 숨넘어가게 까르르 울었다. 아기는 경기를 하며 계속 울었다. 강 노인은 부랴부랴 한약방을 찾아갔다. 약을 지어와 달여 먹였다. 경기는 멈췄다. 무럭무럭 자라야 할 큰딸은 시름시름 앓을 때가 많았다. 말을 할 시기가 되었지만 입만 오물거렸다. 이씨는 딸을 위해 많은 애를 썼지만 결국 말더듬이가 되어 부모마음을 아프게 하는 자식이 되었다.

장성하여 시집보낼 때가 되었다. 매파를 놓아 이곳저곳 혼처를 구했다. 마침 부모 없이 남의 집에 얹혀 일해주면서 살고 있는 괜찮은 총각이 있다고 알려왔다. 강 노인은 당신 집 울타리와 맞닿은 땅을 샀다. 새로이 집을 짓고 논밭을 떼어주고 딸을 위해 데릴사위를 맞았다. 복순은 장애를 가졌지만 딸 셋, 아들 하나를 두고 평생 부모의 보살핌과 착한 남편의 사랑을 받고 살았다.

딸 둘 아들 셋을 둔 둘째 딸 순덕은 영리했다. 중등교육을 받았고 일본유학을 다녀온 유능한 남편을 만났다. 사위는 금을 캐는 광산을 가지고 서울 안암동에서 큰 부자로 살았다. 한국전쟁이 터지자 처가가 있는 시골로 내려왔다. 순덕의 남편은 폐결핵으로 각혈을 하며 오랫동안 병원 신세를 졌다. 남편이 죽자 순덕은 비단 장사를 시작했다. 많은 돈을 넣은 전대를 차고 서울을 들락거렸다. 사기를 당하고 돈을 잃어버리기를 여러 번, 지친 순덕은 넓은 집을 사서 하숙을 쳤다. 둘째 아들이 고등학교 때 패싸움에 가담해 심하게 머리를 맞았다. 쓰러진 후 정신이상이 되어 온 가족을 힘들게 했다. 정신병원을 들락거리던 둘째 아들이 죽자 순덕의 가슴은 큰 멍이 들었다. 집 한 칸 없이 쫄딱 망했다. 힘들게 하루하루를 살아가던 순덕에게 힘이 생겼다. 남편이 언제 사 놓았는지 부여에 있는 산을 사겠다는 매입자가 어렵게 수소문해서 찾아왔다. 큰돈이 들어와 집을 두 채나 샀다.

큰아들 문주는 중등교사로 충청도 곳곳으로 전근을 다녔다. 아들 하나를 두었고 고등학교 교장을 끝으로 정년퇴직했다. 막내아들 봉주는 자그마한 몸매와 깔끔한 성격이 어머니 이씨를 닮았다. 교사인 형보다 항상 월급이 많았다. 강 노인은 작은아들이 벌어들이는 돈으로 논이며 밭을 사고 소도 두 마리나 사서 키웠다. 강 노인은 막내아들을 총애했다.

일제는 태평양 전쟁을 수행하기 위해 한국인을 홋카이도, 사할린,

남양군도 등지의 탄광, 군수 공장, 철도 공사장 등에 강제로 끌고 갔다. 1943년 학도 지원병 제도를 시행했다. 만 20세가 된 청년들을 우선 전선에 동원하는 징병제를 시행했다. 여자 정신 근로령을 공포하여 12세 이상 40세 미만의 여성들을 병참 지원 인력으로 동원했다. 정신대라는 이름으로 강제 징발된 이들 가운데 일부는 '일본군 위안부'로 끌려갔다. 어린 학생마저 근로 보국대라는 조직을 만들어 전쟁 물자 조달에 동원했다. 일제는 군량 마련을 위해 집집마다 쌀을 공출하고 식량 배급제를 실시했으며, 무기를 만들기 위해 절이나 교회의 종, 가정에서 쓰는 놋그릇과 숟가락까지 빼앗아 갔다.

1943년, 봉주는 혼례를 치렀다. 정신대문제로 시끄러워지자 과년한 딸을 둔 집에서는 술렁였다. 경주김씨 집안의 큰딸 희순도 서둘러 내수동 강씨 집 막내아들에게 시집을 보냈다.

1945년 5월, 봉주는 아들을 낳고 일본군에 징집되어 친구와 만주로 끌려갔다. 태평양전쟁이 시작되었다. 만주 일본군 부대에서 훈련을 받던 봉주는 주위가 심상치 않게 술렁임을 느꼈다. 곧 전투가 크게 있을 것임을 알았다. 이곳 전투에서 모두 죽을 것이란 걸 직감했다. 같이 끌려 온 친구를 조용히 불렀다.

"저녁밥 먹으러 들어가지 말고 탈출하자. 곧 전투가 있을 거란다."

"알았어."

둘은 어두워진 틈을 타 재빠르게 도망쳐 산속으로 들어갔다. 깊이 깊이 수풀을 헤치고 들어갔다. 멀리멀리 달아나려고 밤새도록 걸었다. 어스름히 날이 밝아오기 시작했다. 둘은 깜짝 놀랐다. 자신들이 걸었던 길은 군대가 내려다보이는 산 중턱. 그곳을 날이 새도록 뺑뺑

돌았다. 큰일 났다. 빤히 내려다보이는 군부대에서는 여럿이 말을 타고 바쁘게 움직인다. 술렁임이 자신들을 찾는 모습 같다. 빨리 숨어야 한다. 둘은 낙엽이 쌓인 비탈진 구렁에 몸을 누이고 꼼짝 않고 밤이 오기를 기다렸다. 어두워졌다. 둘은 조용히 산을 내려왔다. 그믐날 밤 압록강 강가에서 서로 만나기로 하고 헤어졌다.

멀리 부락이 보인다. 조심히 걷고 있는 봉주의 눈에 곡괭이와 낫을 든 사람들이 철길 앞쪽을 향해 달려온다. 손을 내저으며 무어라 떠든다. 순간 봉주는 까까머리로 일본군복을 입고 있음을 알았다. 지금 나는 왜병이다. 자신을 잡으러 오는 것이다. 부리나케 밭고랑을 지나 멀리 있는 산으로 달아났다. 마을을 피해 가야 한다. 밤이 되었다. 피난을 떠난 빈농가를 찾았다. 극성스러운 모기떼와 전쟁을 하며 쪽잠을 잤다. 이틀 동안 아무것도 먹지 못했다. 허기로 지쳐있다. 풀숲에 빨갛게 익은 뱀딸기가 있다. 한 움큼 따서 입에 넣었다. 고국을 향한 지친 발걸음은 더디지만 친구와의 약속을 되새기며 재촉한다.

봉주는 더 이상 허기를 견딜 수 없었다. 용기를 냈다. 민가를 찾았다. 말은 통하지 않지만 조선 사람이라는 것을 강조하고 배가 고프다고 했다. 자형이 운영한 봉천 광산에 있을 때 중국 사람에게 배워둔 말 몇 마디로 몸짓을 하며 간청했다. 하룻밤을 그곳에서 잤다. 부락 사람들은 모두 피난을 떠나고 있었다. 주인은 옷을 내주며 갈아입으라고 했다. 이튿날 그 가족처럼 같이 길을 떠났다. 얼마쯤 지나 그들은 더 북쪽으로 가야 했고 봉주는 남쪽으로 가야 했다. 갈림길에서 주인은 미숫가루 한 뭉치를 봉주에게 주며 부디 조심해서 잘 가라고 일렀다. 주인이 일러 준 대로 철길을 따라 걸었다. 미숫가루 한 줌 입에

털어 넣고 천천히 오물거렸다. 걷고 또 걸었다. 신의주로 향하는 길
이다.

　가파르지 않은 산등성이에 다다랐다. 오르막 30리가 족히 되는 먼
길을 허기를 참으며 올라왔다. 이제 두어 번 먹으면 떨어질 미숫가루
를 아끼기 위해 잠시 쉬었다. 7월의 뜨거운 바람이 콧등을 스친다. 비
릿한 역겨운 냄새가 빈속을 뒤틀었다. 헛구역질이 나온다. 모퉁이를
돌아 내리막길에 접어들었다. 봉주의 눈은 휘둥그레졌다. 경악을 금
치 못하는 참혹한 광경이 눈앞에 펼쳐져 있다. 겹겹 쌓인 수많은 병사
의 시체와 말의 사체가 엉켜있다. 이럴 수가! 이곳이 격전지였구나.
길 양쪽으로 피가 골 져 흐른다. 파리 떼가 우글거린다. 썩는 냄새가
진동한다. 밟을 땅이 없다. 죽은 시체 위를 헤집으며 걸었다. 배는 뒤
틀리고 왝왝 계속 구역질이 난다. 괴로워 견딜 수가 없다. 쑥을 뜯어
비벼서 양쪽 코를 막았다. 조금은 살 것 같다.
　이 피비린내 나는 전쟁은 누구를 위함인가! 나는 왜 이역만리에 와
서 이 고생을 하는가? 내 조국을 위함도 아닌데, 가슴 뭉클한 서글픔
의 눈물이 솟는다. 땀범벅 눈물범벅이 되어 간신히 사체의 골을 벗어
났다. 피난을 떠난 민가에 들어가 그대로 쓰러졌다. 기절한 듯 하루
가 지났다. 먹을 것을 찾아보았다. 아무것도 없다. 옆에 차고 있던 미
숫가루 봉지를 꺼내 절반을 손바닥에 놓고 아주 천천히 조금씩 입에
넣었다. 또 쓰러져 한잠 잤다. 지쳐 걸어온 날이 며칠이나 되었을까?
밤이 되었다. 작은 조각달이 서녘에 걸려있다. 친구와 약속한 압록강
이 가까웠다는 것을 알 수 있었다.

강가에 다다랐다. 어두워지길 기다렸다. 고요하다. 봉주는 나지막이 친구의 이름을 불렀다. 조용히 대답이 왔다. 둘은 서로 옷을 벗어 머리에 이고 조심스럽게 물속에 들어갔다. 강 가운데쯤 가니 물살이 세졌다. 둘은 서로 의지하며 헤엄쳤다. 천신만고 끝에 내 조국 땅을 밟았다. 감개무량하다. 그러나 조심하기는 여기도 마찬가지이다. 왜병이 어디에 있을지 모른다. 둘은 남쪽을 향해 걷고 또 걸었다. 발이 부르터 곪아 터지기를 여러 번, 옷은 해지고 너덜댄다. 땟국이 번지르르 흐른다. 얼굴은 덥수룩한 수염으로 거지를 방불케 했다. 평양까지 왔을 때 광복을 맞은 만세소리가 곳곳에서 울렸다. 봉주와 친구는 태양을 바라보며 기쁨의 눈물을 흘렸다. 이제는 숨죽이며 가지 않아도 된다.

동네에서는 징병에 끌려갔던 청년들이 속속 돌아오고 있었다. 강노인은 소식 없는 아들을 근심스럽게 기다렸다. 늦가을, 상거지 꼴을 하고 봉주가 고향집에 도착했다. 대문에 들어서자 봉주의 아내는 부엌에서 저녁을 짓고 있었다. 남편을 알아보지 못하고 머뭇거린다. 강노인이 뛰어나와 아들을 맞았다. 살아 돌아온 것을 기뻐했다. 온몸은 부스럼으로 성한 곳이 없고 먹는 것은 그대로 웩웩 토해낸다. 깡마르고 수척한 얼굴은 해골처럼 뼈만 남았다. 멀건 미음으로 속을 달래고 강 노인은 아들을 위해 보약을 지어왔다. 봉주는 식구들의 극진한 보살핌으로 두어 달 앓고 일어났다.

해가 바뀌었다. 봉주는 2년 터울로 딸을 낳고 또 아들을 낳았다. 식구가 늘자 마음이 급해졌다. 검찰청에 다니는 처가 쪽 당숙의 주선으로 경찰이 되었다. 한국전쟁이 일어났다. 봉주는 일찍이 부산으로 피난을 갔다. 강 노인은 일꾼을 시켜 경찰가족인 며느리와 손자를 피난시켰다. 낮에는 그들을 알지 못하는 먼 시골로 소달구지에 태워 보내고 밤에는 집에 들어와 잤다. 온 마을이 시끄러웠다. 언제 생겼는지 동네에 빨갱이가 있어 자신에게 잘못한 사람을 고발해 잡아가게 했다. 봉주의 형 문주가 잡혀갔다. 가르치던 학생 중 불순한 아이가 있었다. 강 노인은 동네 이장을 맡아 일해 온 지 오래다. 그들을 원망할 사람이 있다면 한 사람, 못자리를 만들기 위해 마루 끝에 놓아둔 씨 나락 가마니를 훔쳐 간 동네청년을 잡은 일이다. 동네에서는 씨 나락을 훔쳐 간 그 가족을 내쫓고 그 집을 헐어버렸다. 그들이 떠나기 전 강 노인은 광문을 열어 식량을 조금 갖다주었다.

문주는 동생의 행방을 대라는 문초를 받았다. 강 노인의 둘째 딸 순덕이 동생을 찾으러 갔다. 언변이 좋은 순덕은 그들을 어떻게 설득했는지 보내주겠다는 답을 받고 돌아왔다. 온몸에 많은 상처를 입은 문주는 한밤중에 풀려나 집에 왔다. 이튿날, 동네에 흉흉한 소문이 돌기 시작했다. 붙잡혀 간 사람들을 모두 무심천가에 데려다 총살시켰다고 한다. 강 노인은 서늘한 가슴을 쓸어내렸다. 아들이 지난밤 나오지 못했으면 어떻게 되었을까. 마음이 진정되지 않았다. 강 노인은 막내아들 봉주가 걱정되었지만 부산에서 잘 있다는 소식을 간간히 듣고 있었다.

검찰청에 다니는 봉주의 동서가 끌려가 죽었다는 소문이 돌았다. 봉주의 처제는 임신 중이었다. 처제와 장모는 놀라 무심천가로 달려갔다. 죽어있는 많은 사람들을 헤집고 찾기 시작했다. 봉주의 동서는 어디에도 없었다. 놀란 처제는 병이 나서 눕고 몇 개월 후 아기를 몸에 품은 채 죽고 말았다. 전쟁이 끝나고 돌아온 사위를 본 봉주 장모는 기절했다가 깨어났다.

3년 1개월 동안 국민을 비탄과 슬픔에 빠뜨렸던 한국전쟁이 끝났다. 수많은 이산가족과 고아를 만들었다. 아수라장이 되어버린 국토, 뼈아픔. 봉주는 처제를 잃고 둘째 자형이 결핵으로 오랜 투병 끝에 세상을 떠난 슬픔을 맞았다. 징집되었다가 돌아오지 못한 아들을 그리는 집이 많았다.

문주는 아들 하나를 두었다. 아이들이 서너 살이 되자 매일 아침 일어나 서로 할머니 할아버지를 차지하려고 싸움을 한다. 강 노인은 아들 봉주를 불러 분가할 것을 권했다.

봉주는 윗마을과 아랫마을 중간에 있는 넓은 밭에 집을 지었다. 집 앞쪽은 텃밭으로, 뒷밭은 중간중간 감나무를 심었다. 귀신도 못 들어온다는 탱자나무로 울타리를 삼았다. 마당에 지하수 펌프를 박고 약간의 웅덩이를 만들어 오리를 키웠다. 다 자란 오리들은 길 건너 논으로 나가 지내다가 저녁이면 집으로 찾아 들어왔다.

봉주는 아들 셋, 딸 셋, 육 남매를 두었다. 식구가 늘 적마다 봉주의 마음은 급해졌다. 식량과 야채는 자급자족으로 충분했지만 자식들 앞날을 위해 돈 벌 수 있는 일이라면 무엇이라도 좋았다. 땔감이 필수인 시절 장작장사가 괜찮다는 소문을 듣고 산판 벌목허가를 받아 일을 진행했다. 일꾼을 데리고 아내가 어린것을 업고 나가 장사를 했다. 무연탄이 나오기 시작했다. 벌목허가를 받을 수 없어 이 일을 접었다. 건축사무실에 가서 설계도면을 맡아왔다. 집에서 커다란 항아리를 방에 들여놓고 방문에 담요를 씌워 암실을 만들었다. 아르바이트로 이 일도 괜찮은 수입이 되었다.

전시 후라 지리산으로 빨치산 토벌을 자주 갔다. 한 번씩 다녀올 때마다 목숨을 건 위험한 일이라 마음이 편하지 않았다. 자신에게 딸린 식구를 위해 신변의 안전을 염려하게 되었다.

봉주의 논이 있는 곳에 대학이 들어온다. 많은 보상금이 그의 손에 들어왔다. 마침 동네에 있는 정미소가 매물로 나왔다. 안정적인 직업을 원했던 그는 사표를 내고 정미소를 샀다. 그리고 정미소 안채로 이사했다. 정도 채 들지 않은 새집은 형 문주에게 주었다. 일반전기는 자정이 되면 전기회사에서 모두 소등한다. 정미소의 특선인 전기를 형이 이사 온 집에 끌어 주었다. 이 일로 전기회사직원과 몇 번 마찰이 있었다.

어느 날, 봉주는 막내딸을 업고 아버지가 계신 집에 갔다.

"아버지, 건강은 어떠세요?"

"좋다. 애비 너는 어떠냐?"

"저야 잘 지내지요. 정미소 기계 점검도 끝났고 추수 때만 기다리죠."

새롭게 시작하는 정미소의 일을 아버지와 상의하고 텃밭에 심어놓은 야채를 돌아보았다. 4월의 봄비가 소리 없이 내린다.

어느날 정미소로 전기회사 직원 둘이 왔다.

"계세요?"

"누구세요?"

"전기회사에서 왔는데 남편분은 안 계신가요?"

"안 계세요."

"오시면 전기특선 저 윗집에 달아 준 거 불법이라 끊어야 한다고 전해 주세요."

전기회사 직원들은 며칠 있다 다시 나오겠다며 퉁명스럽게 말하고 갔다는 것이었다.

봉주는 자신이 잘못한 일이지만 잘 넘어갈 줄 알았는데 계속 시끄러워지자 몹시 언짢았다. 집에 있던 처남하고 상의했다. 전기공학도인 처남이 먼저 전봇대에 오르려 했다. 습한 날씨에 미세한 전기가 흘렀다. 위험하니 맑은 날 끊자고 만류했다. 봉주는 고집을 세우고 그걸 못하느냐고 처남을 면박하며 막무가내 전봇대에 올랐다. 전기선 하나를 자르고 나머지 하나를 자르려고 몸을 움직이는 순간 악! 소리와 동시에 목덜미가 고압선에 닿았다. 뿌지직 살타는 냄새가 났다. 앉은 채 정신을 잃고 늘어진 봉주가 높은 전봇대에 매달렸다. 기겁을 한 처남이 긴 장대를 가져다 전기선을 걸어 힘껏 잡아당겼다. 봉주는 전봇대에서 떨어졌다.

"매형! 매형!"

마루에 앉아 막내딸 젖을 물리고 있던 봉주 아내는 남동생의 다급한 울부짖음에 놀랐다. 축 늘어진 남편을 업고 울며 들어온다.

이 무슨 날벼락이란 말인가?

방금 전 까지 멀쩡하던 사람이…….

막내딸 업고 있다 내려주며 젖먹이라고 하던 사람이…….

이 무슨 일이란 말인가?

"여보! 정신 차려요."

봉주 아내가 소리치며 흔들었지만 아무 말도 못 하고 곧 숨을 거둔다. 꿈을 안고 새로 사들인 정미소를 운영해 보지도 못하고 아내와 어린 자식 여섯을 남겨두고 봉주는 서른넷의 나이로 세상을 떠났다.

강 노인은 팔팔하던 아들을 잃고 정신이 오락가락할 때가 많았다. 저녁을 먹고 집 뒤 산등성 너머에 있는 참외밭을 지키기 위해 긴 담뱃대를 허리춤에 꽂으며 집을 나섰다. 어스레한 길을 어슬렁어슬렁 가고 있었다. 아무리 생각해도 막내아들이 이렇게 일찍 죽은 것이 이해가 되지 않는다. 차라리 애비인 나를 먼저 데려가야 옳지 새파란 내 아들을 데려가다니 저승사자도 뭔가 착각한 것이다.

고갯마루를 넘을 즈음 주위는 어두워졌다. 긴 한숨이 나온다. 한갓 마음이 슬퍼진 강 노인 앞이 갑자기 환해진다. 아들 봉주의 환상이 보인다. 봉주야! 봉주야! 강 노인은 아들을 부르며 손을 내저었다. 이내 아들의 모습은 사라지고 희미한 불빛이 저만치 앞에서 오락가락한다. 다리가 후들거린다. 강 노인은 불빛을 따라 열심히 걸었다. 논둑을 걸었다. 신작로를 지나 산길에 들어섰다. 아카시나무 덤불을 헤치고 나갔다. 얼마나 오래 걸었을까 더 이상 불빛은 보이지 않았다. 새벽이다.

저녁 어스름에 집을 나섰는데 새벽 어스름이 되어서야 강 노인은 정신이 들었다. 혼미한 상태로 주저앉아 한참 동안 이곳이 어디인가 가늠해 보았다. 산등성 너머 참외밭과는 정반대로 마을을 빙 돌아 멀리 떨어진 봉주의 논이 있던 곳이다. 대학을 짓기 위해 공사장으로 변한 곳을 헤매고 있었다. 밤이슬에 후줄근해진 옷이 가시에 긁혀 찢어지고 얼굴은 상처투성이가 되었다. 엉망이 되어 집에 온 강 노인은 여러 날 앓았다. 기골이 장대하고 튼튼한 노인이 그렇게 앓아 본 것은 평생 처음이다.

　가을이 되었다.
　정미소는 바빠졌다. 일꾼은 아침 일찍 일어나 소달구지를 끌고 멀리 있는 마을을 돌며 볏섬을 실어 왔다. 벼를 찧어 하얀 쌀을 만들어 삯을 받고 다시 실어다 주는 일을 부지런히 했다. 가장이 없는 집에서 아낙이 일꾼을 부려가며 정미소 일을 한다는 것은 힘들었다. 봉주 아내는 평생 바깥일이란 해 본 일이 없는 밥하고 빨래하고 자식 키우는 일만하고 살아왔다. 시아버지가 드나들고 대학 다니는 남동생이 뽀얀 먼지를 뒤집어쓰며 바쁜 일을 도왔다.
　한해 또 한해가 지났다.
　정미소 일을 맡아 하던 일꾼이 게을러졌다. 바깥주인이 없어 마냥 게으름 떨고 늦잠을 자도 나무랄 사람이 아무도 없다. 나이 든 할아버지와 풋내기 대학생이 있지만 개의치 않는다. 새벽에 일어나 부지런히 시골마을을 다니며 일감을 가져와야 하는데 그 일도 쉬엄쉬엄이다. 정미소 일이 끝나고 저녁을 먹은 후엔 동네 노름방에 가서 밤을 새운다. 늘 잠이 부족한 일꾼은 늦게 일어나는 것이 예사가 되었다. 처음엔 미안해 어쩔 줄 모르더니 이제 그 얼굴은 뻔뻔스러워졌다. 단골들은 새벽같이 볏가마니 싣고 갈 달구지를 기다리다 하나둘 다른 곳으로 떠났다. 봉주 아내는 이일이 무척 속상했지만 잔소리를 할 수 없다. 달구지를 끌 수 있는 유일한 사람이라 눈치 볼 수밖에 없다. 일이 급격히 줄어들었다. 일꾼은 자신의 게으름으로 기우는 정미소를 버리고 다른 일자리를 찾아 떠났다. 소달구지를 끌고 먼 길을 오갈 사람은 아무도 없다.

커다란 안채 방 하나를 대학생들에게 내주었다. 시골서 올라온 대학생 둘이 자취를 했다. 한 학생의 소개로 일꾼이 왔다. 같은 동네에 사는 아저씨뻘의 일꾼을 소개한 농대 학생은 정미소 일을 곧잘 도왔다. 아이들 공부도 봐주면서 가족처럼 친근해졌다. 강 노인은 가족처럼 들락거리는 낯선 학생이 탐탁하지 않았다.

정미소는 힘겹게 돌아갔다.

폭풍우가 몰아치는 어느 여름날, 봉주가 죽은 변압기에 낙뢰가 떨어졌다. 변압기는 전기회사에서 다시 세웠다. 정미소까지 이어지는 새로운 고압선은 봉주 아내가 교체해야 한다. 그 돈이 만만치 않다. 겨우겨우 목숨을 부지하는 지금의 형편에 정미소 복구는 어려웠다. 추수 전 모든 수리를 끝내야 가을일을 하는데 봉주 아내는 난감했다. 시어머니가 세상 떠나기 전 이곳저곳 논밭을 가리키며 네 죽은 남편이 사놓은 너의 것이라 했지만 그림의 떡이다. 가장 쉬운 것은 자신에게 명의가 넘어온 새로 지은 집과 그곳에 딸린 밭인데, 얼마 전 형 문주가 팔고 근무하는 학교 근처로 이사 갔다. 밭을 사 주겠다는 약속은 받았지만 소용없을 것 같다.

정미소는 낡아갔다. 지붕이 헐고 사람의 온기가 없어 쥐들이 극성을 떨었다. 볏짚으로 이은 지붕이 헐어 노래기가 창궐했다. 집 안까지 오물오물 기어다니는 것을 보며 식구들은 진저리를 쳤다.

헐값으로 정미소를 처분했다. 모든 일을 강 노인이 주관했다. 큰아들 문주의 아내 정씨가 시아버지 일을 도왔다. 동서의 도장을 받아 일을 처리하고 강 노인과 차후의 일을 의논했다.

"아버님, 동서가 너무 젊어서 애들을 데리고 끝까지 살아줄지 모를 일입니다."

"나도 그 점은 염려하고 있다. 그래도 애가 순한데 어쩌기야 하겠니?"

"아닙니다. 안채에 사는 대학생이 늘 동서를 돕고 있던데……."

정씨는 조카들을 자기가 키우는 일이 벌어질지도 모른다는 생각을 했다. 결국 정미소 판 돈 일부만 봉주 아내 손에 쥐여줬다. 그 돈도 며칠 후 순덕이 와서 빌려 갔다. 정신이상 된 둘째 아들의 병원비하고 곧 갚아주겠다 했다. 그 약속이 30년이 지난 어느 날 쌀 서너 가마니 값으로 봉주 아내에게 돌아왔다.

망해버린 동네에서 살기 싫은 봉주 아내는 아는 사람 없는 곳으로 이사 갔다. 당장 아이들을 데리고 살길을 찾아야 했다. 가장 쉬운 보따리장사를 시작했다. 여러 가지 잡화를 이고 먼 시골마을을 찾아다녔다. 돈을 받기도 하고 곡식을 받아오기도 했다. 자식들 굶기지 않으려고 안간힘을 썼다. 고등학교 다니는 큰아들과 중학교 다니는 큰딸이 수업료를 못 내 집으로 쫓겨 오기를 수차례, 집에 가봐야 뻔한 일, 그들은 학교 뒷산에 잠시 앉아 있기도 했다.

남매는 큰집을 찾았다. 정색하는 정씨를 뒤로 재순은 울고 재빈은 동생을 다독이며 나온다. 체육대회 때 봉주의 딸 재순이 이웃집에서

운동화를 빌려 신었다. 소식을 듣고 문주가 조카 둘에게 운동화를 사서 보냈다. 정씨가 알고 남편 문주를 다그치며 심하게 싸웠다. 봉주 아내가 이웃집 아낙에게서 이 소식을 들었다. 아이들에게 어떠한 어려움이 있어도 큰집에는 가지 말라고 신신당부한다.

봉주 아내는 눈물로 지새우는 날이 많아졌다. 봄이면 쑥버무리를 만들어 아이들 허기를 채워줬다. 무거운 보따리를 이고 뙤약볕에 온종일 걷는다. 부르튼 발바닥이 피가 난다. 하나라도 더 팔아 아이들을 먹여야 한다는 생각에 더 멀리 더 멀리 동네를 찾는다.

장마철이다. 꼼짝없이 집에 있어야 했다. 근근이 아이들 먹을거리를 준비했는데 이제는 쌀독이 비었다. 배고파하는 자식들을 바라보며 봉주 아내는 비장한 결심을 한다. 평시 친절하게 대해주던 이웃집으로 밥 동냥을 갔다. 영문도 모르는 아이들은 맛나게 먹고 있지만 봉주 아내 가슴은 피눈물로 범벅이 되었다.

강 노인이 쓰러졌다. 반신불수가 되어 부축을 받아야 할 정도로 심각했다. 하루 종일 방에 앉아 밖을 내다보며 무료하게 지낸다. 호랑이 같던 시아버지가 하루아침에 중풍환자가 되어 자신의 도움 없이는 아무것도 할 수 없게 되자 정씨는 남편을 졸랐다.

"아버님이 하루 종일 문 열어 놓고 들락이는 나를 보고 있으니 더 큰 집으로 이사를 가든지 집을 지읍시다."

"무슨 돈으로 집을 지어요?"

"아버님 가진 돈 있잖아요."

"그게 우리 돈이요?"

"나중에 조카들 크면 우리가 주면 되잖아요."

"난 못해요. 지금도 조카들한테 미안한데. 또 아버님이 내놓지도 않을게요."

"아버님은 내가 알아서 할 거니까 그런 줄 알아요."

정씨는 남편의 반대에도 무릅쓰고 시아버지를 설득했다. 손자가 크면 준다고 작은며느리 몰래 사놓은 땅문서를 받아냈다. 반신불수가 되어 방안에 갇힌 강 노인은 아무 힘도 쓸 수 없음을 한스러워했다.

정씨는 넓은 밭을 사서 청기와 집을 짓고 청포도나무를 심었다. 집 뒤울안에 강 노인이 기거할 방을 만들었다. 마당도 하늘도 보이지 않는다. 세끼 밥그릇은 일하는 언년이가 들이밀었다. 강 노인은 이런 꼴 저런 꼴 안 보고 일찍 죽은 마누라가 그리웠다. 자신이 지혜롭게 처리하겠다고 작은아들 정미소 판돈을 관리한 일이 모두 허사가 되었다. 큰며느리를 잘 알기에 불쌍한 손자들에게 돈이 갈 것이라고 믿지 않는다. 문서를 내주면서 다짐했지만 헛된 일임을 한탄한다. 가끔 찾아오는 손자를 보며 눈물만 흘릴 뿐이다.

봉주 아내는 큰집에 둘째 딸을 보냈다. 밥이라도 제대로 먹고 공부하기를 바랐다. 정씨는 아들 하나를 두었지만 자식에 대한 애틋함은 없었다. 조카딸을 살뜰하게 보살피지 못했다. 봉주아들 재빈이 군 입대를 앞두고 할아버지를 찾았다. 어린 동생을 보는 순간 울컥 눈물이 쏟아졌다. 손등은 쩍쩍 갈라져 피가 나고 있었다. 재빈은 동생의 짐을 챙겼다. 굶어도 같이 굶자. 눈물을 삼키며 동생의 손을 잡고 나왔다. 강 노인이 바라보고 가슴이 미어졌다. 강 노인은 중풍을 앓은 지 5년째 되던 어느 봄날 세상을 떠났다.

봉주아들 재빈은 돈을 벌어야 했다. 탄광, 건설현장노무자, 닥치는 대로 일을 했다. 조선소에 취직되었다. 큰딸도 취직을 해서 가정에 보탰다. 자식들이 잘 커 준 것에 감사했다. 생활의 안정을 찾았다. 봉주 아내도 쉬지 않았다. 조금이라도 살림에 보탬이 되려고 시장에 내다 줄 도라지를 까고 있었다. 아들이 근무하는 조선소에서 사람이 왔다. 재빈이 사고를 당했다. 용접을 하던 선박의 철판이 튕겨져 두 사람이 떨어졌는데 한 사람은 중태고 재빈은 사망했다는 것이다. 봉주 아내는 까무러쳤다. 일찍 남편을 잃었을 때는 기가 막혀 눈물도 나지 않았다. 꽃 같은 나이의 아들을 잃고 실성해 자리에 눕고 말았다.

강 노인은 아들 봉주를 데리고 부지런히 이승의 배가 도착하는 나루터에 나갔다. 큰손자 봉주의 아들 재빈이 온다기에 마중 간 것이다. 재빈은 아버지와 할아버지를 보고 격한 슬픔에 빠졌다. 재빈은 신의 사자들에 의해 거쳐야 하는 관문에 섰다. 그의 자리로 마련된 둥근 판 위에 올라 사자들의 지시에 따라 손잡이를 꼭 잡고 눈을 감았다. 같이 배를 타고 이승에서 온 많은 사람들도 그들 나름대로 정해진 판 위에 올랐다. 이곳에서 행해지는 관문의 의식을 모두 치러야 한다.

애초에 신이 우리에게 부어준 깨끗한 생명으로 다시 태어나는 것이다. 우리를 세상으로 내보낼 때 부어 준 깨끗한 몸, 어느 구석 티끌하나의 악도 깃들지 않은 아기로 되돌리는 것이다. 이승에서 몸 구석구석 덕지덕지 낀 더러움을 이곳에서 벗겨냄이란 크나큰 고통이 따를 수밖에 없다. 얼마나 깊은 회개의 시간을 잘 참고 견디느냐가 중요한 관건이다. 죄악과 욕망과 허영의 돌림판이 돌아가기 시작한다. 눈을 질끈 감고 미끄러져 떨어지지 않기 위해 손잡이를 꽉 거머쥐어야 한다. 몹시 어지럽고 떨리기까지 한다. 내 죄를 사하여 달라고 신께 매달리며 깊은 뉘우침을 해야 한다. 진심이 들어가 있지 않으면 아무 소용이 없다. 눈가림으로 속일 수 없다. 투명한 유리병 속에 내 마음이 고스란히 비치고 있다. 지은 죄가 가벼운 것부터 빠져나간다. 우리 몸에 덧씌워진 죄의 껍질이 사르르 벗겨지며 바람을 타고 날아간다. 죄의 강도에 따라 벗겨질 때의 아픔도 커진다. 점점 강도가 세지는 12관문의 돌림판은 그 고통이 너무 커 모든 것을 포기하고 싶게 한다. 고통과 아픔의 격한 절정의 순간이 길어지며 인간의 흉악한 죄를 벗기기에 몸부림친다.

나는 아무 잘못이 없다고 소리치지만 보이는 것은 이승에서 행한 선과 악이 파노라마처럼 눈앞에 펼쳐진다. 살면서 얼마나 좋은 일을 했으며 얼마나 악한 일을 했는가? 이승에서의 모든 행동이 신의 사자에 의해 낱낱이 기록되어진다. 인간의 눈은 속일지라도 내 곁에 항상 있는 신의 사자의 눈길을 어떻게 피할 수 있겠는가? 누구를 기쁘게 하고 누구를 슬프게 했는가를 그는 기록한다. 내가 한 그대로 심판받는 것이다. 선한 일을 많이 한 사람은 심판 없이 정해진 그들의 장막으로 간다. 선한 일 한 가지에 악한 일 한 가지가 감해진다.

재빈은 4단계까지 가서 내려왔다. 아버지 봉주는 8단계까지 갔고 강 노인은 10단계까지 갔다. 12단계까지 가서도 내려오지 못하면 신의 사자 인도에 따라 지옥의 계단으로 내려가야 한다. 봉주는 휘청거리는 아들을 부축해 정해진 자신의 동산으로 데리고 갔다. 재빈은 할아버지와 아버지께 절을 하고 서른도 안 된 꽃 같은 나이에 저승길에 오름을 한스러워했다. 아버지 봉주는 말없이 아들을 안았다. 할아버지는 자신의 큰 잘못으로 손자를 죽게 하고 또 이승에 남아있는 자손들을 고생시키는 것에 진심으로 용서를 빌었다. 되돌릴 수 있다면 그 옛날로 모든 것을 돌리고 싶었다.

봉주는 아들에게 정한 생명수 한 병을 주었다. 이것은 저승에서의 양식이다. 얼마간은 서로 회포를 풀 수 있다. 그리고 주어진 일상으로 돌아간다. 아픔도 없고 시기질투도 없고 권세도 없는 낙원의 삶을 살아간다. 아쉬운 것은 12관문을 거쳐야 하는 저승의 의식을 이승에 있는 내 식구들에게 전할 수 없다는 것이다. 재빈은 할아버지가 원망스러웠지만 어쩔 수 없었다는 얘기를 듣고 그동안 미워하던 마음을 풀었다.

세월이 많이 흘렀다. 환갑을 넘긴 봉주 큰딸 재순이 교통사고를 크게 당했다. 큰 병원에서 여러 번 수술을 받고 집에서 요양 중이다. 척추를 심하게 다쳐 잘 움직이지 못한다. 고혈압과 당뇨가 있어 의사는 특별히 더 조심하기를 당부했다. 식사를 못 하고 온몸에 힘이 쏙 빠졌다. 한 줌 되는 약을 먹는 것도 고통스러웠다. 약에 대한 부작용이 심하게 온 어느 날 메스껍다고 힘들어하더니 그대로 쇼크가 왔다. 모두들 놀라 구급차를 불러 응급실에 갔다. 혈전이라고 한다. 깨어나지 못하고 있다. 중환자실에 들어갔다. 초비상사태가 이어졌다.

사흘 만에 의식이 돌아왔다. 병실로 옮겨 극진한 간호를 받고 퇴원했다.

희순은 자식을 잃을 뻔한 놀라움을 쓸어내렸다.

"아이 구! 난 너를 잃는 줄 알고 많이 놀랐다."

"어머니, 죄송해요."

큰딸은 자신이 아픈 것이 어머니 앞에 불효라고 생각했다.

"어머니! 꿈을 꾼 것 같은데, 누가 하얀 조각배를 태워줘서 갔는데 그곳에 아버지도 계시고 할아버지도 계셨어요. 고모도 큰아버지도 다 계시던데 큰어머니는 안 보였어요."

"아이구! 네가 천당엘 갔다 왔구나."

재순은 꿈속에서 그들을 보고 왔다. 그들 머리 위에 떠 있는 하얀 조각배 안에서 보고 싶은 사람들을 바라보았다. 큰 소리로 불러보았지만 옆에 있던 신의 사자가 들리지 않는다고 했다. 신의 사자는 시간이 다 되었다며 조각배를 힘껏 안개 속으로 밀어 넣었다. 재순이 타고 있던 배는 사라지고 몸은 회오리바람을 타고 넓은 광야에 떨어졌다. 놀라 눈을 떴다. 온 식구들이 근심스럽게 바라보고 있다.

십 년이 지난 후 재순은 어머니를 아버지 품으로 보냈다. 팔팔한 청년의 모습인 아버지가 백수를 산 어머니를 알아볼까?

그들의 선택

어둑한 새벽이다. 형재는 용팔이를 데리고 거름을 사러 시내로 가고 있었다. 소달구지를 끌고 앞장서서 걷던 용팔이가 방죽 둑길 아래를 한참 내려다보더니 소리쳤다.

"조합장님! 저 아래 뭐가 있는 거 같어유."

용팔이가 가리키는 곳을 보니 어렴풋 방죽 물가에 사람이 누워 있는 모습이다. 용팔이가 둑방 아래로 급히 내려갔다. 공동묘지 근처에 있는 방죽은 새벽 어스름에 더욱 음산하다.

"조합장님! 사람이네유."

형재도 놀라 급히 내려갔다. 진흙 바닥에는 남산처럼 부른 배를 한 여인이 누워 있다. 온몸이 수초로 얽혀있어 거북 등판을 보는 것 같았다.

"숨 쉬나 봐라."

용팔이가 여인의 얼굴에서 머리카락을 조심히 치우고 가슴에 귀를 대보았다. 숨소리를 기다리던 용팔이가 머리를 갸우뚱이며 말했다.

"죽은 거 같어유."

"손목의 맥을 짚어 봐."

미세하게 맥박이 뛰고 있다.

"살아 있네유."

둘은 안도의 숨을 내쉬었다. 의식 없는 여인을 부축해 소달구지에 태웠다. 형재는 겉옷을 벗어 여인에게 덮어 주며 급히 집으로 가자고 했다. 용팔이는 부지런히 아궁이에 불을 지펴 방을 따뜻하게 했다. 한낮이 지나자 스무 살을 갓 넘긴 듯 앳된 얼굴을 한 여인이 눈을 떴다. 볼에 발그레 화색이 돈다. 몸을 천천히 움직이며 괴로운 듯 잦은 신음소리를 냈다.

"정신이 드슈?"

형재가 물었다. 여인은 얼굴을 찡그렸다.

"배가 아파유."

부엌일을 맡아 하는 괴산댁이 여인을 바라보며 말했다.

"진통이 온 것 같어유."

아기를 쌀 수건을 새것으로 준비했다. 여인은 자주 아파했다. 진통 시간이 길어졌다. 괴산댁이 손을 잡아주자 땀을 흘리며 힘껏 용을 썼다. 힘겹게 아기가 나왔다. 울지 않는다. 거꾸로 들고 궁둥이를 톡톡 쳐 보았다. 아기는 죽어 있었다. 산모는 물끄러미 죽은 아기를 바라보며 눈물을 흘렸다. 밖에서 기다리던 과수원집 식구들은 숨을 죽이고 아기의 죽음에 대해 모두 애석해했다. 괴산댁은 자신의 잘못이 있나 싶어 더 미안했다.

여인은 조용히 눈을 감았다. 풍덩! 물에 빠지던 순간 있는 힘을 다해 발버둥친 생각이 난다. 자신을 안고 뛰어든 사람이 있었다. 먼 옛날의 일처럼 가물거린다.

달포쯤 지난 어느 날, 아기를 낳은 여인이 방죽에서 가까운 동네 내수동에 살았다는 것을 알았다. 정신을 놓고 산 복순이다. 과수조합장 형재는 괴산댁에게 여인을 데려다 줄 것을 부탁했다. 저녁나절, 그들 둘은 다시 돌아왔다. 작은어머니와 사촌 윤기를 여인은 전혀 기억하지 못했다. 낯설어하며 돌아가려는 괴산댁을 붙잡고 놓아주지 않았다. 여인의 작은어머니는 그녀가 원하는 대로 해주면 어떻겠느냐고 청했다. 태어나서 자란 고향의 모든 기억을 잊은 복순이는 과수원 집으로 다시 돌아왔다. 과수원에는 늘 일이 많다. 한 사람의 손이 아쉽다. 다닥다닥 붙은 꽃을 솎아줘야 하는 봄부터 병충해 방지로 사과 봉지 씌우는 일까지 많은 일손이 필요하다. 형재 내외는 복순이를 기꺼이 받아들였다. 그녀는 괴산댁의 가르침으로 집안 살림을 열심히 배워나갔다.

형재의 큰딸 연이가 중학교에 들어갔다. 시내까지 한 시간 가까이 걸어가야 하는 먼 길이다. 형재의 아내 정심은 남편을 졸라 학교 근처에 자그마한 집을 마련해 이사했다. 천석골에는 괴산댁과 용팔이가 남았다. 일이 바쁠 때면 형재와 복순이가 와서 도왔다. 휴일이면 아이들이 소풍을 온 것처럼 과수원을 뛰어다니며 놀았다. 그들은 이곳을 떠난 것이 학교 공부 마칠 때까지 잠시라고 생각했다.

사과꽃을 솎아주어야 할 때가 되었다. 조합장과 복순이가 일손을

도우러 왔다. 가지에 다닥다닥 핀 수많은 꽃을 적당히 솎아내는 일은
무척 힘들다. 목이 뻐근하도록 해 질 때까지 해도 하루에 끝나지 않는
다. 늦은 저녁을 먹고 모두 잠자리에 들었다. 복순이는 형재의 자리
끼를 들고 방문을 두드렸다. 인기척이 없자 살며시 문을 열고 들어가
머리맡에 놓았다.

"복순이니?"

"예."

"힘들지?"

"아녀유. 안녕히 주무셔유."

정심은 형재 부친의 막역한 친구 딸이다. 형재의 부친과 장인이 스
스럼없이 술자리에서 사돈 맺기로 약속한 사이가 그대로 이루어졌
다. 정심은 현모양처의 모든 조건을 다 갖춘 여인이다. 중풍을 앓던
시아버지를 정성껏 보살핀 효부이기도 하다. 실수 없이 생활을 꾸려
가는 아내가 가끔은 숨이 막힐 듯 질리기도 하지만, 정확하고 계산적
인 것에 불편함은 없었다. 큰딸 연이가 고등학교를 서울로 갔다. 기
거할 집을 마련하고 작은딸 선이도 서울로 전학시켰다. 형재는 과수
원집으로 다시 들어왔다.

봄이 소복이 사과꽃 위로 왔다. 화사한 햇살이 과수원 가득 쌓였
다. 볕 좋은 언덕에는 냉이와 꽃다지가 샛노란 꽃을 피우고, 뽀얀 솜
털을 갖고 나온 어린 쑥은 싱그럽게 봄볕을 반겼다. 종달새가 노래하
고 천석골 과수원이 봄기운으로 활기가 넘친다.

신작로를 앞에 두고 있는 내수동은 윗마을과 아랫마을 통틀어 30여 호가 살고 있다. 아랫마을에서 빤히 보이는 건너편 산자락에 장서방네 집이 있다. 여름날 해 질 녘 잠깐 비치는 햇빛에 뽀얀 안개를 머금은 동화 같은 아름다운 초가집이다. 산등성 너머 양지 바른쪽에는 꽤 넓은 논과 밭이 있다. 복순이는 사촌 동생 윤기를 돌보며 집안일을 했다. 스물을 갓 넘기자 여기저기서 혼담이 들어왔다. 복순이 신랑감을 고르던 작은아버지 장서방은 솔나무 골의 청년에게 시집보내기로 마음먹었다. 중매쟁이에 의하면 작은 논배미라도 있다 하니 조카딸이 배를 곯지는 않을 것이라고 안심했다. 조카딸을 시집보내려고 미리 한해 작정하고 목화 농사도 지어 놓았다.

양친 모시고 아들딸 잘 낳고 사는 동네 아낙들이 모여 솜을 두둑이 넣고 이불을 꿰맸다. 혼례 때 쓸 술도 담가 광 속 깊이 숨겨 두었다.

단오가 지난 며칠 후, 장서방네 앞마당에 하얀 차일이 쳐지고 대례상이 차려졌다. 연지곤지를 찍고 족두리를 쓴 복순이가 신랑을 보고 마주 섰다. 딸의 시집가는 모습도 보지 못하고 일찍 죽은 복순이 부모를 생각하며 동네 사람들은 안타까워했다.

복순이 부모는 6·25동란 때 죽었다. 풀라다나스나무 아래 놓인 큰 평상에 동네사람들은 자주 모여 앉아 한국전쟁에 대한 이런저런 얘기를 했다. 그날도 여러 사람이 모여 있는 것을 본 동네 이장 석삼이가 오고 있었다. 갑자기 B-29 전투기가 굉음을 내며 날았다. 석삼이는 놀라 황급히 뛰어 나무 아래로 들어갔다. 석삼이가 숨어들자 전투기는 그대로 가로수를 폭격했다. 화염에 휩싸인 나무와 형체를 알아볼 수 없는 시신이 여러 곳으로 튀었다. 동네는 발칵 뒤집혔다. 천지가 진동할 일이 순식간에 벌어졌다. 온전한 시신 하나 없는 참담함, 마을 사람들은 오랫동안 슬픔과 경악을 금치 못했다.

하루아침에 고아가 된 어린 복순이를 키울 사람이 없자 시내에서 어물전을 하던 장서방이 형님 집으로 들어왔다. 불쌍하게 자란 복순이가 시집가서 아들딸 낳고 잘 살아주기를 동네 사람들 모두는 바랐다. 신랑은 늠름하고 잘 생겼다. 마당 한쪽에서는 국수를 삶고 전을 부치고 돼지까지 한 마리 잡았다. 풍성한 잔치음식은 마을 사람들을 즐겁게 했다. 부모 노릇을 잘해준 장서방 내외에게도 칭찬을 아끼지 않았다.

복순이가 시집가고 몇 달이 지난 어느 날, 동네 사람들은 장서방네 집에 복순이가 어른거리는 것 같다고 했다. 시집간 색시가 다니러 왔거니 했지만 그 해가 다 지나도 여전히 그녀를 보았다는 사람들이 많아졌다. 들려오는 소리로는 소박을 맞았다느니, 뛰쳐나왔다느니, 작은 동네에 이런저런 소문이 많아져 갔다. 복순이가 시집간 곳은 중매쟁이의 말과는 달리 논도 밭도 없이 아주 가난했다. 신랑은 허우대만 멀쩡했지 늘 빈둥대고 놀기만 하는 건달이었다. 어느 날, 낮잠을 자고 있는 복순이 신랑을 형사가 와서 잡아갔다. 영문도 모르고 있던 복순이는 무슨 일인가 당황했다. 잠시 후, 동네사람들이 떼로 몰려왔다.

"도적놈 여편네 나와!"

"도적놈은 우리 동네에 살면 안 더! 쫓아내야 혀!"

동네 사람들은 도둑놈의 여편네라고 악다구니 쳐대며 금방이라도 죽일 듯 욱 댔다. 방 구석진 곳에 쪼그리고 앉은 복순이 뒷덜미를 누군가 억센 손이 낚아챘다. 마당으로 끌려 나온 복순이는 발길질에 머리끄덩이까지 잡히며 이리저리 뒹굴렀다. 울며 버티던 복순이가 기절했다. 얼마나 지났을까 깨어났을 때 사방은 어두웠다. 행여 누가 또 올까 두려웠다. 주위를 살폈다. 살벌한 동네사람들의 모습에 부르르 몸이 떨린다. 흙투성이가 된 몸을 일으켜 서둘러 친정으로 도망쳤다. 남편은 친구들과 어울려 화투치기 하다 늦었다고 늘 말했다. 이웃 마을을 다니며 쌀가마니를 훔쳤으리라고는 생각도 못 했다. 싸전의 장물아비가 먼저 잡혀갔고 이어 공범들이 다 잡혔다. 한두 번 일이 아닌 그동안 있었던 도난사건의 전모가 밝혀져 금방 집으로 돌아올 수 없게 되었다. 장서방은 화가 머리끝까지 치밀었다. 새벽 동이 트기가 무섭게 달려가 짐을 싣고 왔다.

"괘씸한 놈! 도적놈이라니 참 기가 막혀서!"

장서방은 중매쟁이를 찾아갔다.

"내 조카딸이 어디가 모자라서 도적놈에게 중매를 하슈?"

서슬 퍼런 장서방을 본 중매쟁이는 얼굴이 파랗게 질렸다.

"그런 줄 내 알았겠나? 중간에서 말 놓은 사람이 착실하다고 한 겨."

"그러니 잘 알아서 해야지 아무나 중매쟁이 해유? 어쩔 거유?"

장서방은 버럭 소리를 질렀다.

"내 입이 열 개라도 할 말이 없네. 미안혀."

장서방의 불같은 성격을 잘 아는 중매쟁이는 싹싹 빌었다. 식식거리던 장서방이 돌아갔다.

이튿날, 풀이 죽어 있는 복순이를 본 장서방은 또 화가 났다. 점방에 들러 막걸리 한 주전자를 벌컥벌컥 들이켰다. 중매쟁이 집에 들어서며 부엌 뜰 앞에 놓인 물두멍을 작대기로 박살 냈다. 콸콸 물이 마당으로 쏟아져 내렸다. 뒤 울 장독대 옹기단지도 닥치는 대로 깼다. 검은 간장이 뒤울안을 덮었다. 방에 있던 중매쟁이는 신발도 신지 못하고 달아났다. 장서방은 중매쟁이를 찾으며 죽이겠다고 으르렁댔다.

술 취하면 찾아와 욱 대는 그를 피할 길이 없자 중매쟁이는 식구들을 데리고 한밤중에 마을을 떠났다. 중매쟁이가 도망친 것을 안 장서방은 집에 와서 고래고래 소리를 지르며 분을 삭이지 못했다.

"이놈의 중매쟁이, 내 눈에 띄는 날이면 그냥 꽉 직여 버릴 겨."

중매쟁이가 도망가기 전까지 작은 동네 내수동이 한바탕씩 시끌벅적했다.

복순이는 밖에 나오는 일 없이 뒷방에서 나날을 보내고 있었다. 집에 누가 오기라도 하면 구석진 곳으로 숨어들어 갔다. 담장 가에 핀 황매화를 들여다보며 중얼거리고 꽃잎을 떼어 날리며 히죽이 웃기도 했다. 말을 잃은 듯 입을 꼭 다문 그녀가 멀리까지 집 밖을 나가는 것은 동네 한복판에 있는 창고마당이다. 그곳은 운동장처럼 넓다. 아이들의 놀이터로 십상이다. 시끌벅적 깔깔대며 떠들다가도 금방 툭탁이며 싸우고 울고불고 야단이다. 복순이는 사촌 윤기를 따라와 한쪽 구석에 앉아 아이들을 바라보고 있는 것이 즐거운 듯 가끔 미소를 짓는다. 윤기는 동네에서 몇 안 되는 고등학생이다. 또래 아이들보다 키가 작다. 남들처럼 쑥쑥 자라지 못한 것이 늘 안쓰러운 장서방 내외

는 아들에게 정성을 다한다. 중학생 정도의 키밖에 되지 않지만 나이
는 차서 얼굴에 여드름이 덕지덕지 났고 구레나룻이 양 볼 가로 내려
와 있다. 여자애들과 히죽이며 장난도 치고 제법 사내티를 내지만 윤
기를 오빠라고 대우해 주지 않았다. 꼬마 사내 녀석들은 이상한 행동
을 하는 복순이를 보고 미친년이라고 놀리며 뛰어다닌다.

　장서방은 형님 내외를 죽어서 볼 면목이 없다며 복순이를 위해 굿
을 했다. 굿 대를 잡혀가며 무당이 하라는 대로 다 해 보았다. 조상의
묏자리가 잘못되어서 그렇다고도 하고 부모가 비명횡사해서 그렇다
고 했다. 애쓴 보람 없이 복순이 병은 더 깊어갔다. 산발한 머리에 꽃
을 꽂고 돌아다니기 시작했다. 동네 아낙들은 속에 불이 나서 그런다
고 했다. 힘센 장서방이 잡아 방에 앉혀두고 나가지 말라고 야단쳐 보
지만 소용없다. 억센 여인처럼 변해가고 있다. 사내를 보고 수줍은
듯 고개를 숙이고 살짝 웃음을 짓기도 한다. 어느 때는 달거리를 해서
치마 뒷자락에 붉게 묻히고도 활개 치며 돌아다닌다. 동네 사람들은
그녀가 시집가서 사내를 알았던 것을 염려했다. 사방팔방 거칠 것 없
이 뭇 사내들 시야에 놓인 것을 걱정했다. 그나마 다행인 것은 보호하
고 감시할 수 있는 동네 안에서만 돌아다녔다.
　봄이 왔다.
　동네 아이들은 방죽 물가를 뛰어다니며 왕잠자리를 잡았다. 복순
이도 꽃을 한 아름 따서 안고 방죽 둑길을 서성였다. 이제는 혼자서도
곧잘 산으로 들로 쏘다닌다. 초겨울 접어들면서 한참 동안 그녀 모습
이 보이지 않았다. 시름시름 앓고 난 복순이가 다시 건강하게 동네에

나타났을 때는 이듬해 봄이었다. 복순이 배는 봉긋 불러져 있었다. 애를 가진 것이다. 동네사람들은 복순이 배를 그렇게 만든 사내가 누군가하고 궁금해했다. 이러쿵저러쿵 여인들이 모여서 입방아를 찧기 시작했다.

장서방의 놀라움은 너무나 커 어느 놈의 짓인지 꼭 찾아내 죽이리라고 이를 갈았다. 장성한 아들을 둔 집에서는 말 없는 의심의 눈총을 피할 수 없게 되었다. 서로 눈치를 보느라 동네가 어수선했다. 서슬 퍼런 장서방을 보고 말조심하느라 저녁마을도 뚝 끊어졌다. 어디서 무슨 소리가 들리나 모두들 귀를 쫑긋했다. 복순이 배는 점점 더 불러 왔다. 이곳저곳 눈을 부라리며 근거를 찾았지만 소용없었다. 커다란 배를 안고 뒤뚱거리는 복순이를 보고 장서방은 하루에도 열두 번씩 속이 뒤집혔다. 산달이 된 조카딸을 위해 소고기 한 근을 샀다. 아내에게 잘 고아서 먹이라고 당부하고 점방에 들러 막걸리를 한 주전자 시켰다. 이 일을 잘 알고 있는 주인은 장서방을 달랬다.

"장서방! 우리 동네에는 복순이한테 애 배게 한 놈은 없나벼."

"그러게 말여유. 어느 놈이고 내 손에 잡히기만 하면 그 자리에서 목을 비틀어 버릴 거유."

장서방은 막걸리 사발을 들어 한숨에 마셨다. 어찌해도 분이 삭히지 않자 가슴을 쓸어내리며 주전자를 들고 벌컥벌컥 들이켰다. 술이 잔뜩 취한 장서방이 복순이 방문을 열었다.

"아유 복순아! 이 일을 어쩌면 좋단 말여. 내 죽어서 형님을 어떻게 보라고. 이 불쌍한 놈아! 이 일을 어쩐단 말여!"

복순이는 놀라 멍하니 앉아 있기만 했다. 배 속의 아기가 명치끝까지 잔뜩 치솟아 숨을 가쁘게 몰아쉬었다. 한바탕 울고 난 장서방이 안 방으로 건너가 잠이 들었다.

형재의 큰딸 연이가 처가가 있는 미국 동부 연안의 작은 도시 메릴 랜드 주립대학으로 유학을 갔다. 다음 해 작은딸 선이도 언니가 다니 는 학교에 입학했다. 형재는 딸들의 미국유학을 반대했다. 경제적 부 담이 컸기 때문이다. 아내 정심은 친정이 있기 때문에 학비만 해결하 면 된다고 형재를 졸랐다. 결국 자기 뜻대로 일이 진행되자 친정에 딸 둘을 한꺼번에 맡길 수 없다며 학교 근처 작은 아파트를 얻어 미국으 로 떠났다.

지난해는 사과꽃 필 무렵 날씨가 계속 궂었다. 수확이 적을 때는 아내에게 돈 보내는 것이 어깨가 짓눌리는 힘겨운 부담이다. 올해는 작황이 좋다. 주렁주렁 열린 사과의 무게에 휘어진 가지를 보며, 숨 가빴던 마음을 내려놓는 여유로움을 가져본다. 가장으로 해야 하는 의무, 마음은 언제나 긴장되고 바쁘다. 아직도 남아 있는 둘째의 공 부가 끝나기까지 이태를 더 생활비를 보내줘야 한다. 지나가는 말처 럼 모두 정리하고 미국에서 살자고 한 아내의 말이 목에 가시처럼 걸 린다. 형재에게 외로움은 나무 밑동에 걸려 있는 뱀 허물처럼 빈 가슴 이 되어온다. 자신이 속한 집단에서 거부되는 두려움. 가족이라는 이 름. 소속감. 모두 떠나버릴 것 같은 불안이 자주 찾아온다. 딸들을 서 울로 보낼 때도 미국으로 보낼 때도 자신은 찬성하지 않았다. 포기할 줄 모르는 아내의 욕망은 가끔 온몸에 소름을 돋게 한다. 집요함을 당 해 낼 재간이 없다.

조상 대대로 살아온 이곳을 떠날 생각은 없다. 단호히 거절했지만, 누가 어떠한 선택을 할 것인지! 아내가 올 것인지 자신이 갈 것인지 가늠이 안 된다. 보듬어야 할 가족이 품에 없는 하루 일과의 끝자락은 늘 허전하다. 중풍으로 오래 누워 있으면서 먼저 떠난 아내를 그리워한 아버지를 보는 것 같다. 벽에 걸린 점퍼를 거머쥐고 집을 나섰다. 과수원을 지나 건넛마을에 있는 점방으로 갔다. 소주 한 병을 사서 따라 마시며 안주로 내다 준 김치조각을 한 점 입에 물었다. 주인을 불렀다.

"형님! 이리 오서유."

"조합장이 어쩐 일루 밤에 나왔어?"

환갑을 넘긴 주인이 형재를 보고 마주 앉았다.

"형님도 한잔하서유."

"자네 댁은 언제 나오는 거?"

형재는 크게 한숨을 몰아쉬고 먼 산을 바라보았다.

"안 나올 모양여유."

"뭔 소리여?"

"절 더러 들어오라네유."

"그려? 자네는 어쩔 겨?"

"못 가지유. 가긴 어딜 가유. 여기가 대대로 살아온 고향인데유."

"그렇긴 혀, 그래도 식구들 있는 데로 가야지. 안 그런 겨?"

"글쎄, 잘 모르겠서유."

형재는 소주 한 병을 더 시켜 마시고 얼큰히 취해 일어섰다. 달빛에 보이는 자신의 모습이 생기란 찾아볼 수 없는 삭정이 같았다. 오늘

따라 더 서글프다. 한밤중 공기는 차게 볼을 스친다. 한참을 걸어 집 대문에 들어서니 불빛도 없는 커다란 안채는 휑하니 썰렁하다. 마루 끝에 벌러덩 누워 해결책 없는 이런저런 생각을 하며 희미해져 가는 두 딸의 모습을 잡아본다.

"조합장님! 들어가 주무셔유."

"어 그랴."

한참을 기다리던 복순이는 형재가 일어날 기미가 없자 부축해서 방으로 들어갔다. 자리를 깔고 웃옷을 벗기고 양말을 벗겼다. 복순이 손길이 몸에 닿자 형재는 놀랐다. 나가려는 복순이 손을 잡아 살포시 끌었다. 밝은 달빛이 작은 창으로 비쳐 들어 오고 있다. 아무런 반항 없는 복순이를 힘껏 끌어안으면서 형재는 미안했다. 새벽 어스름에 서야 복순이는 자기 방으로 건너갔다.

서른이 다 되도록 여인을 안아 본 일이 없는 용팔이는 날로 예뻐지는 복순이 모습을 보면서 흐뭇했다. 그녀 생각으로 잠을 설칠 때도 많았다. 자신의 마음을 알려야겠다고 결심을 굳힐 무렵 주인집 큰딸이 중학교에 들어가면서 시내로 이사 갔다. 당장 달려가 자신의 애타는 심정을 얘기하고 싶었지만, 선뜻 발걸음을 떼게 하지도 못하는 수줍음이 답답하기만 했다. 어두워져야만 끝나는 과수원 일은 좀체 짬을 낼 수 없었다. 잠자기도 바빴다. 말도 못 하는 자신에게 화가 나 애꿎은 연장만 집어던졌다. 이제나저제나 기회를 엿보고 있었는데 새벽에 조합장 방에서 나온 복순이를 보고 몹시 놀랐다. 이대로 있어서는 안 되겠다는 생각이 들어 마음이 급해졌다.

형재는 조합에 휴가를 내고 미국으로 가족을 보러 갔다. 수확만 남겨놓은 과수원엔 크게 할 일이 없다. 사과를 저장할 지하 창고도 깨끗이 청소해 놓았고, 부서진 사과 궤짝도 수선해서 한쪽에 잘 쌓아두었다. 사과에 넣어 줄 왕겨도 충분히 준비했다. 겨울채비는 다 해놓은 셈이다. 이제 사과를 거둬들이는 일만 남았다.

한가해진 용팔이는 복순이를 만나야겠다고 마음을 다져 먹었다. 저녁을 일찍 먹고 나갈 준비를 했다. 새 옷을 갈아입고 지난번 시내에서 사온 스킨을 손바닥에 듬뿍 덜어 탁탁 치며 얼굴에 발랐다. 생전 처음 발라 본 스킨의 향긋한 냄새가 코끝을 시원하게 했다. 거울을 보았다. 정성 들여 면도한 턱의 푸르스름한 빛깔은 검게 탄 얼굴에서도 광채를 띠었다. 복순이를 불렀다. 그리고 과수원 끝자락에 놓여 있는 작은 평상으로 갔다. 어색한 분위기에 서로 말이 없다.

"무슨 일이여유?"

복순이가 물었다. 용팔이는 용기를 내서 단도직입적으로 물었다.

"복순아, 나하고 혼인할려?"

당황한 복순이는 무슨 얼토당토않은 얘기를 하느냐는 듯이 용팔이를 바라보았다.

그녀의 가슴속에 용팔이가 헤집고 들어갈 틈은 없다. 형재와 정을 나눈 그 밤의 황홀감을 아직도 생각하며 형재의 그늘에서 살고 싶다는 생각을 끊임없이 하고 있었다.

"저 좋아하는 사람 있어유."

복순이는 황급히 일어서며 단호히 대답했다. 그녀가 휭 떠났다. 오랜 시간 혼자서 다듬어 온 사랑이 한마디 말도 못 하고 날아가 버렸다. 어이가 없다. 힘껏 내리친 주먹이 낡은 평상 바닥을 뚫었다. 좋아하는 사람이 조합장이냐고 묻고 싶었지만 면전에 대고 물어볼 용기가 나지 않았다. 그녀의 완강한 거절은 실망과 분노를 일게 했다. 자신이 무슨 말을 해도 닫힌 마음을 움직일 수 없을 것 같았다.

용팔이는 모든 의욕을 잃어버렸다. 하루 종일 방에 누워 있기만 했다. 게으름을 피웠다. 웬만한 일은 괴산댁이 복순이를 데리고 해 나갔다. 용팔이가 집을 비우는 날이 많아졌다. 할 일을 미루어 놓고 늦도록 들어오지 않았다. 아예 일손을 놓은 듯했다. 그러던 어느 날 아무 소리 없이 용팔이가 사라졌다. 행여 내일은 들어올까? 괴산댁은 소식 없는 아들을 애태우며 기다렸다. 몇 달 후, 편지가 왔다. 용팔이가 원양어선을 탔다고 했다. 1년이 지난 어느 날, 용팔이는 말끔히 차려입고 나타나 어머니를 데리고 과수원을 떠났다.

삼복도 막바지에 이른 오후, 윤기가 땀을 뻘뻘 흘리며 학교에서 돌아왔다. 윤기는 복순 누나에게 등을 맡기고 우물가에 엎드려 등목을 했다. 코앞에 누나의 허벅지가 맞닿을 지경으로 가까웠다. 등을 미는 누나의 손길이 뜨거웠다. 순간 윤기는 내면에서 무언가 불뚝 솟구치는 느낌을 받았다. 그 후로 잠자리에서 몽정을 하고 묘한 기분으로 경험해 보지 못한 희열을 자주 느끼게 되었다.

어느 여름날 저녁, 창고마당에서 놀던 아이들이 다 집으로 돌아갔다. 누나 혼자 치마를 무릎 위까지 걷어 올리고 쪼그리고 앉아 땅에 무엇을 그리고 있다. 뽀얀 허벅지가 어스름에 하얗게 빛난다. 윤기는 순간 몸이 확 달아올랐다. 주위를 살피며 누나 손을 잡고 창고 안으로 들어갔다. 구석에는 짚 덤불이 수북이 쌓여 있다. 윤기는 누나를 힘껏 안았다. 놀란 복순이가 윤기를 밀쳐냈다. 그러나 더 억세게 몸을 누르며 더듬었다. 거부할수록 더 강한 힘을 주며 어설픈 동작으로 끝내 누나를 범했다.

윤기가 이 일을 근심하고 후회하게 된 것은 이듬해, 누나 배가 점점 불러오면서였다. 어찌해야 좋을지 갈피를 잡을 수 없었다. 집을 나갈까도 생각했지만 성치 않은 누나가 나가서 저지른 일이라고 누나의 입만 막으면 된다고 생각했다. 날로 힘들어하는 누나를 바라보는 것이 견딜 수 없이 미안했다. 또 펄펄 뛰며 누나에게 애 배게 한 놈을 잡아 죽이겠다고 분해하는 아버지를 바라보는 것은 날마다 초죽음이다. 졸업하면 집을 떠날 생각을 끊임없이 하고 있었다.

학교에서 돌아온 윤기가 주위를 두리번거리며 복순이 방 문고리를 잡았다. 그리고 작은 소리로 말했다.

"누나야! 애기 아버지가 나라고 누구에게도 절대 말하면 안 뎌. 알았지?"

"응."

"아버지가 물어봐도 얘기하면 안 뎌."

"응."

한잠 자고 난 장서방은 윗방에서 두런거리는 소리에 귀를 기울였다. 윤기가 제 누나에게 뭐라고 하고 있다. 이게 뭔 말여? 범인이 내 아들놈이라고? 장서방은 기겁을 하고 벌떡 일어났다. 범인이 내 아들놈이라니! 애지중지 키운 아들이 한 짓거리에 기가 막혔다. 하늘이 무너져 내렸다. 이 일을 어쩐단 말여! 숨이 컥 막혔다. 헛기침을 크게 했다. 놀란 윤기가 황급히 자리를 떴다. 뛰어나가 아들 멱살을 잡고 집 뒤울안으로 끌고 갔다. 옆에 있던 지게 작대기를 들었다.

"이눔아! 니가 뭔짓을 한겨! 나가 디져버려!"

정신없이 아들을 향해 작대기를 내리쳤다.

"아부지! 잘못했어유! 용서해주서유!"

윤기는 울며 싹싹 빌었다. 장서방은 화가 머리끝까지 올라 보이지도 들리지도 않았다. 아내가 달려 나와 남편에게 매달렸다. 작대기가 부러졌다. 아내가 아들을 끌고 황급히 달아났다. 분이 풀리지 않는다. 그 자리에 정신을 놓고 주저앉았다. 어찌해야 좋단 말인가! 어쩌면 좋은가! 장서방은 땅거미 진 어둑한 산등성이를 향해 걸었다. 형님 묘소를 찾았다.

"형님! 이 일을 어쩜 좋아유!"

장서방은 서럽게 울고 또 울었다.

아들 윤기가 제 누나에게 애 배게 한 장본인이라는 것을 안 장서방은 뜬눈으로 밤을 새웠다. 정신 나간 사람처럼 술만 마시며 며칠을 지냈다. 횅해진 몰골로 무슨 결심이라도 한 듯 일어섰다. 집에서 가까운 등 너머 보리밭 이랑에 서서 잘 자란 보리 이삭을 매만진다. 이것을 누가 거둔단 말인가. 땅이 꺼질 듯 긴 한숨을 몰아쉰다. 우직한 장서방의 두 눈에 이슬이 맺힌다. 동네로 건너갔다. 점방에 들러 막걸리에 두부찌개 안주를 시켰다. 친한 형님들을 전부 불렀다.

"자네가 어쩐 일여?"

"형님들 뵌 지도 하두 오래 돼서유."

"요즘 자네 맘 안 좋은 거 다 알어. 그래도 어쩌것나. 참아야지 안 그려?"

"애, 그래야 지유."

평소와 다르게 순한 양처럼 풀이 죽어 축 처진 장서방을 보고 모두 복순이 때문에 맘고생이 심해서라고 생각했다.

"형님들! 모든 거 참 고마워유."

"고맙긴. 한 동네에서 돕고 사는 거지 뭐. 자네가 힘들지 우리가 뭐 하는 게 있다구."

장서방은 돌아오는 길에 형님 묘소를 찾았다. 소주 한 병과 명태포를 놓고 천천히 절을 했다.

"형님! 형수님! 용서하셔유. 장가네 대가 끊기는 것보다 이것이 나을 것 같어유. 흐흑 용서하셔유! 이 못난 동생을 용서하셔유!"

장서방은 복순이를 고운 옷으로 갈아입혔다. 그리고 함께 산등성으로 향했다. 형님 묘소 앞에서 아버지 어머니께 인사드리라고 조카 딸에게 일렀다. 자신도 절을 했다. 영문도 모르는 복순이는 작은아버지가 시키는 대로 따라 했다. 장서방은 묘 근처에 핀 진달래꽃을 한 아름 꺾어 복순이에게 주었다. 어스름히 넘어가는 저녁 해를 바라보며 복순이 손을 잡고 방죽으로 향했다.

어린 복순이를 두고 비명횡사한 형님 내외를 많이 원망하면서 정성껏 키웠다. 형님의 사랑이 자신에게 짙은 것을 알고 있는 장서방은 형님을 아버지처럼 의지했다. 망나니처럼 돌아다닐 때도 야단치기보다 타일러가며 다시 새사람을 만들어 준 형님인데, 형님의 혈육 하나 제대로 지켜주지 못한 것이 죄스러웠다.

복순이를 보고 있는 장서방 가슴은 찢어지는 것 같았다. 먼저 떠난 부모님 얼굴도 떠오르고 형님 내외 얼굴도 떠올랐다. 두고 온 못난 아들놈과 마누라도 어떻게 살아갈 것인가. 굵은 눈물방울이 주룩주룩 흘러내렸다. 복순이를 애 배게 한 장본인이 아들 윤기라는 것을 안 장서방은 앞으로 닥칠 커다란 불행을 감당할 자신이 없었다. 애를 낳아서 어떻게 키울 것이며 누구 앞으로 호적에 올릴 것인지, 이것은 장씨 집안이 망할 일이며 얼굴을 들고 세상을 살아갈 수 없는 일이라고 탄식하며 비통해했다. 비장한 결심을 하고 자신이 모든 것을 짊어지고 떠나리라 마음먹었다. 남아 있는 아들 윤기가 장씨 집안의 대를 이어가게 하고 싶은 애비로 해 줄 수 있는 최선이라고 생각했다.

공동묘지 쪽의 깎아지른 언덕배기로 오른 장서방은 조심히 복순이를 끌어안았다. 복순아! 이 작은아버지를 용서해라. 꽃 같은 조카딸을 데리고 죽어야 하는 자신이 한스러웠다. 긴 한숨을 몰아쉬고 지체없이 물속으로 뛰어들었다. 풍덩! 저녁노을이 지고 있다. 진달래꽃이 물 위로 퍼져 나갔다. 공동묘지의 스산함이 물 위를 조용히 덮었다.

저녁 설거지를 마치고 복순이는 형재를 찾았다.

"드릴 말씀 있어유."

"들어와라."

복순이는 몸을 움츠리며 방문 앞에 앉았다.

"무슨 일여?"

"저어……."

"그래 무슨 일인지 말혀."

"저 애기 가진 거 같어유."

고개를 푹 숙인 복순이가 죄인처럼 움츠렸다.

"시방 너 뭐라고 했냐?"

잠시 조용히 앉아 있던 형재가 다가가 두 손을 잡았다. 복순이에게 미안했다.

"내가 어쨌으면 좋겠니?"

"······."

"난 니가 그 아가를 낳아 줬으면 한다."

"지두 그러고 싶어유."

"고맙다. 언제부터여?"

"두 달 넘은 것 같어유."

"고맙다. 몸조심해야지."

형재는 자신의 씨가 자라고 있다고 생각하니 어린아이같이 뿌듯해졌다. 아들이면 좋겠다고 생각했다. 미안한 마음과 자신의 분신을 잉태한 것에 대한 기쁨이 함께 다가왔다.

큰딸 연이가 미국에서 취직했다. 자신을 옥죄어 미국으로 불러들이기에 좋은 촉매제가 된 연이의 취직을 아내는 크게 기뻐했다. 그리고 큰소리로 남편을 불렀다. 이런저런 심란함을 잡을 길 없던 형재에게 복순이 임신소식은 이곳을 떠나지 않아도 될 또렷한 명분이 되었다. 며칠 동안 복순이와 배 속의 아기 문제로 잠을 설쳤다. 고민하던 형재는 그녀를 맞아들이기로 마음을 굳혔다. 달이 지나 조금씩 불러오는 그녀의 배를 바라보며 새 삶을 시작하는 새 신랑처럼 마음이 설레었다. 부모 앞에서 자식을 귀여워하는 그런 어쭙잖은 행동은 안 되는 일이라고 배워왔기 때문에 두 딸에게 사랑의 표현도 제대로 못 했다.

이듬해, 복순이는 건강한 사내아기를 낳았다. 촉촉이 젖어 올라오는 새 생명의 소리를 들으며 대를 잇는다는 것이 가슴을 뛰게 했다. 방긋 웃는 아들을 보며 행복했다. 안쪽으로 구부러진 고사리 같은 작은 새끼손가락을 보고 웃었다. 형재도 할아버지도 새끼손가락이 구부러졌다.

형재는 늦게 얻은 아들을 품에 안고 바라보는 것이 일상의 즐거움이고 기쁨이 되었다. '김상렬' 선친께서 지어 놓은 이름을 아들에게 주었다. 아들을 업고 몇 날을 과수원 이곳저곳을 둘러보며 궁리했다.

둘째 딸 선이 공부도 끝났다. 순조롭게 증권회사에 취직되었다. 형재는 이곳을 떠날 수 없는 굳은 결심을 아내에게 알렸다. 과수원만 남기고 부모님께 물려받은 논밭을 모두 정리했다. 과수조합장직을 내놓고 퇴직금과 통장에 있는 돈 모두를 합쳐 꽤 많은 금액을 아내에게 보냈다.

형재는 바짓가랑이를 둥둥 걷어 올렸다. 손수레에 퇴비를 잔뜩 실었다. 과수원 구석구석 다니며 쇠스랑으로 푹푹 찍어 훌훌 뿌렸다. 복순이가 새참을 내왔다. 앙증맞은 손으로 긴 곡괭이를 힘겹게 끌며 아버지 뒤를 따라다니는 아들을 바라보는 그녀는 행복했다. 형재는 시원한 막걸리 한 사발을 들이켰다. 노릇하게 잘 익은 파전을 찢어 입에 넣었다. 자신에게 이루어진 모든 일이 어느 강한 힘의 테두리 안에서 선택된 거부할 수 없는 이끌림이었다고 말하고 싶었다.

"상렬이 아버지유."

"응."

"둘째 아기 가진 거 같어유."

"허허, 그려!"

형재는 너털웃음을 지으며 새로운 식구가 또 반가웠다. 그리고 과수원집 안주인이 된 복순이도 미소를 지었다.

탈출

"어머니, 내일까지 등록금 마감인데요."

"그래. 알았다. 오늘 편의점에서 임대료 들어오면 다 채워지니 염려 마라."

가을학기 대학등록금 마감 날이 다가왔다. 재원은 가정형편도 어려운데 자신 때문에 큰돈을 마련해야 하는 어머니께 미안하다는 표정을 지었다. 남매가 같이 대학을 다닌다. 학기 때마다 전쟁이다. 경애는 매달 들어오는 상가 임대료 일부를 아이들을 위해 모아 두었다. 1층 편의점에서 올려온 임대료를 받아 들고 서랍 깊이 넣어둔 돈 봉투를 찾았다. 보이지 않는다. 자질구레한 서류뭉치가 가득 찬 서랍을 빼 통째 방바닥에 쏟았다. 경애는 하얗게 질렸다. 이 인간이 벌써? 앞이 캄캄하다. 현기증을 느끼며 주저앉았다. 내일까지 학교 등록을 마쳐야 한다. 당장 많은 돈을 어떻게 마련할까? 머리를 쥐어짜 봐도 해결책이 없다. 경애는 책상에 기대앉아 분을 삭이지 못하고 가슴을 펑

평 쳤다.

시어머니 주 여사가 부랴부랴 옷을 갈아입고 나섰다. 당신 딸을 찾아가 손자 대학 등록금을 마련해 왔다. 발등의 불은 껐지만 집안공기는 싸늘하다. 며칠째 집에 들어오지 않는 아들이 제 자식의 등록금을 들고 나갔으리라 주 여사는 믿고 싶지 않았다. 누구에게라도 한바탕 퍼붓고 싶다. 지끈거리는 머리를 싸매고 자리에 누웠다. 누가 죄인인가? 내가 죄인이다. 뭐라도 꽉 물어뜯고 싶다. 앙다문 입술 사이로 긴 한숨이 나온다.

언제 들어왔는지 꾀죄죄한 모습으로 거실에서 자고 있는 남편을 본 경애는 진저리를 치며 펄펄 뛰었다.

"야! 네가 인간이니? 짐승만도 못한 것아! 그 돈을 들고 나가?"

화가 머리끝까지 치민 경애가 소리를 질렀다.

"이게 미쳤나? 엇대 대고 악을 써?"

적반하장이다.

"그래, 미쳤다. 네가 인간이냐? 짐승도 제 자식 일에는 너 같이 안 한다. 아비라는 것이 아무리 노름에 미쳐도 그렇지. 그걸 가지고 나가?"

버럭 소리를 지른 경애가 경멸에 찬 눈초리로 징그러운 벌레를 바라보듯 눈을 흘겼다.

워낙 거세게 나오는 경애를 보며 영수는 자리를 피했다. 며칠째 계속 제대로 먹지 못했다. 사실 자신이 왜 그랬는지 무엇에 홀린 듯 아무 생각이 없다. 일이 벌어진 후 언제나 후회한다. 눈앞에 돌아가는 화투패가 어른거린다. 매번 생각은 잃은 돈을 다 찾을 수 있을 것 같왔다. 어머니가 차려 준 밥상에 소주를 곁들여 마시며 꺼칠한 밥알을 넘긴다. 피로가 한꺼번에 몰려와 눈이 감긴다. 한 공깃밥도 다 먹지 못하고 자리에 누워 눈을 붙였다.

"잠이 오니?"

"미안하다."

아내의 잔소리가 잠결에 들린다.

주 여사는 아들 내외 싸우는 소리를 들으며 슬그머니 옥상으로 올라갔다. 내가 자식을 잘못 키웠다. 한스럽다. 남편이 남겨놓은 5층 상가에서 나오는 임대료로 손주들 공부시키며 다섯 식구 생활을 꾸려간다. 아들이 상가건물 한 채를 몰래 팔지만 않았어도 생활이 이렇게 쪼들리지는 않을 것이다. 집 나갔다 들어온 지 얼마나 되었다고, 정신 못 차린 아들이 원망스럽다. 제 자식 등록금까지 건드릴 줄은 몰랐다. 기가 막힐 일이다. 많은 돈을 도박에 탕진하고 거지꼴로 들어와 몇 달 동안 죽은 듯 지냈다. 기죽어 있는 아들이 측은하기까지 했다. 남아있는 상가 건물 한 채는 죽기 살기로 지켜야 한다고 결심했다. 손자 재원이가 대학 졸업하면 물려 줄 생각이다. 제 아비에게 손 타지 않게 인감도장만은 항상 품에 지닌다. 망나니 같은 것 속에서 번듯하게 잘 커 준 손자 손녀가 고마웠다. 주 여사는 며느리 보기가 늘 민망했다. 당신 아들을 버리지 않고 말없이 살아주는 며느리가 고맙다.

영수는 심한 갈증을 느껴 잠에서 깼다.

"이봐! 재원아! 물 좀 가져 와."

경애는 말없이 물 대접을 내밀었다. 아무 일도 없었다는 듯 벌컥벌컥 들이켜는 영수를 바라보며 죽이고 싶다는 생각이 들었다. 집안을 쑥대밭으로 만드는 저 인간을 귀신은 뭐 하는지. 애들 클 때까지만 참자. 결혼시킬 때까지만 참자고 다짐한다.

"재원아비야! 정신 좀 차려라. 언제까지 그렇게 살 거니? 네 자식들 보기 부끄럽지 않니?"

"어머니, 그동안 잃은 것 찾으면 그만할 겁니다. 조금만 기다려 주세요. 나라고 없앤 재산이 왜 아깝지 않겠어요. 꼭 찾을 거니까 염려 마세요."

"그걸 찾겠다고 이제 뭘 갖다 없앨 거니? 제발 여기서 그치고 자식들 바라보며 정신 좀 차려라. 네 처 불쌍하지도 않니?"

모자 둘 사이에 늘 있는 대화이다.

경애는 방학이 끝나기도 전 서둘러 상경했다. 남은 학기 등록금을 보태려면 아르바이트를 해야 했다. 언제나 생활비가 부족하다. 편의점에서 낮 동안 일을 한다.

"새로 온 학생이야?"

"네."

편의점에 들른 주 여사가 아르바이트하는 경애를 한참 동안 바라보았다. 경애가 의아해 하자 위에 사는 주인이라고 경계를 풀어준다. 주 여사는 종종 편의점에 들렀다. 순박한 시골냄새가 풍기는 경애에게 호감이 간다.

"영수야, 편의점에 새로 온 아르바이트 학생 괜찮더라."

"나도 봤는데 시골 애던데요."

"난 호감이 간다. 순박해 보여 좋다."

주 여사는 별로 볼일도 없으면서 경애가 근무하는 시간에 꼭 내려가 자잘한 것을 사왔다. 고향이 어디며 형제가 몇이며 부모님은 뭐하시냐는 등 착하다고 호의를 보였다. 혼자 자취하고 있는 것도 알았다. 가끔 반찬도 정성껏 준비해 챙겨주었다. 주 여사는 이 모두 아들을 위한 수고로움이라고 생각하며 힘들지 않았다. 아들이 관심 가져주기를 바랐다. 옥탑방에 있는 학생을 내보냈다. 그리고 경애에게 아주 싼값으로 세를 놓았다. 어려운 형편인 경애에게는 방세도 절약되고 학교도 가깝고 일터도 가까워 아주 좋았다. 감사했다. 영수의 부모는 나약한 아들을 위해 생활력 강한 경애를 며느릿감으로 점찍었다. 남다른 관심과 정성을 쏟았다. 경애는 영수와 친해지지 않았다. 경애가 원하는 스타일의 남자가 아니었다. 부잣집 아들이라고 해도 호감이 가지 않았다.

졸업하고 청주로 내려간 경애는 선배 진호와 작은 규모의 보습학원을 차렸다. 공부하는 동생들이 있어 부모를 도와야 했다. 진호는 수학을 담당했고 경애는 국어를 담당했다. 진호 역시 부유하지 않은 농사꾼의 장남이다. 공부하는 동생들을 돌봐야 하는 것은 경애와 마찬가지이다. 같은 처지에 있는 둘은 서로 편했다. 진호는 근면성실하다. 일찍 학원에 나와 청소하고 공부할 준비를 했다. 경애는 비닐하우스 쌈 채소 재배에 정신없이 바쁜 부모 일손을 조금이라도 더 돕고 나와야 했다. 늘 늦어서 미안하다.

"선배. 우리 이러다가 학원 임대료도 못 내겠다."

"소문이 좀 나야 할 텐데. 어느 정도 예상은 했지만 너무 심한가?"

"5개월인데 아직까지 이래서 어쩌지?"

"여름방학을 한번 기다려 보자."

피식 웃으며 서로 위로한다. 6개월은 고생하기로 계획한 일이다. 학원을 선전하는 홍보전단지를 만들어 초등학교 근처 벽에 붙였다. 아파트 입구에서 젊은 어머니들에게도 주었다. 학교 앞에서는 아이들에게 지우개 하나씩을 주며 건넸다. 꾸준히 애쓴 보람이 있어 초등학교 4·5학년생들이 찾아왔다. 학부모 손에 이끌려 온 아이들은 힘든 수학과 국어공부는 싫다고 했다. 학원생이 조금 늘기는 했지만 둘의 인건비는 고사하고 임대료와 관리비 내기도 힘들었다. 힘든 노력의 대가는 너무 약했다.

진호는 학생들이 없는 오전시간 택배 아르바이트를 시작했다. 12시까지 자신에게 할당된 분량을 부지런히 마치고 돌아왔다. 지친 몸으로 수업에 들어간 진호를 바라보는 경애는 미안하고 안쓰러웠다. 여름방학까지만 버텨보자고 둘은 다짐한다. 수학이 싫다고 투정하던 아이들이 하나둘 늘어나기 시작했다. 진호의 정성과 재치가 한 번씩 웃음바다를 만들고 아이들에게 통했다. 학교성적이 조금씩 좋아지면서 학부모들의 반응이 좋아졌다. 친구를 데리고 와 자랑스러워하는 아이들도 있다. 고마웠다. 진호는 여전히 아침 일찍 택배회사로 출근하고 경애는 진호의 점심을 준비한다.

"선배, 힘 안 들어?"

"힘들어."

"그럼, 그만둬."

"견딜만해. 방학하면 오전부터 애들이 오겠지? 그때까지만 할게."

"미안해, 선배."

아무렇지도 않다는 듯 피식 웃는 진호가 미덥다. 진호는 택배회사
에서 벌어들이는 수입 절반을 학원 임대료에 보탰다. 힘겹게 임대료
를 지불한 날 저녁에는 치킨과 생맥주 한 잔씩을 즐기며 서로 위로한
다. O. 헨리의 단편소설 어느 가난한 부부의 '크리스마스 선물'이 생
각난다며 함께 웃는다. 그들은 이 순간이 행복했다.

진호와 경애의 힘겨운 정성으로 여름방학이 지나고 한 해를 마무
리하면서 학원은 정상궤도에 올랐다. 많지 않지만 인건비로 두 사람
이 나누어 갈 정도가 되었다. 이제는 학생 수가 많아져 진호는 오전
부터 수업준비를 해야 했다. 어린 학생 하나가 이들에게 간절한 고객
으로 학원의 운영에 가부를 결정지어 주는 힘이 되었다. 고객 하나라
도 잃어버리지 않으려고 서비스와 정보에 힘을 기울였다. 최고의 맞
춤 상품을 팔았다. 상품은 자본의 수단이다. 잘 포장된 상품은 고객
의 눈높이에 맞춰졌다. 그들의 노력과 전략은 어린 학생들의 욕구를
충족시켰다. 어제의 한가함에서 이제는 눈코 뜰 사이 없이 바빠졌다.
경제적 문제는 둘을 충족시키고도 남았다. 진호는 진호대로 경애는
경애대로 서로 차 한 잔 나누며 대화할 시간조차 없이 바빠졌다. 학원
의 규모도 커졌다. 애태우고 힘들던 나날이 언제였든가 잊었다. 서로
환한 미소로 날마다 즐겁다. 그들의 사업은 성공했다.

계속 바쁜 생활이 이어졌다. 경애는 피로가 누적되고 몸 이곳저곳
이 아프기 시작했다. 자주 소화장애를 일으켜 병원을 찾았다. 의사는
과한 피로가 스트레스가 되어 위염이 심하다고 했다. 좀 쉬라고 권한

다. 몸이 아파도 쉴 수 없으니 경애에게 지금의 생활은 명쾌하지가 않다. 마음조차 힘들다. 경애는 진호와 사업의 동업자로 모든 것을 이해하며 잘 이끌어 왔다. 이제는 신체적 능력을 무시한 채 어깨를 나란히 한다는 것이 부담된다. 지쳐가고 있다.

사람의 본성은 특수한 실체가 아니다. 인간 존재의 조건에 뿌리박고 있는 모순이라고 했다. 필수적 물질이 결핍되면 육체적 병에 걸리게 된다. 숨 가쁜 삶에서 사회적 합리성을 찾아야 한다. 지금의 긴장감을 느슨하게 할 필요가 있다. 힘의 축이 기우니 의견이 달라지기 시작한다. 자본의 무한 증식 논리를 제어하고 조율하는 사회적 연대와 합의가 필요하다. 지금 상황은 고객 하나가 들어오고 나가는데 예민하게 반응하지 않아도 된다.

의사소통의 목적은 공동의 관심사다. 서로 의견을 교환함으로써 일정한 합의에 도달한다. 학생 수를 늘리지 말자는 경애와 모두 수용해야 한다는 진호의 상반된 주장이 늘 대립된다. 내가 상대의 주장을 받아들이거나 상대가 나의 주장을 받아들여야 엉킴이 풀린다. 둘의 팽팽한 견해차는 좀처럼 좁혀지지 않았다. 상충되어 더욱 삐걱댄다.

진호는 건강한 30대다. 기회 왔을 때 잡아야 한다며 본연의 승부욕으로 확고한 뜻을 밝힌다. 경애 너의 의견은 존중하지만, 우리가 어떻게 고생하며 힘들었는지 생각해 보라며 못을 박는다. 자신을 믿고 따라와 달라고 한다. 욕구가 해결되지 않으면 마음의 병에 걸린다. 위축되고 훼손되기 쉬운 인간적 가치의 회복. 경애의 간절함은 이루지 못한 채 시간이 흘렀다. 택배회사에 다니던 진호를 안쓰러움으로 바라보던 때가 그리워졌다. 인생의 목적은 무엇일까? 파김치처럼 축 처진 자신의 모습을 돌아본다. 사는 이유와 목적, 인간다운 삶이란? 각자의 기본 생존권은 자아실현의 기회를 보장받는 것이다.

영수와 그의 부모가 청주에 왔다. 경애는 깜짝 놀랐다. 지나는 길에 들렀다고 하지만 꼭 그런 것 같지만도 않다. 작정하고 내려온 듯 부모님 선물까지 준비해 왔다. 자신에게 큰 호의를 갖고 있다는 것에 당황했다. 편의점아르바이트 할 때도 영수에 대해 호감은 가져 본 적이 없다. 잘 사는 집 아들로 하는 행실 모두가 탐탁지 않았다. 사치스러움과 나약함. 시골에서 자란 경애에게 모두 이질감일 뿐이었다. 의대생인 그의 여동생은 달랐다. 가끔 주말에 슬리퍼를 끌고 내려와 간식을 사가는 몸치장은 관심도 없는 억척스런 공붓벌레였다. 남매의 가치관이 어쩜 그리 다를 수 있을까? 같은 부모를 가진 한 식구인가? 의심할 정도였다.

학원 근처 대규모 아파트단지 입주가 시작되었다. 학생들이 하나둘 들어왔다. 진호의 바람대로 학원 위층을 임차해 강의실을 늘렸다. 빡빡한 일정의 프로그램이 작성되고 강사도 늘렸다. 규모가 훨씬 커졌다. 마르크스에 따르면 노동이란, 인간이 자신의 본질을 표현하는 행위로서 즐거워야 하고, 육체적으로나 정신적으로 건강해야 하고, 삶의 보람과 행복을 느껴야 한다고 했다. 경애는 격한 과로를 견딜 수 없었다. 지칠 줄 모르고 달리는 진호를 따를 수 없었다. 조금 수월하게 꾸려가자고 하는 경애의 바람에 진호의 대답은 한결같았다. 필수적인 휴식이 발전의 동기가 된다는 것을 진호는 무시했다. 타협을 모르는 추진이다. 썰매 개 힘의 축은 서로 비등해야 끝까지 달릴 수 있다. 잘 일궈낸 사업을 접는 것이 아쉬웠지만 이쯤해서 진호와 헤어지기로 결심하고 손을 들었다. 진호는 학원 원장이 되고 경애는 국어강사로 오후 시간에 출근하기로 약속했다. 격한 의견대립으로 불편했던 감정은 상하라는 서열체계로 정리되었다.

영수는 꾸준히 주말이면 경애를 찾아왔다. 바쁘다는 핑계로 계속 홀대했는데 경애가 출근하기 전 비닐하우스에서 부모님을 도와 상추를 뜯기도 한다. 진호와 학원을 운영할 때는 영수가 눈에 들어오지 않았다. 진호의 좋은 면만 보였다. 그의 그늘에서 편하게 살림만 해도 될 것 같은 생각을 가끔 했다. 진호의 교과서 같은 빡빡한 성격을 알게 되면서 틈이 생겼다.

"경애 씨. 시간 한번 내줘요."

영수의 간절한 바람에 한 번 응했다. 들뜬 영수가 경애를 싣고 한참 달려 도착한 곳은 과천경마장이다. 처음 와보는 이곳이 경애는 낯설고 놀라웠다. 수많은 사람이 물밀듯 경마장 안으로 들어간다. 모두 바쁜 걸음이다. 입구 주위 넓은 잔디밭에는 어린아이들이 뛰어놀고 있다. 유모차를 끌고 있는 젊은 부부들은 한가롭고 행복해 보였다.

전투에 참여하는 병사들 같은 흐름이 계속 이어진다. 손에는 둘둘 말아 쥔 프린트물을 힘껏 흔들며 들어간다. 이것이 즐기는 스포츠라는 생각이 들지 않았다. 부라린 커다란 눈, 악다문 입, 한판 붙으러 싸움판에 가는 모습들이다. 승마 경주가 시작되었다. 영수는 이곳이 익숙한 듯 마권을 사서 배팅을 시작한다. 박스 안에 있던 말이 출발 신호와 함께 문을 박차고 나왔다. 작은 체구의 기수들이 말 위에서 날며 달린다. 광택으로 빛난 쏙 빠진 몸매의 말들이 정말 멋지다. 사람들은 자기가 배팅한 말을 쏘아보며 환성과 박수, 야단법석이다. 쏜살같이 질주하던 말이 승부라인을 벗어나자 술렁이던 사람들이 쥐 죽은 듯 조용해졌다. 손에 든 마권을 열심히 바라본다. 희비가 엇갈린다. 영수는 이번 배팅이 시원찮았는지 아무 말이 없다. 경애는 자신의 취미와는 너무나 동떨어진 이 광기狂氣의 사람들을 이상하게 바라보았다.

사람은 온전하지 못한 반쪽이다. 그래서 나머지 반쪽을 그리워하고 다시 한 몸이 되려 한다. 경애가 영수와 같이 시간을 즐기고 온 것을 진호는 질투했다. 경애가 자신에게서 멀어지는 것을 진심으로 원하지 않았다. 관심이 없었던 아니 좀 후로 미루던 결혼을 진호는 생각해 보았다. 경애를 누구에게도 빼앗기고 싶지 않았다. 인간은 자연과 사회에서 회피할 수도 포기할 수도 없는 문제 상황에 늘 처해 있다. 행동을 하거나 주장을 받아들이는 것이 이기적 욕망 때문이면서 합당한 이유가 있는 것처럼 위장한다. 삶의 보존을 위한 근원적이고 본질적인 방편으로 진호는 경애에게 다가갔다. 냉철하게 판단해 온 이제까지 함께 걸어온 역경의 동지로서의 간섭에서 보호자로 자리를 바꾸고 싶었다.

"경애야. 시간 좀 내줘."

진호는 진지하게 정식으로 데이트 신청을 했다.

"그동안 너무 바빴는데, 너와 정식으로 사귀고 싶다. 지금은 아니지만 결혼하고 싶다."

경애는 주춤 한 발 물러섰다. 진호에 대한 신뢰가 경제적으로나 자신의 울타리로 완벽하지만 그것이 결혼생활 조건의 전부는 아니었다. 인간의 대응 방식은 원리적인 생각과 판단, 이성적 사고를 통해 상황에 대처한다. 자신에게 이익이 되는 결정이 항상 유리하게 작용하지만은 않는다. 진호의 간절한 호소에도 경애는 진호만을 바라보지 않았다.

인간이란, 합리적 목적을 성실하게 노력하는 지각 있는 존재라는 오래된 신념은 극히 부분적이고 제한적이다. 환경이 바뀐다고 개인 심리나 집단심리가 그에 정비례하면서 변하지 않는다. 상당 부분 변하더라도 원래의 상태로 돌아가려는 관성이 있다. 일단 견고하게 형성되면 환경이 바뀌어도 잘 변하지 않는다. 그 누구로부터 어떠한 간섭이나, 강제적인 제약으로부터 벗어날 천부적인 권리를 갖고 있다는 것이다. 진호를 선택한다면 숨 막히는 긴장감 속에서 늘 살아가야 할 것이다. 몸도 마음도 생활 자체의 모든 것이 여유롭기를 경애는 바란다.

영수는 경애를 데리고 또 과천 경마장에 갔다. 지난번 처음으로 구경한 말과 기수의 비호같은 질주가 경애에게 흥미로운 구경거리였다. 영수는 출전마들의 최고기록과 평균기록이 있는 팸플릿을 샀다. 한 경기당 8마리에서 14마리까지 출전하는 말과 기수를 꼼꼼히 따져가며 신중하게 훑고 있다. 1등 말을 적중시키는 단승식과 1, 2, 3등 내에 들어올 말을 적중시키는 연승식, 1등 말과 2등 말을 순서에 관계없이 적중시키는 복승식을 섞어서 마권을 여러 장 샀다. 누구에게 어떻게 배팅을 했는가가 중요하지 않은 경애는 근육으로 다져진 매력적인 말들을 바라보며 감탄하고 있었다. 엎치락뒤치락 마권을 바라보고 심각해지기도 하고 조금 땄다고 좋아하기도 하던 영수가 끝나갈 무렵, 크게 배팅을 하고 좌불안석이다.

"경애 씨, 느낌이 좋은데!"

"뭐가 달라요?"

"잠시만 기다려 봐요."

배당률을 계산해 보던 영수가 환호성을 친다. 100만 원을 땄다. 덩달아 경애도 같이 기뻐했다. 마권 환전소에 들러 100만 원을 찾아온 영수는 50만 원을 떼어 나누어 가져야 한다면서 경애에게 주었다. 조금의 주저함도 없이 명쾌하게 반을 뚝 잘라서 주며 기뻐하는 영수를 보며 새로웠다. 불로소득의 돈. 경애는 고맙다고 받았지만, 거대한 물결의 흐름인 경마도박자들과 함께 휩쓸리는 것이 싫었다. 경마스포츠는 이쯤이 족하다고 생각한다. 다시 오지 않겠다고 영수에게 못을 박았다. 경애 어머니가 갑작스러운 사고를 당했다. 버스가 언덕에서 굴렀다. 장 파열이라는 진단을 받았을 때 옆에 있던 영수가 급히 여동생이 있는 대학병원으로 이송했다. 어머니의 사고는 양가 부모가 만날 수 있는 계기가 되었고 영수 부모의 뜻대로 경애를 며느리로 맞아들이는 데 일조했다.

경애의 신혼생활은 행복했다. 든든한 경제력을 가진 시부모가 있고, 영수 또한 좋은 건설회사에 다녔다. 건축업을 하는 시아버지는 조상 때부터 내려오던 넓은 땅에 5층짜리 상가주택을 여러 채 지었다. 경애가 시집왔을 때에도 3동을 보유하고 넉넉한 생활을 하고 있었다. 그중 하나가 지금 살고 있는 건물이다. 천성이 후덕한 시부모는 남매를 낳은 외며느리인 경애를 사랑했다. 친정에 어려운 일이 있을 때는 경제적으로 도움을 주었다.

어느 해 여름, 영수는 건설 붐이 한창인 중동으로 떠났다. 1년이 지난 후 잠시 휴가를 나왔다. 열사의 나라 아부다비 건설현장에서의 생활이 힘들다고 가기 싫다고 했다. 남은 2년을 힘들게 버티고 돌아와 본사에 복귀했다. 영수는 주말마다 경마장을 찾았다. 말에게 베팅한 많은 돈을 잃으면서도 잘못되었다는 자책은커녕 즐거워했다. 이타적 삶을 위해 혹사된 지난날을 위한 보상이라고 생각했다. 동네 도박판도 기웃거린다. 어느 것에 심취해도 영수의 욕망은 채워지지 않았다. 만족을 최대화하는 것도 그 능력을 통해서이다. 현실을 평가하는 자아로 우리는 생존할 수 있다. 이미 그 모두를 상실한 영수는 심한 도박 중독에 빠졌다. 의식의 통제에서 벗어난 상태로 현실을 직시하지 못하고 있다. 모든 판단이 흐려진 그는 급기야 회사 공금에 손을 댔다. 도박에서 돈 잃을 확률이 높다는 사실을 어떤 상황에서도 인정하지 않았다.

공금횡령으로 감옥에 갈 지경에 이르렀다. 그로 인해 외부 세계로부터 부정적인 반응을 끊임없이 받았다. 놀란 그의 부친이 부랴부랴 상가주택 하나를 헐값으로 팔았다. 아들의 구속만은 막으려고 이곳저곳을 쫓아다녔다. 모든 것을 해결한 뒤 영수의 부친은 몸져누웠다. 그리고 화를 견디지 못하고 세상을 떠났다. 평화롭던 가정은 슬픔 속에 빠졌다.

해가 바뀌고 또 바뀌었다. 모두의 무관심으로 극도의 불안심리를 앓고 있던 영수는 도태된 이 집에 머무르는 것이 싫었다. 끊임없이 떠날 궁리를 하고 준비하기 시작했다. 먼 곳의 부동산을 찾아가 식구들 모르게 5층짜리 상가주택 하나를 팔았다. 죽을죄 용서해 달라고 어머니에게 쪽지 하나 남기고 도박장에서 알게 된 친구와 같이 마카오로 떠났다. 커다란 돈 보따리를 둘러메고 돌아올 꿈을 꾸었다.

카지노는 일반적으로 카지노가 지불할 수 있는 액수 이상으로 고객이 돈을 따지 못하도록 규정해 놓는다. 한도 내에서 거는 도박꾼들의 모든 판돈을 카지노는 받아들인다. 수학적 확률로 볼 때 카지노는 모든 판에서 승산을 갖는다. 카지노가 판돈을 잃는 경우는 없다. 총수익이 보장되어 있기 때문 거액의 도박꾼들을 유치하기 위한 멋진 쇼, 운송수단, 좋은 숙박시설을 무료로 제공하고 있다.

소액의 도박꾼들에게도 교통비나 숙박비를 할인해 주고 도박 중음료나 담배를 무료로 제공하고 있다. 카지노에서 슬롯머신은 평균적으로 200번이나 300번에 한번 보너스 게임이 출현한다. 모든 게임에서 회수할 수 있는 승률은 75% 정도이니 계속 이어 나갈 때 결국모든 것을 잃게 되는 것이다. 벼락부자를 꿈꾸기보다 잠깐 즐기는 쪽이어야 한다.

영수가 헐값으로 팔았어도 5층 상가건물의 값은 꽤 많았다. 도박장 친구와 마카오로 떠난 지 1년 만에 둘이서 그 돈을 다 탕진하고 노숙자가 되었다. 마침 그곳에 아부다비 중동 현장에서 같이 일하던 동료가 음식점을 하고 있었다. 막일이라도 좋다고 사정해서 먹고 자고 홀 청소를 맡아 열심히 일했다. 아주 적은 급료를 받았다. 도박장 미련을 버리지 못한 영수는 돈이 조금 모이면 어김없이 달려가 슬롯머신을 돌렸다.

어느 날, 슬롯머신에서 큰돈이 쏟아졌다. 카지노의 매력을 떨쳐버리지 못한 그는 곧바로 동료의 음식점을 나와 적극적으로 슬롯머신에 매달렸다. 다시 빈털터리가 되자 일했던 직장을 찾아갔다. 동료는 냉정하게 한마디로 거절했다. 거리를 방황하고 일자리를 찾았다. 도박노숙자가 여기저기 부지기수로 널려있다. 말도 통하지 않는 이방인을 누구도 받아주지 않았다. 끼니 해결을 할 수 없었다. 구걸도 해보지만 쉬운 일은 아니었다. 생각다 못한 영수는 동료를 찾아가 집에 가서 보내주기로 하고 비행기 탈 돈을 빌렸다.

상가 두 채에서 들어오는 임대료로 살아가던 주 여사는 아들이 상가 한 채를 팔아가지고 떠났을 때 죽을 만큼 앓았다. 곰곰이 생각해도 기가 막힐 일이다. 5층 넓은 옥상을 텃밭으로 만들기 시작했다. 식구들 모두 부지런히 흙을 날랐다. 먹을 수 있는 고추와 야채 종류를 다양하게 심었다. 한 번씩 욱, 하고 가슴에서 치밀어 오를 때면 통증으로 숨이 막혀왔다. 딸이 지어준 약을 먹어야 잠을 잘 수 있었다. 아이들이 대학생이 되었을 때 영수는 거지꼴을 하고 들어왔다. 주 여사는 집에 돌아온 아들이 그래도 반가웠다. 살아서 온 것만으로 모든 것을 다 용서했다. 경애와 자식들은 냉담과 무관심으로 그를 대했다.

한동안 심하게 앓고 일어난 영수는 주말마다 경마장을 찾았다. 경애에게 늘 손을 내밀었다. 처음 몇 번은 측은한 생각에 지갑을 열었다. 경애에게 다른 수입원은 없다. 생활 자체를 쥐어짜야 한다. 성격이 완전히 비뚤어져 버린 영수는 격한 행동으로 식구들과 맞섰다. 주말에 경마장에 못 가면 광기를 부리고 집안을 난장판으로 만든다. 경애는 맞서서 싸워보았지만 이미 이성을 잃은 영수에게 더욱 화를 돋을 뿐이다. 이제는 경마장 소리만 들어도 경기驚氣가 인다.

주 여사는 잠결에 부스럭거리는 소리를 들었다. 가만히 귀를 기울였다. 문갑 여는 소리가 들리고 종이 스치는 소리가 들린다. 살며시 눈을 떠 보니 희미한 물체는 아들 영수의 모습이다.

"뭐 하니?"

놀란 영수는 엉거주춤 서서 주 여사를 바라봤다. 그가 찾는 것은 마지막 남은 상가주택 건물 문서였다. 주 여사는 항상 아들이 의심쩍어 인감도장만은 늘 품에 지니고 있다. 뜬눈으로 밤을 새운 주 여사는 이 일을 어쩌면 좋은가 한심스러웠다. 거지꼴로 돌아왔을 때 정신을 차렸나 했다. 수단과 방법을 가리지 않는 아들이 이제 무섭고 끔찍하다. 도박꾼은 손목을 자르면 발로 한다더니 그 많은 재산을 도박판에 탕진하고도 정신을 못 차린다. 식구들의 밥줄인 몸담고 있는 이 상가 건물마저 없앨 궁리를 하고 있는 아들이 도저히 용서가 안 된다.

옥상으로 올라갔다. 잘 자라고 있는 채소들을 바라보며 눈물을 흘렸다. 생활에 보태려고 고추를 심고 상추를 심었다. 고추포기도 제법 잘 자라 풋고추를 따 먹고 빨갛게 익은 것을 작년에는 많이 땄다. 이렇게 키우기까지 눈물겹도록 여러 번 시행착오를 거쳤다. 어린 고추 모종은 벌레에 취약하여 농약을 쳐주지 않으면 살 수 없다는 것을 알

왔다. 어미는 한 푼 벌이에 이렇게 심혈을 기울이는데……. 자칫 잘 못하면 모두 거지가 되겠다. 어쩌다가 내가 저런 아들을 낳았는지, 차라리 무자식 상팔자라는 말이 절로 나온다. 손자가 대학을 졸업하면 서둘러 이 건물을 이전해 주리라 생각했다. 그때까지 잘 지켜야 한다.

경애는 그동안 미뤄왔던 머리 파마를 해야겠다고 생각했다.

"어머니, 아범 일어나면 밥 좀 챙겨주세요. 미용실에 갔다 올게요."

"그래, 알았다. 염려 말고 다녀 오거라."

주 여사의 손길이 바빠졌다. 평시에 아들이 좋아하는 북엇국을 끓여 주려고 북어를 두드렸다. 눈물이 난다. 아들이 좋아하는 호박 새우젓 볶음도 정성껏 마련했다. 겸상을 차리면서도 주 여사는 계속 눈물을 훔쳤다. 그리고 아들을 깨웠다.

"밥 먹자."

"네."

아들이 나와 식탁에 앉았다.

"북엇국 끓였어요?"

"그래, 맛있게 먹어라."

"재원엄마는 어디 갔어요?"

"미용실 갔다."

"어머니! 죄송해요."

"그래, 너 낳았을 때 네 아버지가 참 좋아하셨다. 큰집에 딸만 있어서 할아버지도 할머니도 너를 끔찍이 사랑하셨단다."

"죄송해요."

"어서 먹자."

주 여사는 울먹이며 아들을 바라보았다.

경애는 미용실에 들러 파마를 하고 찬거리를 사러 집에서 조금 떨어진 대형 마트에 들렀다. 남편은 밉지만 아이들 결혼식 때 아버지가 없는 것보다 있는 것이 더 나을 것이라 생각했다. 그때까지만 참자. 다 보내고 난 뒤 이혼해야겠다는 생각을 끊임없이 한다. 이 인간에게서 탈출하는 길은 그것밖에 없다고 이를 악물고 있다. 직장도 없이 꾀죄죄한 모습으로 돌아다니는 남편 꼴은 노숙자 같다. 남성복 코너에 들러 남방을 하나 사고 시어머니 웃옷도 하나 샀다. 친구를 불렀다. 오랜만에 커피숍에서 수다를 떨었다.

"네 남편은 요즘 어때?"

"여전하지 달라지겠니? 난 아이들만 바라봐."

"그래, 재원이가 잘하잖아."

"그 애들 결혼할 때까지만 견딜 거야."

쌓여있던 스트레스가 풀린다.

가벼워진 마음으로 발걸음을 재촉했다. 시어머니에게 남편 밥시중을 맡겨 놓고 너무 오래 지체한 것 같아서 미안했다. 그녀조차 없으면 이 집에서 벌써 도망쳤을 자신이라고 생각하며 늘 고마웠다.

"어머니, 저 왔어요."

현관문을 열고 들어서는데 비릿한 역겨운 냄새가 난다. 금방이라도 토할 것 같이 메스껍다. 거실을 지나 주방으로 갔다. 경애는 놀라 벌벌 떨었다. 이쪽저쪽에 모자가 쓰러져 있다. 각혈로 얼굴 주위가 붉게 물들었다. 주방 구석에는 빈 농약병이 놓여 있다.

"어머니! 어머니! 어머니가 왜요!"

경애는 시어머니를 끌어안았다. 이미 숨이 멎은 지 오랜 듯 가슴은 싸늘하다. 경애는 오열했다. 입버릇처럼 늘 시어머니가 하던 말이 가슴을 더 아프게 한다.

"내가 저놈을 끌어안고 물에 빠져 죽어야 이 집꼴이 될 거다."

눈을 감지도 못하고 죽은 남편이 건너편에서 경애를 원망스럽게 보고 있다. 경애는 차갑게 그 눈을 외면했다.

재회

순애는 생일 선물을 사주겠다는 남편과 약속한 시간에 맞춰 백화점을 향해 가고 있었다.

"여보, 무슨 선물 사줄까?"

"글쎄, 예쁜 핸드백 사 줘요."

"봐 둔 거 있어?"

"아뇨, 당신 센스가 더 좋잖아요."

"그래, 핸드백 코너에서 구경하고 있을 게 그쪽으로 와."

순애는 우회전으로 들어서 법원 건물을 바라보며 오르고 있었다. 법원 정문에 채 닿기도 전 천지를 울리는 폭음이 차창을 세차게 흔든다. 놀란 순애는 핸들을 꽉 잡았다. 뿌옇게 먼지기둥이 피어오른다. 무슨 일이지? 찻길이 금방 막혔다. 앞으로 나가지 못한다. 인도에 있던 사람들이 백화점 쪽 언덕을 향해 뛰어간다. 나아갈 수도 물러설 수도 없이 도로가 주차장이 되었다. 갓길에 간신히 차를 세워 놓고 순애도 백화점을 향해 달리기 시작했다. 언덕배기를 오르는데 다리가 떨려 가까워지는지 더 멀어지는지 느낌이 없다. 숨이 턱까지 찼다.

눈앞에 보이는 백화점의 모습! 아! 이게 뭐란 말인가? 이럴 수가! 이럴 수도 있단 말인지. 처참하게 주저앉은 시멘트덩이가 보인다. 거대한 벽체 하나만 덩그러니 남겨놓고 주저앉았다. 어째 어떡해! 내 남편이 이곳에 있다. 순애는 악! 악! 소리 지르며 내 달렸다. 소방차가 큰소리를 내며 연신 달려온다. 폴리스라인에 걸려 더 이상 다가갈 수 없게 되자 순애는 하얗게 질려 그 자리에 풀썩 주저앉았다. 뿌연 먼지 속, 피 흘리며 울고 나오는 사람들. 먼지를 옴팍 뒤집어쓴 눈만 빠끔한 사람. 서로 찾는 절규의 고함소리. 아비규환의 현장이다. '윙윙'하며 소방차와 앰뷸런스가 속속 도착한다. 부상자가 실려 나가고 자원봉사자들이 분주히 오간다. 순애는 그들을 붙잡고 남편을 찾아 달라고 애원하며 매달렸다.

"제 남편을 찾아주세요. 여기 있었어요. 이름은 김현수예요. 꼭 찾아주세요."

"아주머니, 신원파악이 되는 대로 부상자 명단이 나올 겁니다. 기다려 보세요."

"하나님! 제 남편을 살려 주세요. 그냥 살아 있게만 해 주세요."

시멘트덩이 밑에 깔려 있을 남편을 생각하니 숨이 막혀 왔다. 심장이 터질 것 같다. 목이 터져라 울며 미친 듯 남편을 불렀다.

정신을 잃으면 안 된다고 마음먹었다.

자정이 훨씬 넘어 현수가 실려 간 병원을 알았다. 현수는 얼굴 전체를 붕대로 친친 감고 있었다.

"여보! 미안해요. 여보! 미안해요."

뇌와 척추를 다친 현수는 의식도 움직임도 없었다.

지상 5층 지하 4층으로 이루어진 백화점은 설계와 시공, 유지 관리가 부실했다. 사업이 번창하면서 무리한 증축으로 과중한 무게를 견디지 못한 천정이 와장창 무너져 내리는 엄청난 사고를 냈다. 사망자와 실종자를 합쳐 502명. 부상자가 937명이라는 어마어마한 비극적 참사였다. 현수는 중환자실을 오가며 5개월을 간신히 버텼다. 겨우 눈을 뜨고 눈물을 흘리며 손에 약간의 힘을 줄 정도로 의사 표시를 했다. 온 식구들의 간절한 바람은 곧 좋아질 것이라고 믿었다. 하루에도 여러 번 널뛰는 현수의 상태는 가족의 소망을 뒤로하고 끝내 말 한마디 못 하고 순애 곁을 떠났다.

12월, 순식간에 차가운 땅에 묻힌 현수가 너무 추울 것 같다며 순애는 오열한다. 현수의 봉분 위로 하얀 눈이 쌓인다. 순애는 종일 먹지 않고 누워 있다. 어머니 옥 여사는 정신 차리지 못하는 딸을 안타깝게 바라본다. 현수가 떠난 지 반년이 흘렀다. 순애는 옥 여사의 정성으로 겨우 건강을 회복했다. 자신을 다독이며 살아야 하는 이유와 힘을 쌓으려 노력한다. 삶의 수레를 이제 자신이 돌려야 한다. 맞물린 톱니바퀴에 가속을 붙여야 했다.

시름시름 앓던 옥 여사가 딸의 안정된 생활에 기쁨을 보이고 세상을 떠났다. 평생 의지하던 어머니를 하늘나라에 보낸 순애는 사랑하는 사람들을 잃은 충격으로 다시 쓰러졌다. 이제는 살뜰히 보살펴 줄 사람도 없다. 두 아이는 모두 미국에서 공부하고 있다. 힘겹게 지탱해 오던 생활의 질서가 완전히 무너지고 순애는 종일 잠을 잔다. 어느 날부터는 짙은 화장을 하고 뛰어나간다. 명동을 거닐며 이곳저곳을 기웃거리고, 노점에 있는 예쁜 인형을, 장난감을, 머리핀을 보이는 대로 한 아름씩 사 들고 들어온다. 집안 구석구석 순애가 사들이는 잡동사니가 쌓여갔다.

제정신이 조금 들면 술 취해 펑펑 울며 답답하다고 가슴을 쥐어뜯는다. 카페에 들러 칵테일 한 잔을 시키고 말없이 종일 앉아 있다. 세상을 다 잊은 여인처럼 지낸다. 약속을 지키기도 하고 무시하기도 한다. 자신의 행동에 미안하다거나 죄송하다는 사죄 같은 것은 아예 생각지 않는다. 기분에 따라 행동한다. 그녀는 슬픈 표정으로 김기림의 시 「바다와 나비」를 자주 읊조린다.

아무도 그에게 수심(水深)을 일러 준 일이 없기에
흰 나비는 도무지 바다가 무섭지 않다.
청(靑)무우 밭인가 해서 내려갔다 가는
어린 날개가 물결에 절어서
공주(公主)처럼 지쳐서 돌아온다.

하얀 목련이 만개한 봄볕이 따스한 어느 날, 순애는 모든 것을 정리했다.

혼자 이곳에 머물 이유가 없었다. 날마다 숨이 막혀왔다. 현수와 많은 추억이 깃들었던 바닷가 그 마을이 그리웠다. 낚시할 때 편하게 입을 수 있는 카키색 점퍼와 햇빛을 가릴 수 있는 챙이 넓은 모자를 사 들고 고속버스에 올랐다. 차창 밖으로 펼쳐지는 풍경은 싱그럽다. 오후 늦게 도착했다. 푸른 바다는 저녁노을에 수채화같이 아름답다. 해풍의 짠맛과 미역냄새의 향긋함이 코끝에 와 닿는다. 고깃배들이 들어오고 있다. 세월과 함께 많이 변해버린 마을. 이런저런 옛날 생각이 난다. 작은 음식점 민박에 짐을 풀었다.

현수와 수줍어하며 맛나게 회를 먹던 예전 그 음식점이 낡은 간판을 아직 달고 있다. 반가웠다. 별로 달라지지 않은 내부 모습. 둘이 앉아있던 자리를 가늠해 본다. 그때 그 주인은 보이지 않고 아들이 이어받았다고 한다. 눈가에 촉촉한 물기가 돈다. 바닷가로 나갔다. 수줍음으로 고개도 들지 못하고 앉아있던 그 바위는 그 모습 그대로이다. 나는 이곳에 앉았고 그는 저기 서서 사랑 고백을 했다. 사랑의 세레나데를 부르던 그 목소리가 파도에 휩쓸려 들어오고 나간다.

순애는 자신이 박복해서 그가 죽은 것이 아닌가? 혹시 나를 만나지 않았다면? 싸한 아픔에 가슴이 아파왔다. 그때 그 여자와 결혼했으면 운명이란 것이 바뀌었을지도 모른다는 생각을 해 본다. 눈물이 난다. 난 세상에 버려졌다. 두렵다. 하루가 힘들다. 신의 공평 속에서 신이 허락한 만큼의 모든 것을 간절히 원한다며 울부짖었다. 잘못되어짐은 자신의 책임이라고 믿는다.

주위가 어스름해졌다. 숙소로 돌아와 회 한 접시와 소주를 시켰다. 술 힘으로 잠을 청해본다.

정유공장 근처에 있는 작은 마을 여천은 셋방 얻기가 하늘의 별 따기보다 어렵다. 화학공장과 비료공장이 기공식을 마쳤다. 부엌 창 너머로 보이는 길게 뻗은 배밭은 눈 내린 듯 하얗다. 노란 화분을 다리에 봉곳이 묻힌 벌들이 꽃 위를 바쁘게 오간다.

작은 도시 울산은 전국 각지에서 몰려든 사람들로 포화상태이다. 자고 나면 우후죽순처럼 상점이 늘어난다. 야채가게나 생선가게는 저녁시간이면 싹쓸이되어 좌판이 텅 빈다. 옷가게 주인들은 하루가 멀다 하고 새로운 상품을 구입하러 동대문새벽시장을 간다. 서울변두리의 동네 슈퍼마켓보다 훨씬 작은 규모의 백화점 두 곳이 생겼다. 시내 중심부 큰길을 좌우로 한쪽은 의류와 생필품, 다른 쪽은 전자제품을 취급했다. 커다란 가림막을 치고 추석 대목을 노린 간이 극장도 생겼다. 피아노를 놓은 카페도 문을 열었다.

시 주변에 위치한 넓은 사택들은 공장의 간부들을 위해 지어졌다. 그 가족들은 대부분 외지인들이다. 화학공장 사택 앞에 있던 화장터는 어느 날 아침 어디론가 사라졌다. 실세정권의 비서실장이던 분이 새롭게 중·고등학교를 설립했다. 지상파 방송지국이 개국 되고 성냥갑 같은 집들이 뚝딱뚝딱 지어졌다. 오가던 길도 잃을 정도다. 그야말로 초고속 시대 거대한 새로운 도시가 탄생되고 있다.

공장의 출퇴근버스는 각각의 색깔로 사차선 도로에 줄을 잇는다. 각 공장의 작업복은 상인들에게 대접받는 로고가 되었다. 정유공장, 비료공장, 화학공장, 섬유공장, 자동차공장, 조선소 등 헤일 수 없이 많은 공장이 세워졌다. 동네 구멍가게는 한 달 동안 외상을 주고 월급날 받아들인다. 가져가는 사람이나 주는 사람이 서먹하거나 거리낌 없는 자연스러운 풍경이다. 공장작업복만 입으면 돈 없이 기분 좋게 술을 마실 수 있다.

순애는 바다가 없는 곳에서 자랐다. 처음 이곳에 왔을 때 비릿한 냄새와 습한 공기의 끈적거림을 금방 느낄 수 있었다. 시장 난전 좌판 위에 소고기로 착각할 만큼 비슷한 고래 고기가 탐스럽게 눈길을 끌었다. 곰피라는 떫고 씁쓰레한 해초를 미역으로 착각했다.

아침부터 대청소로 바쁘다.

"아주머니, 오늘 오시는 분이 누구세요?"

"총무과 직원인데 아저씨 상사의 동생이래. 네 취직도 부탁했다고 하드라."

아주머니가 총각이라고 강조하며 순애를 보고 빙그레 웃는다.

"순애야, 너도 옷 갈아입어라."

"저도요?"

"너도 우리 식구인데 인사해야지."

자신도 손님을 맞아야 한다는 것이 어색했다. 어떻게 생긴 사람이기에 이 야단법석일까 궁금해졌다. 퇴근시간이 되자 웅성웅성 건장한 남자들이 어깨를 나란히 하고 들어왔다. 고기를 굽기 시작했다. 조용히 주고받던 말소리가 껄껄 호탕한 웃음으로 이어지며 반주를 곁들인 저녁식사가 시작되었다. 주인아저씨가 순애를 불렀다.

"순애야, 들어와 인사드려라. 서울서 오신 김현수 님이시다."

"안녕하세요?"

순애는 얼굴이 빨개졌다.

"네. 누구신지."

"제 조카딸입니다."

이곳 주인아저씨는 순애 큰아버지의 고등학교 동창이다. 순애는 아주머니 뒤에 앉아서 살짝 서울 손님을 보았다. 이마가 넓은 하얀 얼굴에 까만 싱글양복을 입고 있다. 초대 선물로 들고 온 양주 두 병을 다 마시며 밤늦도록 호탕한 웃음소리는 끊이지 않았다. 불편하게 앉아 있던 순애는 살그머니 옆방으로 건너갔다. 순애는 금방 취직될 것 같은 기분이 들었다. 설렌다. 어느 부서에서 무슨 일을 하게 될까? 들뜬 기분으로 며칠이 지났다. 제일 먼저 가족을 내려오게 하는 것이다. 어디쯤 집을 얻어야 하는지도 가늠해 보았다. 한 달 월급 탈 때쯤 올 수 있게 준비해야겠다. 언제쯤 좋은 소식이 올까? 날마다 아저씨 퇴근시간을 목을 빼며 기다렸다. 하루가 지나고 또 하루가 지난다. 조용하다. 귀 기울여 보지만 적막하기만 하다. 초조해진다. 불안해지기 시작한다.

서울 손님이라는 김현수가 다녀간 지 6개월이 지났다. 취직이란 자신을 붙들어 두기 위한 구실인가? 의심이 들기 시작했다. 예쁘다느니 착하다느니 아주머니의 말은 얼러맞춤 같다. 아주머니는 몸이 아팠다. 어디가 아픈지 모르지만 잠시 집안일을 도와주면 취직시켜 준다는 조건으로 왔다. 이곳에 온 지 1년이다. 순애가 어릴 때 아버지는 세상을 떠났다. 자신의 도움을 간절히 바라고 있을 식구들을 생각하면 하루하루가 고통이다. 떠날 결심을 했다. 정유공장에 다니고 있는 고종사촌오빠의 핑계를 댔다. 꼭 가야 하느냐면서 저녁준비해 주고 가라고 한다. 짐을 챙겨 나왔다. 어스름 해가 진다. 빠른 오솔길로 마을에 들어갈 수 있는 버스 정류장에서 내렸다. 인적이 드문 소나무 숲길이다. 순애의 발걸음은 무거웠다. 잠시 둔덕에 앉아 생각에 잠겼다. 자신을 오라고 한 것도 아닌데 어쩌지? 아주머니 집에서 나오기 위한 수단으로 꾸민 일이지만 오빠한테 뭐라고 하지? 고민으로 깊은 한숨을 쉬고 있는데 인기척도 없이 건장한 사내가 앞에 서 있다. 순애는 사색이 되었다. 옆에 놓인 짐 꾸러미를 바라보며 사내는 히죽이 웃는다.

"집을 나왔나?"

"아니요."

"이 짐은 뭐야?"

"오빠가 온다고 해서 잠시 기다리는 중예요."

"들어다 줄까?"

"아니요."

"무거울 텐데 들어다 줄게"

"아니요. 오빠가 곧 올 거예요."

멀리서 인기척이 났다. 사내가 떠났다. 등골에 식은땀이 난다. 오싹하니 춥다.

순애는 죄인처럼 하루하루를 버틴다. 오빠 내외는 자주 싸웠다. 밥 한 끼 얻어먹는 것이 힘들다. 괴롭다. 자신은 무엇이라도 해야 한다는 강박에 짓눌려 있다. 공사현장에서 일하는 옆집의 또래 친구를 사귀었다. 그 친구를 따라 공사현장에 잡일을 나갔다. 유리창을 닦는 단순한 일이다. 힘은 들지만 마음은 편했다. 방을 얻어 오빠 집에서 나왔다.

화학공장이 세워지는 현장에서 인사 담당과장을 만났다. 순애에

겐 절체절명의 기회가 찾아온 것이다. 놓칠 수 없는 간절한 희망이다. 적극적으로 찾아다니며 취직을 부탁했다. 비싼 양주를 사들고 여러 번 찾아갔다. 끈질긴 순애의 간청에 미국 건설회사의 총책임자 휄스의 사무실에 취직되었다. 그동안의 고생이 꿈만 같다. 어머니와 동생들이 순애 곁으로 왔다. 가족과 함께 있다는 것이 자신만 행복을 가진 것 같이 기뻤다.

크리스마스가 다가왔다. 미국 사람들이 맞는 크리스마스는 우리의 명절처럼 큰 의미를 갖는다. 파티의 계획이 총책임자 휄스의 지휘 아래 진행되었다. 가건물로 임시 지어진 극장을 빌렸다. 의자를 모두 치웠다. 사택클럽에서 음식과 행사진행을 주관했다. 넓은 홀 한쪽에 뷔페식으로 많은 음식이 준비되었다. 유명한 흑인가수 루이 암스트롱의 '헬로 돌리'가 연주되면서 파티 시작을 알렸다. 속속 입장하는 외국 부인들의 파티드레스는 눈이 부실 정도로 화려했다. 직원들 가족들도 멋진 드레스를 입고 분위기를 맞췄다. 처음 접해보는 외국 아이들의 모습은 인형 같다. 커다란 파란 눈, 금발, 눈처럼 흰 피부. 가까이서 보니 모두 신기했다.

밴드의 '웬 더 세일 고 마칭 인'이 경쾌하게 울려 퍼진다. 안내를 맡은 순애와 직원들이 바쁘게 움직였다. 미국 직원 가족들은 물론 한국 직원 가족들까지 합쳐 와자지걸 북적인다.

휄스의 인사말에 이어 한국 책임자의 인사말이 끝났다. 편하게 술과 음식을 즐기며 장기자랑이 시작되었다. 총책임자인 휄스와 부인 마리안느가 '고요한 밤 거룩한 밤'을 불러 열광을 받았다. 우리나라 총책임자 부부도 나와서 열창했다. 각 부서에서 한 사람씩 나왔다.

흥겨운 음악에 맞춰 춤을 추고 노래를 따라 부르기도 했다. '오 거룩한 밤' 반주가 나오자 장내가 조용해졌다. 누군지 테너 가수 같은 목소리다. 모두들 놀라는 표정이다. 눈이 동그래졌다. 앙코르가 나오고 휘파람이 여기저기서 터졌다. 노래 부른 직원이 무척 낯이 익다. 어디서 보았을까?

스테이크를 굽고 스파게티에 후라이드치킨, 신선한 야채, 바나나, 오렌지 같은 귀한 과일은 부산에 있는 미군부대에서 직접 사왔다. 아이들을 위해 쿠키가 커다란 쟁반에 풍성하게 담겨졌다. 후식으로 푸딩과 아이스크림, 케이크를 미국 본토 음식과 똑같이 사택 클럽의 주방 식구들이 정성껏 준비했다. 음악은 경쾌히 계속 흘렀다. 춤과 풍성한 음식, 맥주와 양주, 모두들 흥겹게 놀았다. 파티가 끝나고 여러 대의 회사버스가 변두리 구석구석까지 돌며 가족들을 모두 귀가시켰다.

어디에서 봤을까? 순애는 노래 부른 직원이 궁금했다. 머리를 조아리며 생각을 더듬는다. 공사현장 일할 때를 더듬어 보았다. 비슷한 사람이 없다. 오빠집 근처? 지난 몇 년의 세월을 되짚어 보았다. 이마가 넓은 남자. 어디서 보았을까? 기억을 구석구석 더듬고 더듬었다.

그래! 그 밤 몹시 순애 가슴을 울렁이게 한 그 남자! 고향 아저씨 집에서 잠깐 인사한 그 사람이다. 3년이 지난 지금 다시 만나다니 꿈인지, 가슴이 떨린다. 지금 그 사람과 같은 회사에 있다. 순애는 기뻤다. 창 가득히 햇살이 들어오고 있다. 입 안 가득 미소를 머금는다. 언제 다시 마주치게 될까? 화장과 옷매무새에 세심한 주의를 기울인다. 순애는 날마다 즐겁다. 두리번거리며 주위를 살피는 버릇이 생겼다.

다시 그 사람이 눈앞에 나타나기를 간절히 바랐다. 확신도 없는데 관심만 높아졌다. 두 사람이 만날 수 있는 기회는 좀체 오지 않았다. 그 사람이 아닐지도 모른다는 생각이 들었다.

봄이 파릇이 왔다. 휄스의 부인 마르안느 생일을 맞았다. 휄스는 순애를 사택클럽에 보내 저녁예약을 부탁했다. 지배인은 외출 중이라고 웨이터가 부지배인을 데리고 온다. 순애는 깜짝 놀랐다. 몇 달 동안 찾던 그 사람이다. 이곳에 있었구나. 둘은 테이블에 마주 보고 앉았다. 그는 웨이터에게 차를 부탁하고 메뉴를 보며 준비할 음식을 꼼꼼히 체크한다. 생일케이크도 주문했다. 순애가 차를 마시면서 그를 바라보았다.

"뭐, 추가할 거라도 있나요?"

"아니요. 여쭤볼 게 있어서요."

의아하다는 듯 미소를 짓는다. 우리가 아는 사이라는 걸 얘기할까 말까. 순애는 갈등이 일었다. 아주머니 댁에 얹혀서 취직을 기다리던 자신은 초라했다. 비행기를 타고 다니는 사람, 친절한 스튜어디스 얘기를 하던 그는 귀공자 같았다.

"뭐 제가 잘못한 거라도 있나요?"

"아니요. 혹시 3년 전에 정유공장에 계셨나요?"

"네."

"김재권씨 아시나요?"

"네. 알고 있습니다."

"저 기억나지 않으세요?"

머리를 갸웃하며 그가 기억을 더듬는다. 눈을 동그랗게 뜨고 깜짝 놀란다.

"아! 그렇군요. 수줍은 아가씨. 인상이 많이 남았었죠."

"김현수씨. 맞나요?"

먼 거리에 있는 사람이라고 생각한 그였기에 반가워하는 지금 모습은 더 기쁘다. 그들은 친해졌다. 오랜 친구처럼 서로 어색하지 않다. 순애는 현수에 대한 생각이 많아졌다. 현수가 순애에게 데이트신청을 했다. 그동안 일로 궁금한 것이 많은 순애는 데이트신청을 거절할 이유가 없었다. 설레었다.

주말 그들은 언양행 버스를 탔다. 언양에서 내려 양산 통도사까지는 관광용 마차를 타고 들어간다. 덜컥거리며 달리는 마차가 둘은 마냥 즐겁다. 무풍 한솔로는 굵은 노송이 양쪽으로 긴 터널을 이루며 찐한 솔향을 풍긴다. 영취산 남쪽 기슭에 자리한 통도사는 신라 선덕여왕 15년에 자장율사가 창건했다. 통도사 천왕문을 들어서자 커다란 눈을 부라리며 지켜보는 사천왕상은 버럭 호령하며 사람을 잡아 세울 것 같이 무서웠다. 대웅전을 지나 금강계단을 돌아 구름다리를 건넜다. 개울가에 자리 잡고 앉았다. 순애는 현수를 다시 만났다는 것이 꿈만 같다. 기적 같은 만남, 둘은 서로 신기해한다. 마냥 기쁘다. 바위에 앉아 물에 발도 담가본다. 순애 가슴은 잔뜩 부풀었다. 긴 고난을 돌아 만난 인연! 현수의 말소리 하나하나 다 신기하고 좋다.

산속의 해는 일찍 기운다. 근처 사찰 음식점에 들러 저녁을 먹었다. 사람들이 모두 떠나 주위가 고요하다. 언양으로 나가는 마차가 끊겼다. 20리 길을 걸어야 한다. 울산 들어가는 버스도 일찍 끊긴다고 했다. 현수는 순애 손을 꼭 잡았다. 부지런히 걸었다.

"순애씨! 다리 아프죠?"

"네."

"업혀요."

"싫어요."

"업혀요. 조금만 갈게요."

하이힐을 신은 순애가 입가에 함박미소를 지으며 현수에게 업혔다. 이렇게 편할 수가. 기억은 없지만 아기들이 엄마에게 업혀 잘 자는 이유를 알았다. 집에 가는 버스는 이미 끊겼다. 순애는 당황했다. 현수도 난처한 표정을 지었다. 작은 마을은 숙박할 장소도 없다. 새벽에 출발하는 버스기사를 위해 터미널에 방 두 개가 있는 정도다. 사정얘기를 하고 비어있는 방 한 칸을 빌렸다. 사찰음식으로 저녁을 기다리며 서둘러 나오지 못한 것이 후회되었다. 버스배차 사무실에서 쓰는 크고 시커먼 말 주전자를 들이밀어 주고 사환은 방값을 받아 갔다. 물 잔으로 들어온 국 대접을 바라보며 함께 웃었다. 현수는 잘 자라는 말을 남기고 사환이 쓰는 방으로 건너갔다.

한 해가 저물어 간다. 모두 들뜬 마음이다. 술렁이며 송년회 장소 잡기에 바쁘다. 순애는 현수와 약속한 장소로 나갔다. 중화요리 음식점 이층이다. 푸짐한 요리가 나왔다. 맥주와 고량주도 나왔다. 오래된 일본식 가옥으로 난방이 제대로 되지 않았다. 순애가 춥다고 하자 술을 조금 마셔보라며 현수가 권한다. 홀짝홀짝 들이킨 맥주가 두 병이다. 지금 무슨 얘기를 하고 있는지 정리되지 않는다. 말소리가 어눌해지고 가물가물 앞에 앉은 현수가 멀어졌다 가까워졌다 한다.

덜덜 떨린다. 순애는 한껏 멋을 내 보려고 옷을 얇게 입었다. 술 취해 다리도 풀려 걷기도 힘들다. 이런 모습을 어머니에게 보일 자신이 없다. 술 깨기를 기다리려고 다방에 들어갔다. 따뜻한 공기가 몸에 닿자 노곤해진다. 순애는 아무 생각이 없다. 너무 취해 그냥 편히 눕고 싶다는 생각뿐이다. 현수는 난처해졌다. 통금시간이 다가온다.

영업 끝났다는 재촉에 축 늘어진 순애를 부축해 나왔다.

"현수 씨! 나 이런 모습으로 집에 못 들어가요."

혀 꼬부라진 소리로 중얼거리는 순애를 데리고 걸었다. 현수는 자신의 겉옷을 벗어 순애를 감쌌지만 심하게 덜덜 떤다.

"현수 씨! 추워요."

근처 골목 안 여관간판이 보인다. 우선 따뜻한 온돌방을 잡았다. 요 밑으로 들어간 순애는 금방 잠들었다. 현수는 카운터에 소주와 오징어안주를 시켰다. 천천히 소주 한 병을 마셨다. 순애의 주량을 전혀 알지 못해 미안했다. 새벽 2시가 되었다. 예기치 않은 이 일을 어떻게 설명할까? 벽에 기대앉아 이런저런 생각을 했다. 3년 전, 김재권 씨가 조카딸이라며 취직부탁을 한번 했었다. 간절했다면 어디라도 취직되었을 텐데 그동안 고생한 순애를 생각하며 안쓰러웠다.

부스스 눈을 뜬 순애가 놀라서 바라본다.

"미안해요. 여태 앉아 계세요?"

"술 좀 더 마셨어요."

꽉 조인 거들과 웃옷을 벗으며 순애가 손을 내민다.

"주무셔요."

현수도 많이 취했다. 졸음이 쏟아진다. 순애의 손에 끌려 이불 속으로 들어갔다. 그냥 곱게 보내리라 마음먹었던 현수가 순애를 힘껏 안았다.

현수에게는 혼담이 오고 간 아가씨가 있다. 형 친구 여동생이다. 집에서는 봄에 결혼하라며 약혼식을 미리 하자고 했다. 현수는 새롭게 만난 순애가 더 마음을 끌었다. 항상 근엄한 큰형은 어려웠다. 지금은 결혼하기 싫다고 둘러댔다. 큰형은 현수 대답에 의아한 표정을 지으며 동생의 행동을 살폈다. 외출도 잦고 누군가 만나는 것 같았다. 자신의 결혼에 호감을 보이던 동생이 마음을 바꾼 것에 대해 몹시 못마땅했다.

현수의 큰형은 마음을 정하지 못하는 동생을 달래기 위해 저녁식사 자리를 마련했다. 혼담이 오가는 친구여동생을 불렀다. 둘이 잘되기를 바랐다. 마지못해 큰형이 마련한 자리에 참석한 현수는 시큰둥하다. 불편한 내색을 비추는 동생이 못마땅한 큰형은 잘못되어져 가는 이 일을 고민했다. 현수의 큰형이 순애를 직접 만났다. 홀어머니에 형제 많고 장녀인 그녀가 짊어져야 하는 짐을 생각하지 않을 수 없었다.

"순애 씨라고 했나요? 현수는 결혼할 아가씨가 있어요. 그러니 현수와 만나는 것은 삼가줘요."

순애는 얼굴도 들지 못하고 조용히 대답했다. 현수가 만나자고 하면 바쁘다는 핑계를 대고 피했다. 한두 번은 피할 수 있었지만 매번 핑계를 댈 수 없었다. 단호히 얘기해야 할 것 같았다. 형님을 만났다는 것을 얘기하며 그만 만나자고 했다.

현수는 처음으로 형에게 따져 들었다. 왜 순애를 만났느냐며 불만을 토했다.

"형이 너 잘못되라고 하겠니? 그 아가씨는 안 돼!"

형의 태도는 완강했다.

"왜요?"

현수도 지지 않으려고 소리쳤다.

"네가 너무 힘들어져. 그 아가씨 동생들 모두 공부하고 있잖니. 처갓집도 잘 살아야 힘들지 않지."

"형은 형수 집 잘 살았어요?"

"그래, 내가 너무 힘들어서 너는 그러지 않기를 바라는 거야."

"아뇨. 우리는 잘 살 수 있어요."

현수는 문을 박차고 나왔다. 그리고 형의 친구 여동생을 불렀다. 자신은 순애를 놓을 수 없다고 완강하게 얘기했다. 파랗게 질린 그녀가 나가고 멍한 기분으로 잠시 마음을 가라앉힌 현수가 순애를 찾았다. 현수의 고집은 꺾이지 않고 더 적극적으로 행동했다. 매번 데이트신청을 거절하는 그녀를 집 앞에서 기다렸다가 끌고 나갔다.

가난한 나를 누가 좋아할 수 있겠느냐며 그들의 반대는 당연하다고 순애는 생각했다. 마음이 더욱 움츠러든다. 현수에게 적극적으로 다가가지 못한다. 그의 식구들을 원망하지 않았다. 모두의 허락을 받을 때까지 기다리자고 했다. 그것은 현수의 몫이었다. 일 년이 지나고 순애의 임신 소식에 그의 가족 허락이 떨어졌다.

아침햇살이 눈부시다. 많이 피곤했는지 오랜만에 잘 잤다. 창 너머로 보이는 바다는 금빛가루를 뿌려 놓은 듯 반짝인다. 마음이 가볍다. 새로운 희망을 갖자. 한 달이 지나고 두 달이 지났다. 순애는 하릴없이 낚싯대를 드리우고 앉아 시간을 보낸다. 두 달만 머물다 아이들이 있는 미국으로 가려고 했다. 머리는 맑게 정리가 되는데 기력이 점점 떨어진다. 손 까딱할 힘조차 없이 나약해졌다. 늦은 아침을 먹기 위해 부스스한 옷차림으로 주인집 가게에 앉았다. 주인아주머니인 경주댁이 여느 때와 같이 해장국 한 그릇을 순애 앞에 가져다 놓는다. 입안이 껄끄럽다.

"소주도 한 병 주세요."

"아침부터 뭔 술이고."

"조금만 마실 거예요."

"오늘은 아침 먹고 병원에 가 보거라. 기침을 그렇게 하고 어떻게 견디누."

"예, 알았어요."

"말만 하지 말고."

경주댁은 순애를 친동생처럼 돌보아 주고 있다. 해장국에 소주 한 병을 먹고 난 순애는 다시 방으로 들어가 누웠다. 종일 방에서 꼼짝도 않더니 저녁 늦게 가게 구석 자리에 나와 앉았다. 부침 몇 조각과 막걸리를 앞에 놓았다. 넋 나간 모습으로 들락거리는 사람들을 쳐다본다. 새삼스러울 것도 없이 어제오늘 일도 아니라는 듯 단골손님들은 순애를 보고 눈인사를 건넨다. 가끔 동석해 주기도 하는 몇몇은 뱃일을 하고 돌아오면서 파닥파닥 뛰는 생선을 가져온다. 순애를 위해 경주댁에게 주고 간다.

순애가 어떤 사람인지 아는 사람은 없다. 어느 날 이곳에 와서 같이 살게 된 말 없는 여인이라는 것. 몸이 쇠약하여 경주댁이 동생처럼 아낀다는 것 정도이다. 늘 조용한 그녀를 누구도 함부로 대하지 않는다. 병원을 들락거리기 일쑤인 그녀는 가끔 바닷가 바위에 앉아 많은 시간을 보낸다. 그런 날은 조금 상기된 모습을 보이지만 평시 종일 술을 마시고 잠을 자는 것이 전부이다.

유난히 추운 겨울이다. 바람 불고 기온이 뚝 떨어진 어느 날, 순애는 예쁘게 화장을 하고 바닷가에 나갔다. 오늘따라 가슴이 뜨겁다. 세상의 모든 것이 아름답게 보인다. 바위에 부딪히는 파도소리가 좋다. 마음이 풍선처럼 떠 오른다. 지나간 모든 일들을 곰곰이 생각해 본다. 신께 감사하다. 어머니 옥 여사의 숭고한 사랑도 감사하다. 자신을 통해 세상에 나온 아들과 딸도 고맙다. 남편 현수도 내게 와 줌이 감사하다. 두 팔을 활짝 펴 기지개를 켠다. 몸은 움직이지 않는데 마음은 하늘을 날고 있다. 느껴보지 못한 편안함이다. 종일 굶었다. 곱게 물든 저녁노을을 뒤로하고 집에 들어갔다. 열이 높아졌다. 정신을 잃었다. 순애는 영영 깨어나지 못할 먼 꿈속 길을 달리고 있었다.

경계의 세계에 서다

-강시문 소설집 『낙원에 서다』

김성달(소설가)

1.

　인공지능, SF, 가상현실, 판타지 등으로 직조된 새롭고 낯선 문학 환경 속에서도 진중하게 실질적인 현실을 치열하게 묘사하는 강시문 작가의 소설 세계는 인간과 비인간, 정상과 비정상, 어른과 아이, 동성과 이성, 현실과 상상 그 경계의 세계에 서 있는데 이것이 소설 『낙원에 서다』의 가치이며 가능성이다. 이런 경계의 세계에서는 어른이지만 아직 잃어버리지 않는 순수함이나, 어른이기에 곧 놓쳐 버릴 것만 같은 연민의 마음이 떠돈다. 그 마음을 품은 세계는 소중하고 슬프고 무서운 현실을 이기는 연대의 힘이 되어 주는데, 소설 『낙원에 서다』를 시종일관 관통하는 힘이기도 하다.

　「먼 여정」의 지연과 아들·규영, 「나비의 눈」 고양이 나비와 주인집 엄마와 언니, 「비상飛上」의 여자와 준, 「낙원에 서다」의 숙희·정우·파우스트, 「부메랑」의 나·연희·난경, 「꿈」의 영숙·엄마·영호·영찬, 「멍에」의 강 노인 식구들, 「그들의 선택」 형재와 복순, 「탈출」

의 주 여사 가족, 「재회」의 순애와 남편, 이들은 모두 타자들을 향한 연대의 마음이 빛난다. 그들은 선한 것, 좋은 것, 작고 소박한 것, 섬세하며 서정적인 것의 가치를 알면서도 금기를 깨는 주체의 자유로움도 알고 있다. 그것이 이 소설을 자기 갱신과 심화의 확장 그 경계에 서 있게 만든다. 그 경계에서도 이야기가 제 몫의 완결성을 잃지 않고 사물화될 위기에 처한 실질적인 현실을 자기만의 경험으로 불러내 직조하는 작가의 행위는 각별하다.

강시문 작가의 소설은 이야기를 통한 사건의 경험이나 정서의 경험이 머리에 각인되는 게 아니라 마음에 축적된다. 그것은 다양한 정체성을 가진 인물들이 특정한 것을 특별하게 의식하지 않은 채 각자 삶의 방식으로 이야기를 끌고 가는데 그 방식이 긍정의 힘, 나눔의 가치, 치유하고 위로하는 마음의 이야기로 나타난다. 슬픔을 표현할 말조차 잊어버린 사람들을 대신해 슬퍼해 주는 것, 응원하는 것, 공생의 감각을 기억하는 것은 모든 것을 초월한 문학의 가치이고, 그것에 충실한 것이 강시문 작가의 소설이다. 어느 때보다 마음이 가난해진 시대의 문학은 시대가 요구하는 마음을 창조하는 것이다. 세상의 급격하고 빠른 물살에 휩쓸려 가는 지금 우리는 잠깐이라도 멈춰 서서 채워 넣기만 한 슬픔과 두려움을 울음으로 승화시킬 필요가 있다. 가장 먼저 울고 가장 나중까지 우는 게 문학이라고 했다.

인간의 노력으로 다가갈 수 있고, 인간이 사고와 언어로 파악할 수 있는 세상에 대한 현실 인식으로 접근하는 강시문 작가의 소설은 가족 이야기를 많이 다룬다. 그 가족들은 자신의 욕망을 거침없이 드러내기도 하지만 서로에 대해 주눅 들지 않고, 열등감에 사로잡힌 대책 없는 분노를 돌발적으로 드러내지도 않는다. 이들에게는 자신의 결여를 채워주는 가족의 존재가 중요하다. 함께 공유할 수 있는 기억, 서로의 처지에 대한 깊은 이해와 힘, 그것이 서로에게 든든한 버팀목으로 존재한다. 가족 앞에서 우는 것은 누구를 탓하는 것보다 자신의 처지가 딱해 우는 울음이 크다. 강시문 작가의 소설은 독자들로 하여금 가족의 이런 공유 세계를 통해 공감하게 만들고, 독자들이 경험하지 못한 통증을 느끼게 한다. 그 과정에서 파편화된 개인은 공동체의 공유 감성을 찾아내게 하고, 대조적인 인물이 만들어내는 사건들을 통해서 가지지 않은 것을 나누어주는 변증법을 보여준다.

『낙원에 서다』의 소설 인물들은 현실에서 경제적으로 어려움을 겪거나 외부에서 가해지는 정신적 물리적 폭력을 당하기도 하지만 작가는 그들이 처한 조건을 넉넉하지 않지만 궁핍하지도 않는 삶이 가능한 세계로 열어 보여준다. 그 안에서 선과 악이 대립 되는 인물을 내세워 누군가를 징벌하게 만드는 것이 아니다. 인간을 바라보는 작가의 시선은 선악이 아니라 다름이다. 개별적이고 주체적인 인물들이 서로의 다름을 인정하고 배제의 사유가 아니라 연대의 가능성을 그려낸다. 그래서 강시문 작가의 소설에서는 아무도 패배하지 않는다. 농약을 먹고 자살을 한 주 여사조차 패배자가 아니다. 그 나름의 사정이 있고 그 사정은 사람 살이 과정을 거치는 동안 이해받고 이해해야 한다는 것이 강시문 작가가 소설을 쓰는 이유가 아닐까 느껴지기도 한다.

2.

「먼 여정」은 이국땅에서 남편과 아버지라는 보호막이 없이 홀몸으로 세상에 맞서야 하는 여자와 그 아들의 여정을 그리고 있다. 특히 지연과 규영이 헤어지고 만나는 일련의 과정이 평범하게 읽히지 않는다. 지연과 규영의 삶에 마음을 열어가게 만드는 주변 인물과 사연들은 아무래도 익숙하지만 공들여 만든 장면 전환과 표현은 인상적이다. 지연은 초등학교 때 만난 규영을 좋아해 줄곧 그의 곁을 떠나지 못한다. 대학에 들어가 운동권으로 수배가 된 그를 집에 숨겨주면서 보호한다. 엄혹한 시절이 지나 수배자에서 벗어난 규영은 미국으로 유학을 떠난 후 연락이 없다. 지연은 규영이 돌아오기만을 기다리지만 그가 미국에서 결혼했다는 소식을 듣고, 서로 행복하게 살자며 헤어진다. 지연은 그 순간 지금까지 살아온 시간이 하얀 물거품 되어 사라진다. 뒤늦게 규영은 아들 준수의 존재를 알고 지연을 찾아온다. 평생 못 보게 될 부자의 정을 조금이라도 나누게 해 주고 싶어 셋이서 짧은 시간을 함께 보낸 지연은 이모 앞으로 해놓았던 준수의 호적을 자신 앞으로 정리하고 그와 함께 캐나다로 이민을 떠난다. 뒤늦게 그 사실을 알게 된 규영이 속죄의 편지를 쓴다.

'지연아, 미안하다. 네가 애기를 가졌다는 걸 까맣게 몰랐다. 유학 갔을 때 생활이 어려워 이것저것 아르바이트 하느라고 정신이 없었다. 어떻게 해서든지 공부는 끝내야 한다는 생각에 잠도 제대로 잔 적이 별로 없었다. 과로로 쓰러져 앓고 있을 때 클래스메이트인 지금의 아내를 만났다. 미안하다. 그리고 준수 잘 키워 준 것 고맙다. 네가 나한

테 쏟아준 정성도 잊지 않는다. 아무쪼록 가서 잘 지내고 어려운 일 있으면 꼭 연락하기 바란다. 규영.'

사람이 오해를 받거나 적어도 그를 받아들이기에 망설이는 원인은 순수한 의도를 실현하는데 뒤따르는 행위 때문이다. 그렇더라도 지연에게 규영은 선악의 이분법적인 틀 안에 담아 낙인찍을 수 있는 존재가 아니다. 그 후 20여 년이 지나도록 둘은 연락 없이 지낸다. 그러던 어느 날 규영의 아들로부터 아버지가 편찮다는 연락을 받은 지연은 준수와 함께 한국으로 날아와 그를 만난다. 뒤늦에 아버지의 존재를 확인한 준수는 아버지를 부르며 오열한다. 지연 역시 사랑하던 남자의 임종을 지켜보며 목놓아 운다. 이 작품은 현재 시점에서 과거를 돌아보면서 느껴지는 이해의 파동이 독자들의 마음에 위로를 주기에 충분한 작품이다. 소설에서 상처를 치유하는 이야기는 여럿이지만 이 작품의 인물이 겪고 경험하는 위로와 치유의 과정은 특별히 묵직한 감동으로 다가온다. 사랑하는 사람과의 이별, 그에 따른 내면의 상처 그리고 회복의 과정을 보여주는 이 작품은 사람 관계, 그 경계의 틈을 담백하게 묘사하고 있다.

「나비의 눈」은 고양이 나비의 눈에 보이는 한 가정의 이야기이지만, 나비의 시선이 인간의 시선이기도 하다. 동물(비인간)에 관한 이야기는 곧 인간의 일일 가능성이 크기 때문이다. 작가의 설득이 동물과 인간의 마음 그 경계 세계를 절묘하게 파고든다. 시장 근처에서 태어난 나비는 어느 날 예쁜 언니의 집으로 들어가 살게 된다. 그 집에는 사는 엄마는 암 환자이고 언니는 직장에 다닌다. 언니는 고등학교 때 사귀던 남자와 헤어지고 다른 남자를 만나 결혼을 앞두고 있는데 언니 돈을 관리하던 엄마가 사기를 당해 돈을 몽땅 잃는다. 자칫 결혼도 못 할 뻔했던 언니는 위기를 넘겨 결혼해 보금자리를 꾸몄고, 엄마는 일을 다니며 빚을 모두 갚는다. 엄마와 사이가 좋지 않던 나비는 엄마가 무섭고 싫어 집을 나갔다가 동네 고양이들에게 고초를 겪은 후 간신히 집에 돌아왔는데 그때 자신을 가장 반겨준 엄마를 용서하기로 한다. 나비는 시집간 언니가 고양이 설이를 맡겨 귀찮기도 하지만 애교가 있어 좋기도 하다. 많은 시간이 흘러가면서 나비는 자꾸 몸이 쇠약해져 병원을 드나든다.

　나는 나이가 많다. 엄마와 함께 살아온 세월이 19년이다. 고양이로의 수명이 다한 셈이다. 사람 나이로 치면 92살이다. 이제는 빗질을 해주며 나를 어루만져주는 엄마의 손길이 좋다. 가끔 자고 있는 엄마에게 간다. 그윽한 눈길로 바라본다.
　"나비 왔어?"
　엄마의 가라앉은 목소리가 정겹다. 입맛 없는 내게 이것저것 먹어보라고 건네는 엄마의 모습이 좋다. 깡마른 내 등을 토닥이며 엉킨 털을 손질해준다. 소파에 앉아 책을 읽은 엄마 옆을 나는 뚜벅거리며 자주 찾는다. 이제 곧 나는 이 세상을 떠날 것이다. 오줌을 누러 비틀비틀 화장실을 찾는다. 이 걸음도 못 하게 되면 나는 엄마 곁을 떠난다. 엄마와 언니의 사랑을 듬뿍 받고 살아왔다.
　"엄마, 사랑해요. 고마워요."
　나는 흐려지는 생각을 다듬으며 엄마에게 사랑을 보낸다. (「나비의 눈」 중에서)

이 작품에서 나비(비인간)가 보내는 실존적 마음의 파동은 인간과 비인간의 관계 맺기 가능성의 효력을 분명하게 보여준다. 동물이 소설을 비롯한 문학작품에 등장한 것은 오래전이다. 의인화한 동물은 인간처럼 말하고 죽고 살기를 반복하면서 인간과 함께 산다. 동물의 의인화한 상징과 알레고리로서 인간의 고민을 말하면서, 그들이 도구로서 소모되고 사라지는 것이 아니라 지속성을 가진 생명으로 존중받는 의미 있는 작품이다.

「비상」은 사이버 공간이라는 물리적 허구의 세계에 존재하는 또 하나의 공간을 배경으로 하면서도 우리 삶의 중심은 여전히 현실 공간이라는 것을 여실하게 보여주는 작품이다. 사이버 공간이 주는 시간의 자유, 공간의 확장과 함께 현실 공간과 가상 공간의 소통에 관한 고민도 담겨있다. 또한 가상 공간에서 특별하게 부각 되는 익명성을 집요하게 파고 든다. 남편을 먼저 떠나보내고 옷 판매점을 운영하고 자식들을 키우며 일터와 가정을 오가던 나는 사이버공간 채팅방에서 준이라는 남자를 만난다. 차츰 친해지면서 나를 휘젓는 그에게 속절없이 끌리면서도 그가 나와 맞는 사람인가를 의심한다. 직업이 기자라고 한 그는 과시욕이 심하고 농이 짙은 저속한 말을 거리낌 없이 하고 끊임없이 사랑한다고 외치지만 내가 원하는 사랑의 모습이 아니어서 거리를 두기 시작한다. 하지만 그와 대화를 하다 어느새 섹스 가상체험을 한 나는 아랫배에 통증을 느낀다. 집요한 그 때문에 나는 몸과 마음, 머리가 혼란스럽고 숨고만 싶지만 결국 초대에 응해 그의 집을 방문한다. 휠체어를 타고 나타난 청색 체크무늬 셔츠 위에 엷은 베이지색 가디건을 입은 잘 생긴 남자가 준이다. 놀라서 입을 다물지 못하는 나에게 준은 교통사고를 당했다고 고백한다. 십 년 동안 아픈 남편을 돌봤지만 결국 그를 먼저 떠나보낸 나는 그동안 여러 남자를 만나봤다. 휴대폰 대리점을 하면서 나를 누님이라고 부르며 자별스럽게 굴던 성민은 5천만 원을 빌려 가더니 갚지 않고 사라진다. 회사 매장 납품 책임자인 박 과장은 부인 병원수술비로 5백만 원을 빌려주었는데 역시 자취를 감춘다. 등산동호회에서 만난 생물교사는 부인과 딸이 있는 남자다. 그는 내 상상 속에서 동반자, 친구, 애인이 되기도 한다. 이런 내 생각과 행동을 눈치챌까 봐 극도로 초조하고 불안한 나는 결국 심신미약으로 병원을 찾기도 한다. 준의 별장에서 돌아온 나는 그를 생각하면서 누구도 다른 사람의 목적을 위한 수단이 되어서는 안 된다고 생각한다.

준에게서 전화가 왔다.
꼭 하고 싶은 말이 있으니 한 번만 와 달라고 한다. 어찌할까 망설이다가 휴일을 택해 방문하겠다고 약속했다. 과일바구니를 챙겨 준의 별장으로 향했다. 사람에게는 선과 악을 선택할 자유가 있다. 준과 내가 필연이라면 얽힌 쇠사슬에서 벗어나고 싶지 않다. 사랑의 욕구는 받는 것에서 주는 것으로 이동한다. 사랑이란 무엇일까? 사랑이라는 배타적 인정 약속은 이성의 약속이라기보다 감정의 약속이다. 진심으로 사랑하는 것은 상대 인정하면 된다. 남이 보기에 아무리 못생긴 사람도 내 눈에 안경이 될 수 있는 것은 내 감정이 그 사람만 인정하기 때문이다. 준을 보았을 때 비참할 정도로 위축되어 있는 모습을 보고 가슴이 아팠다. 나는 나의 판도라 상자 속에 남아있는 희망을 꺼낸다. 마음이 보약이고 백신이다.(「비상」 중에서)

아픔은 보호 본능을 자극한다. 아픔을 느낄 수 있어야 타자 역시 아픔을 느끼는 존재라는 것을 이 작품은 여실히 보여준다. 아픔을 느끼는 몸은 살아 있는 몸이고 눈물은 살아 있다는 또 다른 증거이다. 작가는 우리에게 지금 필요한 것은 저마다의 감정 상태를 아는 것이고 그 감정을 존중해주는 것이라고 나와 준을 통해 증언한다. 가상의 세계는 육체적 통증을 느낄 수 없다. 아프다는 것을 느끼지 못하는 몸, 무감각해지는 몸은 위험하다. 통증을 느끼지 못하는 몸은 그저 피와 뼈를 담은 육체가 되어가는 것처럼 불안하다. 이 작품은 가상 공간의 집단 속에 매몰된 채 희미해져 가는 개별 존재들의 마음 상태를 증언하고 있다.

표제작인 「낙원에 서다」는 감정 과잉의 극단적인 소재를 즐겨 다루는 요즘의 소설 환경에서는 보기 드물게 아름다운 작품이다. 살면서 우리가 처하게 되는 순간을, 숙희·정우·파우스트의 구체적 관계로 조밀하게 채워주면서 우리 삶의 관습적 이해, 선입견을 깨고 심원을 건드리는 작품이다. 성도착증 남편을 만나 고생을 하다가 이혼을 한 숙희는 파리를 여행하고 돌아와 집 근처에서 정우의 아틀리에를 발견하고 그림을 배운다. 정우는 대학교에도 출강하는 유명한 화가로 인물도 출중해 여자들이 많다. 그림을 배우러 온 학생을 임신시켜 망신을 당한 정우가 그동안 여자들에게 한 자신의 행동을 부끄럽게 생각할 무렵 숙희는 그를 만난다. 숙희도 결국 정우와 잠자리를 함께 하지만 점점 그와 거리를 둔다. 그때 누드모델을 하는 파우스트라는 남자를 만나 끌린다. 바지사장을 하다가 형 대신 감옥살이를 하는 바람에 사랑하는 여자를 잃은 파우스트는 그녀가 낳은 아이를 키우면서 누드모델을 비롯해 돈 되는 일은 가리지 않고 한다. 오픈하는 의류 매장 인테리어를 맡은 파우스트는 그 매장 여주인이 이혼하고 두 딸을 키우면서 항암치료의 고통속에서 살아가는 사정을 알게 된다. 파우스트는 그녀에게서 공사대금을 받지 못하면서도 자신의 삶이나 매장 여주인의 삶이나 딱하기 그지없다는 생각에 그녀의 보호자가 된다. 그런 파우스트에게 훈훈한 사람 냄새를 느낀 숙희는 그에게 돈을 빌려준다. 숙희에게 빌린 돈 일부만 갚고 떠난 파우스트는 가끔 안부 전화를 한다. 그 와중에도 열심히 그림을 그린 숙희는 미술대전에 입상하고 화가라는 명칭을 얻는다. 자축 파티가 벌어진 날 숙희는 정우에게 좋아하는 사람과 결혼하고 싶다고 말하며 여행을 떠난다. 통영에서 파우스트를 만났는데 그는 여전히 암에 걸린 매장 여주인과 딸들을 보살피고 있다. 숙희는 대뜸 결혼하자고 했지만 파우스트는 대답하지 않는다. 파우스트의 반응에 당황한 숙희는 파리 미술학교에 들어가 1년 동안 열심히 공부한다. 귀국 후 숙희는 파우스트가 아직도 그녀를 보살피는 것을 알고 자신도 그 일에 동참한다. 시간이 될 때마다 매장 여주인을 찾아가 아이들을 보살피고 가끔 식사도 같이 한다.

"신지야, 애기 좀 봐, 기저귀 갈아주고."

"네."

이층으로 올라간 매장 여주인의 둘째 딸 신지는 아이를 안고 내려왔다. 매장 여주인은 건강이 회복되는가 싶더니 췌장으로 암이 전이되어 세상을 떠났다. 숙희는 파우스트와 결혼해 아이를 낳았다. 파우스트의 딸, 매장 여주인의 딸 둘, 숙희가 낳은 아들, 모두 여섯 식구가 오밀조밀 꾸며놓은 이층집에서 살고 있다. 파우스트의 관심과 숙희의 사랑이 한 가정을 설 수 있게 만들었고 숙희는 자신이 원하는 대로 파우스트를 남편으로 맞을 수 있게 되었다. 우직하고 바보 같고 곰 같은 파우스트를 얻는 데 시간과 정성을 많이 쏟았다.(「낙원에 서다」 중에서)

그야말로 낙원 같은 결말이다. 하지만 이 작품의 이면에는 주장이 강하고 분명한 인물들의 자기 욕망에 충실한 모습이 들어있다. 좋아하는 사람을 두고 갈등하고 의심하고 질문하고 부딪히며 끝내 선택한다. 숙희, 파우스트, 정우는 저마다의 삶을 통해 얻는 경험을 나누며 각자의 선택을 실천한다. 어떤 틀을 만들지 않고 깨부수는 인물, 정상성에 대해 끊임없이 묻고 있는 인물, 실패하더라도 통념을 넘어서는 다른 가능성을 탐색하고 아우른다. 우리 일상은 사람과 사람, 몸과 몸이 대면하면서 살아가는 것이고, 몸과 몸이 부딪치고 침과 말을 섞으며 살아가는 곳이고, 그런 구체적인 현실이 낙원이라는 것을 뛰어나게 증언하는 아름다운 작품이다.

「부메랑」의 인물들은 대립하거나 부딪히는 과정에서 서로의 다름을 발견한다. 그 다름을 인정하면서 각자 삶의 테두리를 감성으로 확장하고, 다양한 공유의 감정을 만든다. 그렇지만 인물들의 얽힌 인연이 사랑으로 확대되거나, 우정으로 나누어지지 않는다. 그래서 제목처럼 인생은 부메랑인지도 모른다. 그룹 신입사원 면접 장소에서 고향 후배 난경의 아들을 만난 나는 지난 일들을 떠올린다. 대학 진로를 정한 나는 열심히 공부하면서 후배 연희를 아낀다. 공대 토목과에 들어갔지만 대학의 낭만은 꿈도 못 꾸고 알바로 학비를 벌면서 옆을 바라볼 여유가 없다. 졸업과 동시에 그룹에 입사한 나는 그제야 연희가 궁금해지고 보고 싶다. 오랜만에 고향을 찾아 연희를 만나지만 막상 생뚱맞게 나를 보는 표정에 놀라면서도 정작 그녀에게 내 마음을 표현한 적이 없다는 것을 깨닫는다. 시간이 지날수록 둘은 머쓱해지고, 회사 일에 쫓기던 나에게 어느 봄날 연희의 결혼 소식이 들려온다. 나는 연희를 잊었고 사랑하는 사람과 결혼을 한다. 어느 날 연희가 거짓말처럼 불쑥 내 앞에 나타났고, 몇 달 후 연희와 난경은 의류매장을 오픈하지만 IMF경제위기로 접는다. 중동 건설현장 소장으로 발령이 나서 해외에 머물다 돌아온 나는 회식하는 식당에서 뜻밖에도 연희를 만난다. 남편과 이혼한 연희는 일을 하면서 남매를 키웠고, 나는 그런 그녀를 돕기도 하지만 부담스럽다. 그후 미국으로 이민 간 연희를 나는 8년 만에 뉴욕 출장에서 만난다. 잘살고 있는 모습에 마음이 편하고 그녀가 끓여주는 김치찌개와 하얀 쌀밥을 맛있게 먹는다.

　갈증이 심해서 눈을 떴다. 옆에 연희가 자고 있다. 침대 탁자에 놓인 물컵을 들고 생각에 잠겼다. 연희가 언제 들어왔지? 전혀 몰랐다. 살포시 연희를 안았다. 부스스 눈을 뜨며 내 목을 끌어안는다. 연희의 하얀 살결이 보드랍다. 긴 여정의 끝자락. 격한 소용돌이 속으로 서서히 들어간다. 항상 짓눌려 있던 내 가슴이 편해진다. 늘 미안했고 채워지지 않던 연희에 대한 미련이 녹아지기 전 아직도 남아있는 이 아쉬움은 무엇인가? 연희는 내 것으로 항상 내 마음속에 있어야 했던 것인가? 질긴 끈의 끝자락을 놓아야 하는데 그냥 쥐고 있다. 아이러니하게 행복하고 기쁘게 살기를 진심으로 바라면서 엉킨 실타래를 풀기 싫어하는 이 마음은 무엇인가? 한국으로 출발하기 전 연희의 아이들과 함께 저녁을 먹었다. 밝게 잘살고 있는 남매가 기특했다. 뉴욕에서의 일정을 마치고 비행기에 올랐다. 모두 잠을 청하고 있다. 눈을 감았지만 쉽사리 잠이 오지 않았다.(「부메랑」중에서)

그때 난 난경의 부탁으로 연희 남편이 보증을 섰다가 잘못되어 아파트를 경매로 넘기고 결국 남편과 헤어졌다는 연희의 말을 들으면서 친구 석이와 동수의 불행을 떠올린다. 고등학교 동창인 석이는 난경이와 결혼할 생각을 하지만 난경이 헤어지자고 해서 술에 빠져 살았다. 고등학교 동기인 동수 역시 사법고시 1차 시험에 합격하자 난경이 그와 사귀며 뒷바라지를 한다. 하지만 동수가 계속 사법고시에 실패하자 부유한 남자를 만나 결혼했다. 동수는 그토록 열망하던 사법고시도 접고 자취를 감추었다. 난경의 아들 입사원서를 훑어보던 나는 그에게 친구란 어떤 것인가를 묻지만 제대로 말을 못 하는 그의 입사원서를 불합격자명단 위에 올려놓는다. 이렇게 그 시절을 반추하면서도 나는 특별히 연희나 난경을 미워하는게 아니라 시종일관 안타까움을 표현하고 있다. 그 시절이 몹시 아쉽지만 그들의 삶을 위로한다. 그러면서도 주인공의 과거 연민과 인정으로 부드럽고 말랑말랑하게 가려졌던 세계를 현실의 부메랑으로 재현한다. 그 과정에서 작가가 포착한 것은 순진한 간곡함과 냉혈함이 뒤섞인 삶의 현장이다. 은밀해 보이지만 실상을 알고 보면 먹고 먹히며 배신당하는 욕망에 충실하고 이것은 본능이다. 살아 있는 것들은 살기 위해 수단과 방법 가리지 않은 때가 있고, 그것은 생존의 욕망과 다르지 않다는 것을 부메랑으로 보여준다.

「꿈」은 성소수자의 삶을 화자 가족 이야기를 통해 사실적으로 조망한다. 동성을 사랑하는 인물을 내세운 민감한 이야기이지만, 그 세계에 대해 이해하며 딛고 건널 수 있는 디딤돌을 놓아주고 있다. 소수 성적 취향도 당연히 존중받아야 할 인간의 감정이며 존재이다. 동성이라는 소재에 의존하는 게 아니지만 사랑의 형식이나 방법에 관심을 두고 있는 것도 아니다. 특정 캐릭터로 인해 부작용에 시달리는 인물의 심리를 잘 묘사하고 있다. 작은 점방이 딸린 집에서 생필품과 푸성귀를 팔던 어머니는 아버지가 죽고 난 후 언덕 위 빨간 벽돌집 정순이모와 함께 막걸리와 순댓국을 판다. 그때부터 그 빨간집은 쌍과부집으로 불리면서 많은 술꾼이 드나든다. 정순이모네 가게 뒤쪽 방으로 이사한 어머니는 늦게 들어오고 가끔 술 냄새도 난다. 아픈 동생 때문에 밤늦게 어머니를 찾아 그 가게로 갔던 나는 이모와 어머니가 알몸으로 함께 뒹구는 것을 본다. 그후 나는 어머니와의 대화가 어색하고 시선을 피한다. 이사 오기 전 옆집에 살던 여자 둘이 외출할 때 정답게 팔짱을 끼고 다녔는데 부부라고 한 것이 생각나기도 한다. 남동생 영호와 여동생 영애와 같이 살던 나는 대학생이 된 영호가 오피스텔을 얻어 나가자 가끔 들러 빨랫감을 들고 온다. 하루는 영호의 생일날 미역국을 끓여 그의 오피스텔로 들어서던 나는 두 남자가 알몸인 것을 보고 비명을 지르며 뛰어나온다. 대학 다닐 때 선배를 만나 연인으로 발전했고, 자주 만나 술을 마시고 여행을 떠나기도 했는데 어느 날 집에 찾아온 그와 섹스를 하려고 하자 어머니와 정순이모의 섹스장면이 떠올라 선배를 밀치며 돌아누웠고 끝내 몸이 열리지 않았다. 선배는 결국 나와 인연이 끝났고, 나는 타인과 공유가 안 되는 심각한 성 장애에 시달린다.

어머니가 나를 사랑한다는 사실은 부정하지 않는다. 전적으로 어머니를 의지한다. 어머니 없이는 살아갈 수 없다. 어머니가 나를 버린다면 아니 내가 어머니를 버린다면 나의 신체적인 욕구와 정서적인 욕구는 전혀 충족되지 않을 것이다. 나는 나를 사랑해 주는 어머니가 필요하다. 애정과 욕정의 분리. 지금 이것을 실행해 보고자 한다. 성공적으로 결합시키는 목적을 완전하게 성취하려면, 내 안에 잠재해 있는 콤플렉스를 억압하지 않고 전부 제거하고 없애야 한다. 주위를 살핀다. 누가 내 상대가 되어 줄 것인가. 혹여 진정으로 사랑할 수 있는 상대가 나타난다면 금상첨화일 것이다. 사람을 훑어보는 습관이 생겼다. 그것도 남자를 훑다 보면 서로 눈이 마주친다. 의아하다는 듯 어깨를 움찔하는 사람. 이상한 여자 아냐? 묘한 눈빛으로 나를 쏘아보는 눈길이 민망하다. 눈길을 돌린다.(「꿈」 중에서)

나는 초등학교 체육대회에서 영찬이를 만난다. 서울에 사는 영찬이는 대기업에 다니는데 일찍 결혼해서 초등학교에 다니는 아들을 조기유학 보내고 아내도 그곳에 가 있다. 가끔 만나 술을 마시지만 고향 친구이다 보니 불편함 없이 편하다. 영호 때문에 속을 끓이느라 힘들 때 영찬이를 불러 이야기를 나누니 조금 수월해진다. 날 지원해주는 든든한 오빠 같았지만 외로움이 커 보인다. 영찬과 함께 바닷가로 가서 회를 시키고 소주를 곁들여 마시며 나는 다시 한번 나를 알기 위해서 영찬이를 유혹한다. 서울로 돌아오는 차 안에서 둘은 말이 없고 무슨 일이 일어났는지 나는 하체가 뻐근하다. 성공한 것일까? 이 작품은 동성애자인 어머니와 남동생으로 인해 갖은 고초를 당한 화자가 오해와 절망을 뛰어넘어 그들의 결정적 결함을 이해하고 인정하면서 결말을 맺는다. 그래서 '사람들은 되는대로 삶을 살아가지 않는다. 어떤 것인지를 파악하고 그 바탕 위에 꿈과 목표를 설정한다. 살면서 겪는 개별사건들은 자신의 정체성에 녹여낸다'는 화자의 말이 가능했으리라. 인간이라는 연대로 끝까지 서로를 동일시하려는 몸짓이 원형처럼 녹아있는 이 작품은 동성 그 파동의 대상 앞에서 오래 머물며 깊게 보아온 사유를 녹여내고 있다.

「멍에」는 다양한 목소리가 서사를 이끌면서, 가족이란 이름으로 현장에서 고군분투하는 인물의 모습이 돋보이는 작품이다. 그 세계가 강 노인 가족 안의 영역이고 그들만의 소통처럼 보이지만 독자를 구경꾼으로 서 있게 하지 않고 인물의 경험을 체험케 하는 접점이 강렬하다. 강 노인은 딸 셋과 두 아들을 두었다. 사범학교를 졸업한 큰 아들은 교편을 잡았고, 작은아들 봉주는 측량기사로 금광에 다녔는데 군에 징집되어 죽을 고생을 하다가 간신히 집으로 돌아와 정미소를 차리지만 운영도 못 해보고 전기에 감전이 되어 서른넷 나이에 죽는다. 그가 남긴 아들 셋, 딸 셋 육남매를 떠안은 봉주 아내는 정미소를 운영하다가 헐값으로 처분한다. 남편이 모아두었던 상당한 땅과 재산을 관리하던 시아버지 강 노인은 큰 며느리의 꼬드김에 모두 넘기고 만다. 빈손이 된 봉주 아내는 살던 곳이 싫어 아는 사람이 없는 곳으로 이사 가서 보따리장사를 하지만 입에 풀칠이 힘들다. 강 노인은 그 모습을 안타깝게 지켜보다가 세상을 떠난다. 봉주 아내는 한시도 쉬지 않고 일을 하고, 아들 재빈은 식구들을 위해 탄광, 건설현장 노무자 등 닥치는 대로 일하다가 조선소에서 취직한다. 봉주의 큰딸도 취직을 하면서 생활이 어느 정도 안정을 찾았는가 싶었던 어느 날 조선소에서 근무하는 재빈이 사고로 사망한다. 그 소식에 봉주 아내는 까무러쳤다가 실성해 자리에 눕는다. 저승으로 간 강 노인은 아들 봉주를 데리고 부지런히 이승의 배가 도착하는 나루터로 간다. 손자 재빈이와 막내며느리 마중을 나간 것이다.

나는 아무 잘못이 없다고 소리치지만 보이는 것은 이승에서 행한 선과 악이 파노라마처럼 눈 앞에 펼쳐진다. 살면서 얼마나 좋은 일을 했으며 얼마나 악한 일을 했는가? 이승에서의 모든 행동이 신의 사자에 의해 낱낱이 기록되어 진다. 인간의 눈은 속일지라도 내 곁에 항상 있는 신의 사자의 눈길을 어떻게 피할 수 있겠는가? 누구를 기쁘게 하고 누구를 슬프게 했는가를 그는 기록한다. 내가 한 그대로 심판받는 것이다. 선한 일을 많이 한 사람은 심판 없이 정해진 그들의 장막으로 간다. 선한 일 한 가지에 악한 일 한 가지가 감해진다.(「멍에」 중에서)

재순은 꿈속에서 할아버지, 아버지, 큰아버지. 고모를 만나지만 큰

어머니는 보이지 않는다. 십 년이 지난 후 재순은 어머니를 아버지 품으로 보낸다. 권위와 억압의 상징으로 다가오는 가족관계의 위계질서를 그 차원으로 보려는 것이 아니라, 저마다의 인간 자리에서 바라보게 만드는 순간이 소중하게 다가오는 작품이다. 가족으로서 지금까지 의심해본 적 없는 내면의 욕망이나 억눌린 비명에 대한 자각이 저승세계로 나타나는 분열적 증상이 의미심장하게 다가온다. 당장은 아니지만 언젠가는 이 인물들이 삶의 주체로서 귀환 가능성의 암시로 다가온다고 하면 너무 섣부른 예단일까?

「그들의 선택」은 주인공보다도 더 개성 강한 인물들이 등장해 이야기는 다면적이고 풍요롭다. 그들은 자기만의 길을 따라가며 사연을 공감하게 만든다. 그래서 존재의 개인성이 빛난다. 서사의 전면에 나서지 않아도 인물의 존재감이 부각 되고 있다. 드러난 상처와 감춰진 상처의 의미를 눈에 띄게 제시하면서도, 그 상처의 해석을 독자의 몫으로 돌려 선택하게 만든다. 과수원 조합장인 형재는 우연히 아이를 밴 여인을 구한다. 여인이 낳은 아이는 세상에 나오자마자 죽고만다. 그 여인은 가까운 동네에서 사는 복순이지만 고향의 일을 기억하지 못한다. 6·25 때 부모가 모두 죽은 복순을 작은아버지 장서방이 키워 시집을 보냈는데 도둑질하다 들킨 신랑 때문에 도둑놈의 여편네라고 치도곤을 당하고 집으로 돌아와 정신줄을 놓아버린다. 그후로 집안에서만 지내던 복순을 장서방 아들 윤기가 범해서 임신을 하게 만든다. 그 사실을 알게 된 장서방은 형님에 대한 죄책감에 자신이 모든 것을 안고 갈 결심으로 복순과 함께 강으로 뛰어들었는데 형재에게 발견된 복순이 목숨을 건진 터이다. 복순은 형재의 과수원에서 살면서 일손을 돕는다. 미국으로 공부하러 간 딸 뒷바라지를 위해 아내도 가버린 후 외로움에 젖어 살던 형재는 복순이를 품었고, 임신을 한 그녀는 아들을 낳는다. 형재는 아내와 두 딸이 사는 미국으로 떠나는 것을 포기하고 복순이와 함께 과수원을 지키며 살기로 한다.

형재는 바짓가랑이를 둥둥 걷어 올렸다, 손수레에 퇴비를 잔뜩 실었다. 과수원 구석구석 다니며 쇠스랑으로 푹푹 찍어 훌훌 뿌렸다. 복순이가 새참을 내왔다. 앙증맞은 손으로 긴 곡괭이를 힘겹게 끌며 아버지 뒤를 따라다니는 아들을 바라보는 그녀는 행복했다. 형재는 시원한 막걸리 한 사발을 들이켰다. 노릇하게 잘 익은 파전을 찢어 입에 넣었다. 자신에게 이루어진 모든 일이 어느 강한 힘의 테두리 안에서 선택된 거부할 수 없는 이끌림이었다고 말하고 싶었다. (「그들의 선택」 중에서)

이 소설의 인물들은 현실에서 다양하게 독자를 감동시키거나 그만큼 각양각색의 감춰진 상처로 독자를 아프게 만들지만, 차이와 다름의 처지를 알고 이해하면서 삶의 어려운 모퉁이를 잘 돌아가고 있다. 그 속에서 드러난 감춰진 상처를 치료하는 것이 삶 혹은 생존에 대한 최선이라고 작가는 힘주어 말하고 있다.

「탈출」은 한 집안의 몰락을 '탈출'이라는 극적인 상징으로 보여주는 작품이다. 극한 상황에서 살아남은 자의 이야기는 감동적이지만 비극적 죽음도 그만큼 감동을 준다. 이야기 중심에는 돈이 있기는 하지만 더 큰 것은 가족에의 크나큰 책임감이다. 그래서 목숨을 건 주 여사의 행위 역시 그 자체로는 최선으로 읽힌다. 주 여사는 아들 영수 때문에 골머리를 앓는다. 영수의 부인 경애도 마찬가지이다. 어릴 때부터 부족한 것 없이 성장한 영수는 좋은 회사에 입사했지만 도박에 빠져 인생을 허물어뜨린다. 경애는 가난한 가정의 장녀로 태어나 공부를 하면서도 열심히 알바를 하고, 졸업 후 진호 선배와 함께 차린 보습학원을 어렵게 성공시킨다. 하지만 경애는 피로가 누적된 몸이 아프고 진호 선배의 지칠 줄 모르는 승부욕을 감당하지 못하고 결국 결별하고 영수와 결혼한다. 영수는 경애가 학교 다닐 때 알바를 하던 편의점 주인 주 여사의 아들이었는데 경애를 좋아해 틈만 나면 그녀가 있는 청주로 찾아오곤 했는데 끈질긴 구애와 그가 가진 재력에 호감을 느껴 결혼한다. 신혼은 행복했지만 건설 붐이 한창인 중동으로 떠났다 돌아온 영수는 도박중독에 빠져 회사공금에 손을 대는 바람에 그의 아버지가 건물 한 채를 팔아 정리한다. 그래도 영수는 도박에서 빠져나오지 못하고 몰래 건물을 팔아 마카오로 떠났다가 빈손으로 돌아온다. 딸이 등록금을 걱정할 정도이지만 영수는 끝까지 도박의 수렁에서 빠져 호시탐탐 마지막 남은 상가주택 건물을 노린다.
.

주 여사는 이 일을 어쩌면 좋은가 한심스러웠다. 거지꼴로 돌아왔을 때 정신을 차렸나 했다. 수단과 방법을 가리지 않는 아들이 이제 무섭고 끔찍하다. 도박꾼은 손목을 자르면 발로 한다더니 그 많은 재산을 도박판에 탕진하고도 정신을 못 차린다. 식구들이 밥줄인 몸담고

있는 이 상가 건물마저 없앨 궁리를 하고 있는 아들이 도저히 용서가 안 된다.(「탈출」 중에서)

주 여사는 며느리 경애가 미용실에 간 사이 아들이 좋아하는 국과 반찬을 만들어 밥상을 차리면서 농약을 섞어 먹고 함께 죽음을 선택한다. 목숨을 바쳐 무언가를 시도하거나 목숨을 걸어 무언가를 감행하는 것은 결코 쉬운 일이 아닌데 그 상황을 고스란히 살려낸 묘사가 돋보인다. 의도된 죽음은 죽음 이상의 그 무엇으로 유의미해져야 한다. 그런 의미에서 주 여사와 아들 영수의 죽음이 우리에게 던지는 질문이 무엇인지 고민하게 만드는 작품이다. 이 죽음은 한 집안의 일이 되었지만, 세상은 이 죽음에 아무런 영향을 받지 않지만, 가장 현재적인 죽음이다.

「재회」 역시 비극적인 결말로 끝나는 작품이지만 주인공 순애의 기억 속에 가장 생생하게 살아 빛나는 남편과, 그런 남편을 잃은 순애의 현재를 대등한 서사로 끌어가는 구성이 뛰어나다. 남편의 죽음 앞에서 그것을 이해하기보다는 동일화하려는 순애의 아픔이 너무나 생생하고 절절해서 가슴 아프다. 생일 선물을 사주겠다는 남편을 만나러 간 백화점이 눈앞에서 무너져내리는 것을 보면서 순애는 남편을 찾아 달라고 애원하며 매달린다. 하지만 남편은 실려 간 병원에서 끝내 말 한마디 못하고 순애 곁을 떠난다. 평생 의지하던 어머니마저 세상을 떠난 후 순애는 힘겹게 지탱해오던 생활의 질서가 무너져 종일 잠을 잔다. 어느 날은 짙은 화장을 하고 명동을 거닐며 노점에 있는 예쁜 인형을, 장난감을, 머리핀을 보이는 대로 사 들고 들어온다. 기분에 따라 행동하던 순애는 하얀 목련이 만개한 봄날 모든 것을 정리하고 남편과의 기억을 떠올리며 바닷가로 향한다. 순애는 남편이었던 현수를 큰아버지 친구가 하는 식당에서 처음 보았다. 그날 주인아저씨가 그에게 순애 취직을 부탁했지만 연락이 오지 않는다. 그 식당을 떠난 순애는 미국 건설회사의 총책임자 휄스 사무실에 취직하는데 크리스마스 파티에서 노래 부르는 남자 직원이 아는 얼굴인데 누구인가 좀처럼 기억나지 않는다. 생각을 더듬다가 그가 고향 아저씨 집에서 잠깐 인사한 남자라는 것을 알았고, 다시 그가 눈앞에 나타나기를 간절히 바란다. 확신도 없는데 관심만 높아지다가 휄스 부인 마리안느 생일파티에서 마침내 재회하고 통도사를 함께 다녀오면서 서로의 사랑을 확인한다. 홀어머니에 형제가 많은 가난한 집안의 장녀 순애를 현수 집에서는 못마땅해했지만 둘은 결혼해서 아이 낳고 행복하게 살고 있었는데 남편이 사고로 세상을 떠난 것이다.

유난히 추운 겨울이다, 바람 불고 기온이 뚝 떨어진 어느 날, 순애는 예쁘게 화장을 하고 바닷가에 나갔다. 오늘따라 가슴이 뜨겁다. 세상의 모든 것이 아름답게 보인다. 바위에 부딪히는 파도소리가 좋다. 마음이 풍선처럼 떠오른다. 지나간 모든 일들을 곰곰이 생각해본다. 신께 감사하다. 어머니 옥 여사의 숭고한 사랑도 감사하다. 자신을 통해 세상에 나온 아들과 딸도 고맙다. 남편 현수도 내게 와 줌이 감사하다. 두 팔을 활짝 펴 기지개를 켠다. 몸은 움직이지 않는데 마음은 하늘을 날고 있다. 느껴보지 못한 편안함이다. 종일 굶었다. 곱게 물든 저녁노을을 뒤로하고 집에 들어갔다. 열이 높아졌다. 정신을 잃었다. 순애는 영영 깨어나지 못할 먼 꿈속 길을 달리고 있었다.(「재회」 중에서)

삶을 뒤흔들어 놓은 남편의 죽음 앞에서 이성을 상실하고 무참히 부서지는 순간에도 어머니와 남편, 아이들에게 진정으로 감사하는 순애의 마지막 순간이 마음을 크게 일렁하게 한다. 원망과 미움이나 분노와 저주가 아니라 한없는 감사로 마무리하는 이 장면은 강렬한 인상을 남기며 작품에 남다른 의미를 부여한다.

3.

현실적으로 유리한 소재를 선점해 깃털같이 가볍게 완성하면서도 정작 독자들과 대화하지 않는 작품, 독자를 구경꾼 들러리로 세워 두는 작품이 성행하는 요즘이지만 뚜벅뚜벅 자기만의 세계를 향해 줄곧 걸어온 강시문 작가에게는 그만의 언어가 있다. 그 언어는 작품 속에 자연스럽게 녹아들어 독자가 거부감없이 받아들이게 하는 힘이 있다. 작가는 끊임없이 묻고 자연스럽게 생기는 질문들로 독자들과 대화한다. 소설의 등장인물이 잘하든, 실수를 하든, 나쁜 길을 선택하든, 전혀 다른 길을 따라가든, 그것이 그 사람의 삶에서 최선이라는 확신이 소설에서는 여전히 유효하다. 그래서 소설 『낙원에 서다』는 아프고 애잔한 이야기가 많지만, 그 삶을 함부로 지적하지 않고 존중해주는 작가의 태도가 남다른 미덕으로 오랫동안 기억될 것이다.

작품 속 인물들은 그 나름의 삶에 충실하고자 최선을 다하고 있다고 말하면서 그들을 비판과 비난이 아니라 존중하고 인정하면서 각자가 선택한 길을 힘껏 응원하고 있다. 그것이야말로 세상의 경계에 서 있는 우리 사회의 가족과 친구와 이웃이 나눌 수 있는 최선이라는 서사로 소재를 넘어서 폭넓은 공감을 획득한다. 그래서 소설은 순간 순간 최선을 다하는 일련의 과정을 촘촘하게 그려나가면서 이야기에 살을 붙여 일정한 시간의 흐름을 획득한다. 그 과정에서 독자들은 무리 없이 이야기의 흐름에 감상을 얹고 따라가며 시간의 경계, 사건의 경계 그 세계에 도착한다. 그곳에서는 작가가 무심한 듯 만들어놓은 장면들을 통해 말하지 않는 진실의 언어들을 발견할 수 있다. 이야기가 소재로만 그치지 않고 그 너머의 세계를 이야기하는 통로로 귀결된다. 그래서 우리 삶에서 우리가 선택할 수 있는 것은 최선이며, 그것이야말로 삶의 본질이라는 작가의 주장에 독자들은 수긍할 수밖에 없다.

때로는 작품의 인물들이 아무도 모르는 걸 독자들이 간파할 적도 있다. 그것은 소설 인물의 감정 변화 이동을 느끼며 독자들이 그 과정에 동참하면서 이야기의 진면목을 보아내는데 그 결과 강시문 작가의 소설 인물들 모두가 개성적으로 빛난다. 사실 실질적인 현실 이야기는 자칫 교훈의 함정에 빠지기 쉽다. 가볍지 않는 묵직한 이야기에 맞춤한 구멍을 내어 숨쉬게 하는 강시문 작가의 소설 언어는 알맞게 당차고 알맞게 진중하고 알맞게 감정적이다.

강시문 작가의 선택은 대체로 타인의 좋은 삶을 향하고 있다. 그래서 인물들은 묵시록적인 고민을 하거나 먼 미래의 일을 근심하기보다는 당장의 사건에 몰두한다. 그 결과 인물들은 예민하고 미묘한 경계의 세계에서 실질적인 현실 시간의 속도에 맞추어 개별 주체로서 각자 자기 역할에 충실하면서 울고 웃는다. 그 실질적인 삶의 시간은 어제와 다른 내일을 위한 걸음이지만 결코 서둘지 않는다. 그렇지만 누구보다도 치열하게 현재를 살아가는 그들은 좋은 삶을 위해 세상과 사람과 자연과 사소한 일상에도 감사할 줄 안다. 그것을 멈추는 것은 삶의 나태이며 포기이기 때문이다.

저자의 말에서 밝혔듯이 작가는 암투병 과정을 겪었다. 그 과정에서 겪은 크고 작은 고난의 체험들이 보이지 않게 몸에 축적되고 쌓이고 심지어 체화되어 소설의 근육을 키우는데 많은 작용을 했을 것이다. 첫 소설집 발간에 만족하지 않고 그 강건한 소설적 근육을 바탕으로 더 넓고 깊은 소설의 지평을 열어 줄 것을 기대하면서, 소설집 상재를 진심으로 축하드린다.